Nadia Lakhdari

#Colocs

Tome 2

Kennes

À mon frère

Publié avec les autorisations des Éditions Les Malins inc.,
Montréal, Québec, Canada

Éditrice au contenu : Katherine Mossalim
Directrice artistique : Shirley de Susini
Conception de la couverture : Shirley de Susini
Mise en page : Diane Marquette
Correctrices : Corinne de Vailly, Fleur Neesham, Dörte Ufkes
Crédits photos : Shutterstock

Rue de la Blanche Borne 15
6280 Gerpinnes (Loverval) — Belgique
www.kenneseditions.com

Adaptation et lexique : Benjamin Schwanen

Dépôt légal : septembre 2019 — D/2019/13.105/70

ISBN : 978-2-8758-0747-2
NUART : 61-3568-7

Imprimé en Europe

Avant-propos

Bienvenue dans l'appartement des colocs !

Emma, Béatrice et Mia vivent à Montréal, au Québec. Elles parlent donc le québécois. Eh, oui ! Certaines expressions typiques, identifiées par un astérisque, sont expliquées en bas de page lors de leur première utilisation. Par la suite, vous pourrez les retrouver si nécessaire dans le lexique alphabétique à la fin du livre.

Ce qui compte surtout, c'est de savoir que le cégep regroupe les deux années d'école de dix-sept à dix-neuf ans, juste avant l'entrée à l'université.

Pour le reste, les histoires d'amour et d'amitié sont les mêmes des deux côtés de l'Atlantique. Le cœur des filles de dix-sept ans aussi. ☺

Merci de me lire.

Bisous,

Nadia

#1

Béatrice n'a rien dit. Elle ne peut pas s'expliquer pourquoi, mais elle n'a rien dit.

Elle ne dit toujours rien, alors qu'Astrid, Justine et Raphaëlle sont écroulées de rire à côté d'elle. Noémie fait un sourire brave, mais ses yeux brillent comme si elle s'apprêtait à pleurer. Elle se penche et saisit deux ou trois mouchoirs en papier. Puis elle ramasse sa crotte d'un geste rapide et se dirige vers la salle de bain. Béatrice décide de la suivre.

La porte est fermée. Béatrice entend le bruit de la chasse d'eau, puis les robinets qui coulent. Elle frappe doucement.

BÉATRICE : Noémie... C'est moi. Est-ce que je peux entrer ?

La porte s'ouvre.

BÉATRICE : Ça va ?

NOÉMIE (en reniflant) : Oui, oui, ça va.

BÉATRICE : Je sais que c'est intense, mais elles font ça pour rire. Tout le monde passe par là.

NOÉMIE : Toi aussi, t'as fait ça ?

BÉATRICE : Pas exactement. À mon initiation, on devait montrer ses seins en dansant devant la caméra. J'ai été la seule à le faire et je suis passée pour une fille qui aime faire des pornos. Les autres étaient vraiment hilares.

NOÉMIE : C'est chien.

BÉATRICE : Pas autant que pour toi ! J'ai voulu dire quelque chose, mais... je n'ai pas osé. Je suis vraiment désolée.

NOÉMIE : Ce n'est pas de ta faute. Puis de toute façon, on est entre amies. Tant que la vidéo ne circule pas...

BÉATRICE : Ben non, voyons ! Astrid ne ferait jamais ça. Et c'est une bonne amie, tu vas voir. Elle est super gentille avec moi. Elle m'invite partout et elle s'est arrangée pour que Justine me prête plein de vêtements. Une fois que tu es dans sa gang *, elle s'occupe vraiment de toi.

NOÉMIE : Disons qu'il faut avoir un sacré sens de l'humour pour passer à travers son initiation !

BÉATRICE : C'est exactement ça !

NOÉMIE : Je n'ai pas ri sur le coup, mais j'avoue que je pourrais réussir à me convaincre que c'était drôle. Une fois que je vais être remise du choc.

BÉATRICE : Donc… tu te sens mieux ?

NOÉMIE : Un peu, oui. Merci d'être venue me parler.

BÉATRICE : Je suis là pour ça ! Entre nouvelles, faut qu'on s'épaule. Mais il y a autre chose aussi…

NOÉMIE : Quoi ?

BÉATRICE : L'histoire de ton oncle… Ce que tu nous as raconté.

NOÉMIE : Ce n'est pas mon oncle, c'était un chum ** de ma tante. Je ne l'ai plus revu depuis longtemps.

BÉATRICE : Mais est-ce que c'est vrai que tu ne l'avais jamais dit à personne ?

NOÉMIE : Oui.

BÉATRICE : Ce n'est pas bon de garder ces choses-là à l'intérieur… Ma mère est psychoéducatrice et elle dit souvent que

* **Gang** – Bande.
** **Chum** – Petit ami, amoureux, copain.

c'est comme un poison quand on ne parle pas de ce qui nous dérange.

NOÉMIE : Ça ne me dérange pas tant que ça. Ça faisait des années que je n'y avais pas pensé !

BÉATRICE : Es-tu sûre que tu n'es pas en déni ?

NOÉMIE : Je ne sais pas, mais je pense que je vais être en déni d'avoir fait caca devant mes nouvelles amies. C'est tellement honteux !

À cet instant, Raphaëlle les rejoint.

RAPHAËLLE : Vous êtes là, les filles ! On vous cherchait. Qu'est-ce qui est honteux ?

NOÉMIE : Ben, ce que j'ai fait devant vous.

RAPHAËLLE (en riant) : Vraiment pas, voyons ! Ça montre que t'es des nôtres. Nous, au contraire, on trouve ça super cool.

NOÉMIE : T'es sûre ?

RAPHAËLLE : Ben oui ! T'as gagné le respect d'Astrid en tout cas ! Je pense que c'était l'initiation la plus démente qu'on ait jamais faite !

Noémie rougit de plaisir.

RAPHAËLLE : Allez, viens, on a ouvert une autre bouteille pour fêter ton arrivée officielle dans la gang !

Noémie la suit avec le sourire. Béatrice se remet du rouge à lèvres, puis elle les rejoint dans le salon. La musique de Sia émane des haut-parleurs et les filles dansent en cercle, avec leur verre de cava à la main. Béatrice les regarde et elle les trouve belles, à sourire, à rire et à danser. Elle sait que c'est comme marcher sur une corde raide, être amie avec elles, et qu'elle a toujours peur de tomber, mais ça en vaut la peine. Elle est enfin au cégep *, avec Sébastien et son groupe, loin de son pensionnat; elle est acceptée au sein de la gang la plus cool du collège.

Maintenant qu'elle sait que Noémie va bien, elle se dit que rien ne pourra venir ternir son bonheur.

* **Cégep** – Voir lexique page 413.

#2

Le mardi suivant, Mia traverse la grande salle quand elle entend une voix qui la hèle. Elle se retourne et voit accourir une grande brune avec une courte frange et le bras gauche entièrement tatoué.

LA GRANDE BRUNE : Mia ! C'est bien ça, ton nom ?

MIA (un peu méfiante) : C'est ça, oui.

LA GRANDE BRUNE : C'est M. Lapré qui m'a suggéré de te parler. Tu sais, le prof d'histoire ?

MIA : Je le connais de nom.

LA GRANDE BRUNE : As-tu le temps de prendre un café ?

MIA : Est-ce que je peux savoir c'est à quel sujet d'abord ?

LA GRANDE BRUNE (en se tapant sur le front) : Excuse-moi, je suis pas douée pour les politesses.

MIA (avec un sourire en coin) : Moi non plus, alors ça commence bien.

LA GRANDE BRUNE : Je m'appelle Jimena.

Elle prononce le J à l'espagnole, comme un h guttural.

MIA : Salut.

JIMENA : On prend un café ?

Elle fait un signe de la main vers une table vide du Café Cactus. Mia hoche la tête et s'assoit.

Jimena va chercher deux cafés filtres au distributeur, un geste que Mia apprécie; ils sont peu, au cégep, à ne pas suivre la mode des lattés à cinq dollars.

JIMENA : Alors, M. Lapré a entendu dire que tu voulais te présenter au conseil étudiant.

MIA: Les nouvelles vont vite.

JIMENA (ironique): Ça te surprend?

MIA: Pas vraiment, non. J'en ai vu d'autres.

JIMENA: Comptais-tu te présenter toute seule?

MIA: Ben... Est-ce qu'il y a d'autres options?

JIMENA: C'est justement de ça que je voulais te parler. Moi et quelques autres, on aimerait s'associer et se présenter ensemble pour défendre des idées communes.

MIA: Comme un parti politique?

JIMENA: Pas vraiment, plus comme une plateforme collaborative.

MIA: Tu peux appeler ça comme tu veux, mais si c'est pour défendre des idées communes sous la même bannière, cela ressemble à un parti politique. Est-ce qu'il y a un chef, dans cette «plateforme collaborative»?

JIMENA: Non, un porte-parole.

MIA: Ça serait qui, le porte-parole?

JIMENA (gênée): Ben, ça serait moi.

MIA: Et les fameuses idées communes, ça serait quoi?

JIMENA: Développement durable, entrepreneuriat social, inclusion, diversité. Ce sont les pétitions que tu as lancées, au début de l'année, qui ont amené Guillaume... euh, M. Lapré, à penser que ça serait une bonne chose. C'est plutôt rare une personne qui pense comme nous ici, Mia. Réfléchis à mon offre. L'union fait la force.

MIA: Je vais y penser.

JIMENA : Je t'enverrai plus de détails par Messenger, OK ?

MIA : Je ne suis pas sur Facebook.

JIMENA : C'est vrai que je ne t'ai pas trouvée. Je pensais que c'était parce que t'avais un surnom comme nom de profil.

MIA : Non, je n'ai vraiment aucun intérêt pour ça. J'ai déjà eu un compte, mais je l'ai supprimé au début de l'année. Je trouve ça complètement futile. Si ce n'est pas des vidéos de bébés qui rient, c'est des faux débats ou de la masturbation intellectuelle de bas niveau.

JIMENA (les yeux brillants) : Je te le dis, tu vas vraiment bien t'intégrer dans notre groupe. Faut que tu rencontres le reste de la gang.

MIA : Fais-moi signe, on verra.

Elle donne son numéro de téléphone à Jimena et lui souhaite une bonne journée.

En rentrant chez elle, Mia doit s'avouer qu'elle est plus curieuse qu'elle ne voulait le laisser paraître. C'est vrai que depuis son arrivée au cégep, elle se sent un peu comme une extraterrestre, surtout avec ses colocs et leurs amies. La plupart sont gentilles, mais elle n'a pas grand-chose en commun avec elles. Elles se préoccupent plus de garçons et de vêtements que de l'avenir de la planète.

C'est donc une véritable bouffée d'air frais, cette rencontre avec Jimena, même si elle n'est pas encore sûre où ça va la mener. Mia est une fille foncièrement indépendante, et l'idée d'appartenir à un groupe formaté, si ouverts d'esprit soient ses membres, la rebute. Mais elle se dit qu'elle a le temps d'y penser et d'en apprendre plus à leur sujet.

En ouvrant la porte, elle est accueillie par le son assourdissant de la chanson *Better Man* de Pearl Jam qui passe en boucle et à tue-tête depuis quelques jours dans l'appartement. Mia hausse les épaules et se dirige vers la cuisine pour y prendre une pomme.

Arrivée près de la cuisine, elle sursaute en voyant s'ouvrir la porte qui mène à l'appartement de Marie-Pier, leur propriétaire. Marie-Pier a toujours respecté leur vie privée et elle frappe normalement avant d'entrer.

MARIE-PIER (criant pour se faire entendre par-dessus la musique) : Salut, Mia, ça va ?

MIA (tout aussi fort) : Oui, et toi ?

Mais Marie-Pier ne répond pas. Elle avance d'un pas vif vers la porte de la chambre d'Emma et frappe plusieurs fois fermement. Emma ouvre et passe la tête par l'embrasure.

EMMA : Ah, c'est toi. Je pensais que ça allait être elle.

Elle fait un geste de tête vers Mia.

MARIE-PIER : Peux-tu commencer par éteindre ta musique, s'il te plaît ?

EMMA (en ronchonnant) : OK.

Enfin, le silence se fait dans l'appartement.

MARIE-PIER : On peut se parler ?

EMMA (en jetant un regard mauvais à Mia) : OK, viens dans ma chambre.

MARIE-PIER : Certainement pas. Ça pue bien trop là-dedans !

EMMA (de mauvais poil) : De quoi tu parles ?

MARIE-PIER : C'est bien beau, les peines d'amour, ma puce, mais là, ça suffit. Prends ta douche, je t'attends dans la cuisine.

Emma saisit sa serviette et se dirige vers la salle de bains en bougonnant comme un enfant de trois ans. Marie-Pier fait signe à Mia de la suivre.

MARIE-PIER (à voix basse) : Elle est toujours comme ça ?

MIA : Depuis quelques jours, oui. Je ne l'ai presque pas vue. Je ne sais même pas si elle est allée à ses cours.

MARIE-PIER : C'est grave ! Et Béatrice, qu'est-ce qu'elle en dit ?

MIA : Je ne l'ai pas vue beaucoup non plus. Elle a passé un peu de temps avec Emma dans sa chambre, mais sinon elle est toujours avec son chum ou ses amies prétentieuses.

MARIE-PIER : Quelles amies prétentieuses ?

MIA : Tu ne les as sûrement jamais rencontrées. Elles sont trop snobs pour passer du temps ici.

MARIE-PIER : Tu n'as pas l'air de les porter dans ton cœur.

MIA : Ça m'étonne de Béatrice. Elle est gentille, mais les filles avec qui elle se tient, ce sont des vipères. Des vraies.

MARIE-PIER : Tant que ça ?

MIA : Oui.

MARIE-PIER : Faudrait que je lui parle. Je commence à m'inquiéter.

À ce moment, Emma fait irruption dans la cuisine en robe de chambre, les cheveux mouillés.

EMMA : Je te remercierais de ne pas parler de ma vie privée avec cette personne, s'il te plaît.

Elle ouvre la porte du frigo.

MIA : Cette personne te signale que c'est elle qui garde le frigo rempli depuis une semaine.

MARIE-PIER : C'est quoi le problème, Emma ?

EMMA : Le problème ? Le problème, c'est que sans cette fille facile qui *frenche* * des garçons pour rien dans les partys **, tout irait bien dans ma vie.

MIA (outrée) : N'exagère pas !

MARIE-PIER : Mia, peux-tu nous laisser seules deux minutes, s'il te plaît ? J'aimerais parler à Emma.

MIA : Si tu veux, mais elle ferait mieux de s'excuser.

MARIE-PIER : Je suis d'accord avec toi.

Mia quitte la pièce en claquant la porte, sachant que cela n'aidera en rien son cas, mais trop contente de pouvoir évacuer un peu du trop-plein de frustration que génère en elle sa coloc.

Elle ne regrette pas d'avoir quitté Québec – Dieu sait qu'elle n'aurait pas pu y rester une minute de plus –, mais elle ne s'attendait pas à ce que la vie en colocation soit aussi épineuse. Elle ouvre son recueil de philo d'un geste sec, déterminée à ne pas gaspiller une minute de plus à se laisser atteindre par les pseudo-drames d'Emma.

---

* ***Frencher*** – Rouler un patin, embrasser (avec la langue).

** **Party** – Fête.

#3

Emma doit s'avouer que ça lui fait quand même du bien de se sentir propre. Sa grand-mère avait raison, finalement, quand elle lui disait que tout semble moins terrible quand on est douché, habillé, dans une maison propre et bien organisée. Quoiqu'en regardant autour d'elle, Emma se dit que pour la maison propre et bien organisée, elle devra repasser. Elle espère que Marie-Pier ne s'apprête pas à lui faire la morale là-dessus en plus de tout le reste.

Depuis sa conversation avec Théo dans le bois, il y a quelques jours, Emma se terre chez elle, enfermée dans un brouillard de colère, de frustration et de douleur. Elle a l'impression que la seule chose qui pourrait l'en délivrer, c'est un message de Théo, voire juste un signe de vie de sa part, mais son silence est si assourdissant qu'elle l'enterre avec la musique qu'elle écoute à tue-tête, pensant à lui et pleurant en écoutant les paroles.

Elle sait que ça ne peut pas durer et devine que sa tante est ici pour lui parler franchement. Mais elle aurait envie de rester dans sa bulle un peu plus longtemps.

Marie-Pier lui sert un café et la regarde d'un air compatissant.

MARIE-PIER : Ça ne va vraiment pas, ma puce, hein ?

EMMA : Ben, tu le sais…

MARIE-PIER : Je n'aime pas dire « je te l'avais dit », mais…

EMMA : Mais tu me l'avais dit d'arrêter de jouer avec Théo.

MARIE-PIER : Qu'est-ce qui s'est passé depuis votre dernière conversation ?

EMMA : Il s'est rien passé ! Je lui écris des textos toutes les cinq minutes et il ne m'a pas répondu. Pas une seule fois ! Regarde !

Emma tend son téléphone vers sa tante, lui montrant les longs messages qui demeurent tous à droite de l'écran. Rien à gauche, même pas un emoji.

EMMA : Ça fait trois jours que je regarde mon écran en attendant sa réponse. Ça n'indique même pas s'il a lu mes messages ! À croire qu'il a jeté son téléphone à la poubelle !

MARIE-PIER : As-tu essayé de lui parler ?

EMMA : Je l'ai appelé au moins vingt fois.

MARIE-PIER : De lui parler en personne, je veux dire ?

EMMA : Non... Je n'ose pas.

À ce moment, elles entendent du bruit dans la maison. Béatrice ouvre la porte de la cuisine et passe la tête dans l'embrasure.

BÉATRICE : Ah, t'es là, Emma ! Je venais voir si... Oh, bonjour, Marie-Pier !

MARIE-PIER : Salut. Je suis venue voir notre grande malade.

BÉATRICE : T'as pris ta douche, Emma, c'est cool ! Voulez-vous que je vous laisse ?

MARIE-PIER : Non, entre. J'étais en train de demander à Emma si elle avait parlé à Théo en personne.

BÉATRICE : J'arrête pas de lui dire que c'est ça qu'elle doit faire ! Mais elle refuse de sortir d'ici.

MARIE-PIER : Elle n'aura pas d'autre choix que de sortir d'ici et d'aller à ses cours. À moins qu'elle veuille que j'appelle sa mère.

EMMA : Euh, allo ? Vous n'avez pas besoin de parler de moi comme si je n'étais pas là !

MARIE-PIER : On dirait bien que oui, ma grande. Si tu ne te prends pas en main, c'est nous qui allons devoir le faire à ta place. Béatrice, tu veux bien accompagner Emma au cégep cet après-midi ?

BÉATRICE : Oui, mais mon cours commence dans quinze minutes.

EMMA (l'air borné) : Je ne suis pas prête.

MARIE-PIER : Voyons, tu enfiles un jean, ça ne prend pas une heure !

EMMA : Mon prochain cours est à quatorze heures et je ne veux pas traîner au cégep toute seule tout ce temps-là.

MARIE-PIER : Si tu me promets de recommencer à aller à tes cours, tu fais comme tu veux.

EMMA : OK.

MARIE-PIER : Et avec Mia, tu fais un effort, OK ?

EMMA (en ronchonnant) : OK !

Marie-Pier se lève et remonte chez elle après avoir embrassé sa nièce dans les cheveux. Béatrice se prépare rapidement un sandwich au jambon.

BÉATRICE (en prenant une bouchée) : Tu te sens prête à affronter le cégep ?

EMMA : J'espère juste ne voir personne…

BÉATRICE : Tu veux voir Théo, quand même ?

EMMA : Je ne sais même pas… Je ne sais pas ce que je dirais. Puis c'est surtout… Tous mes amis… Tous nos amis en commun. Personne ne le sait, qu'on était ensemble. À moins qu'il leur ait tout raconté…

BÉATRICE : Penses-tu ?

EMMA : Je ne sais pas. Ce n'est pas son genre. Et s'il leur avait dit, Rosalie aurait rappliqué ici pour connaître tous les détails.

BÉATRICE : Elle pense que tu étais où depuis trois jours ?

EMMA : Je lui ai dit que je ne me sentais pas bien. Ce qui n'est pas vraiment un mensonge. C'est affreux, Béa, avoir mal comme ça !

BÉATRICE : Ma pauvre chouette.

EMMA : Je m'en veux, si tu savais… J'ai tout jeté en l'air par orgueil.

BÉATRICE : Pourquoi tu continues à être aussi bête avec Mia si tu te blâmes toi-même ?

EMMA (découragée) : Je ne sais pas… Je ne me comprends pas moi-même. Une minute je suis triste, l'autre je suis fâchée contre Mia, celle d'après je m'en veux… Il n'y a rien de logique là-dedans.

BÉATRICE : Si je pouvais faire quelque chose… Veux-tu que j'essaie de lui parler ?

EMMA : À Théo ? *My god,* non. Je ne veux rien faire qui pourrait empirer les choses.

BÉATRICE : Peut-être qu'il faut juste que tu lui laisses le temps de se défâcher…

EMMA : Peut-être, mais en attendant je fais quoi ? On traîne avec les mêmes personnes !

BÉATRICE : Tu devrais au moins en parler à Rosalie et à Aïcha. Elles sont tes amies. Elles vont pouvoir t'aider.

EMMA : Je ne sais pas. J'ai peur qu'elles réagissent mal quand elles vont savoir que je leur ai menti tout ce temps-là. T'as tellement été gentille, toi. T'étais même pas fâchée quand je te l'ai dit !

BÉATRICE : Voyons, Emma, comment tu voulais que je sois fâchée quand tu me pleurais dans les bras comme ça ?

EMMA : Je ne sais pas ce que j'aurais fait sans toi.

BÉATRICE : Arrête, ça sert à ça d'avoir une meilleure amie !

EMMA : En tout cas, merci d'avoir été là.

BÉATRICE : Je suis là pour toi quand tu veux, sauf que là il faut vraiment que je me sauve. Mon prof d'histoire est super sévère, je ne veux pas être en retard.

EMMA : OK. On se voit tout à l'heure.

BÉATRICE : T'es sûre que tu vas arriver à y aller toute seule ? Je peux t'attendre cinq minutes.

EMMA : Je ne suis pas faite en chocolat. Allez ! Bye !

BÉATRICE : Tu promets que tu vas y aller ?

EMMA : C'est sûr ! La dernière chose dont j'ai besoin en ce moment c'est de voir ma mère rappliquer à Montréal. Et c'est ce qui va arriver si Marie-Pier l'appelle.

BÉATRICE : OK… Texte-moi s'il y a quoi que ce soit, OK ?

Emma enfile distraitement un jean et le premier pull qui lui tombe sous la main. Elle prépare son sac à dos et met sa veste à capuchon. Elle se couche sur son lit par-dessus sa couverture et regarde le plafond en attendant qu'il soit l'heure de partir. Elle sait qu'elle n'a pas le choix d'y aller, mais elle espère s'en tirer en ne croisant personne cet après-midi; ni Théo, ni ses amis.

#4

Manque de chance, dès qu'Emma met les pieds au cégep, c'est pour tomber nez à nez avec Rosalie. Emma ne sait pas comment réagir. Elle n'a pas envie de tout expliquer et se dit que c'est peut-être mieux de faire comme si de rien n'était.

ROSALIE : Emma ! Tu vas mieux ? C'est vrai que tu n'as pas l'air d'être en forme. T'es toute blanche ! Es-tu sûre que tu vas assez bien pour revenir à l'école ?

C'est trop de sollicitude pour Emma, qui a déjà les émotions à fleur de peau. Elle éclate en sanglots. Rosalie la prend dans ses bras, confuse.

ROSALIE : Ça va ? Mon Dieu, cocotte, qu'est-ce qui se passe ?

EMMA : Rien... Ce n'est rien.

ROSALIE : Mon œil que ce n'est rien ! J'ai rendez-vous avec Aïcha à la cafétéria, tu viens avec nous ? Un bon café chaud, ça va te faire du bien.

EMMA : Je ne sais pas... Ça ne me tente pas de pleurer devant tout le monde.

ROSALIE : Je ne veux pas te faire de peine, cocotte, mais tu pleures déjà devant tout le monde. On va être bien plus discrètes assises à une petite table au fond de la cafétéria. T'auras juste à t'asseoir dos à la grande salle, personne ne va te voir. Et si tu pleures trop et que tes épaules tremblent, de dos les gens vont penser que tu ris !

EMMA (en souriant à travers ses larmes) : T'es bête !

ROSALIE : Bon ! J'aime mieux ça ! Un sourire ! Allez, on y va.

Emma la suit docilement. Il n'y a rien au monde que Rosalie aime plus qu'une bonne crise à gérer. C'est la meilleure amie du monde dans les moments pluvieux; elle aime s'apitoyer sur le sort de ses amies et les aider à trouver des solutions. C'est quand tout va bien qu'elle est moins facile à côtoyer : elle a tendance à être jalouse du bonheur des autres. Emma préfère la façon d'être de Béatrice, qui est là autant pour célébrer ses bons coups que pour la soutenir quand ça va moins bien. Mais personne ne peut avoir que des Béatrice dans sa vie; et elle est si occupée avec son chum et ses nouvelles amies qu'Emma doit apprendre à s'appuyer sur d'autres.

Dès qu'Aïcha voit les larmes d'Emma, elle se dirige vers la cafétéria dont elle ressort quelques minutes plus tard avec un troisième café latté à la main.

AÏCHA (en s'assoyant) : J'ai mis beaucoup de cannelle. Tu vas voir, c'est ce qu'il y a de plus réconfortant. Ma grand-mère me faisait toujours du lait chaud à la cannelle, quand j'étais petite et que j'avais de la peine.

Emma prend une gorgée.

EMMA : C'est vrai que c'est bon.

AÏCHA : Qu'est-ce qui se passe, ma belle ?

EMMA : Vous n'allez pas comprendre, les filles.

ROSALIE : Donne-nous une chance d'essayer.

EMMA : Je ne sais pas si je suis triste, fâchée, désespérée ou juste découragée…

AÏCHA : Tant que ça ?

ROSALIE : Est-ce que ça concerne Thomas ?

EMMA : Non… Ça concerne… Théo.

ROSALIE : Théo ? Comment ça ?

EMMA : Vous savez, la blonde * mystérieuse de Théo, pour laquelle il annulait ses soirées avec les garçons ?

AÏCHA : Oui ?

EMMA : Ben, c'était… moi.

ROSALIE : Toi ? De quoi tu parles ?

EMMA : Tu te souviens, la fois où on est allés te rejoindre sur le mont Royal ?

ROSALIE : Oui ?

EMMA : Ben, Nathan avait raison. On s'était embrassés cette fois-là.

ROSALIE : Théo et toi ! Je n'en reviens pas !

EMMA : Après, on a continué de se voir. C'était occasionnel, on ne sortait pas ensemble officiellement, mais on passait beaucoup de temps ensemble.

AÏCHA : Et Thomas, là-dedans ?

EMMA : Il ne s'est jamais rien passé avec Thomas ! On est juste amis.

ROSALIE : Mais pourquoi tu ne nous as rien dit ?

EMMA : Je ne sais pas. J'étais stupide. Ou orgueilleuse, plutôt. À cause de l'histoire avec Mia…

ROSALIE : Mais on s'en fout de l'histoire avec Mia !

EMMA : Arrête, c'est tellement pas ce que tu disais !

---

* **Blonde** – Petite amie, amoureuse.

ROSALIE : J'en dis plein des bêtises, parfois. Franchement, si on faisait vraiment attention à tout ce que je dis ! C'était plus important de nous dire la vérité ?

EMMA : Ben… J'étais gênée.

ROSALIE : Et donc pour sauver la face, tu nous as menti ?

EMMA : Ne te fâche pas contre moi en plus, Rosalie !

ROSALIE (en s'échauffant) : En plus de quoi ?

AÏCHA : Laisse-la parler, un peu…

EMMA (en soupirant) : Merci… En fait, mon histoire avec Théo… Au début, je pensais que c'était juste un flirt, une aventure. Mais plus le temps passait, plus j'avais envie de le voir. J'annulais tout pour être avec lui. Toutes les fois où vous vous demandiez pourquoi je ne voulais pas étudier avec vous, j'étais avec lui. J'étais comme accro.

AÏCHA (ironique) : Ouais, c'est presque romantique, ton histoire.

EMMA : C'était romantique ! Mais le problème, c'est que je m'en suis rendu compte trop tard. J'ai été tellement stupide, les filles !

AÏCHA : Mais voyons, qu'est-ce que tu as fait de si terrible ?

ROSALIE (en ronchonnant) : Tu veux dire à part mentir à ses deux meilleures amies ?

AÏCHA : Je parie qu'elle n'a pas menti à Béatrice…

EMMA : En fait, si. Béatrice ne savait rien non plus.

ROSALIE (se tournant vers Aïcha, d'un air triomphant) : Tu vois ! Je te l'avais dit que Béatrice ce n'était plus tant que ça son amie. Depuis qu'elle traîne avec les Snobinours, elles se sont éloignées.

EMMA : Les Snobinours ?

ROSALIE : Comme les Bisounours, mais en méchants. Ou devrais-je dire méchantes ?

AÏCHA : Tout ça n'explique pas pourquoi on ne t'a pas vu depuis le début de la semaine.

EMMA : J'avais trop peur de le croiser. Il ne répond pas à mes textos, ni à mes appels. Les filles, je suis tellement pathétique, j'ai même appelé chez lui et demandé à sa mère de lui dire de me rappeler !

ROSALIE : *Ouch*. Pas fort, ça.

EMMA : Je ne sais juste pas quoi faire.

AÏCHA : Mais attends, je ne comprends toujours pas pourquoi Théo est si frustré.

EMMA : Il était insulté que je veuille garder notre relation secrète. Puis il dit que je lui ai manqué de respect, en dînant avec Thomas. J'avoue que la photo que t'as montrée n'a pas aidé, Rosalie.

ROSALIE : Oups.

EMMA : Oui, oups.

ROSALIE : Si tu m'avais mise au courant, aussi, rien de tout ça serait arrivé.

EMMA (s'échauffant) : Écoute, Rosalie, il se passe quelque chose de vraiment nul dans ma vie en ce moment et ça serait donc super cool que tu puisses mettre ta frustration de côté un instant.

ROSALIE : OK, t'as raison... Qu'est-ce que tu vas faire ?

AÏCHA : Ouh, attention, si Rosalie se met en mode solution, t'as intérêt d'être prête à passer à l'action !

EMMA : Je ne sais pas... J'ai tout essayé. Je ne sais pas ce que je peux faire de plus.

ROSALIE : De un, si t'es en train d'essayer de reséduire un garçon, veux-tu bien me dire pourquoi tu t'es pointée au cégep aussi mal fringuée ?

EMMA : Qu'est-ce que tu veux dire ?

ROSALIE : Voyons, Emma, tu fais peur ! T'es-tu au moins brossé les cheveux aujourd'hui ? Tu ne vas pas l'avoir par la pitié, ça c'est sûr. On n'attrape pas les mouches avec du vinaigre. Non, il faut qu'il te revoie super belle, en pleine possession de tes moyens. Pour qu'il réalise ce qu'il a perdu ! Personne n'a envie d'une âme éplorée qui traîne son malheur dans les corridors du cégep, voyons !

EMMA : Mon Dieu, t'as tellement raison.

ROSALIE : Rentre chez toi, arrange-toi correctement, puis reviens.

EMMA : Je ne peux pas faire ça, ma tante va me tuer. Elle a menacé d'appeler ma mère si je manquais un seul cours de plus.

AÏCHA : T'es en sciences, tu ne risques pas de le croiser tant que tu évites la grande salle. Sois discrète aujourd'hui et tu repenseras à ça pour demain.

EMMA : Vous êtes tellement gentilles, les filles ! Je suis contente de vous en avoir finalement parlé. Le secret me pesait vraiment.

ROSALIE : Il n'y a pas de secrets entre nous, voyons ! À quoi ça sert ?

EMMA : Je sais. Je suis vraiment désolée si ça vous a fait de la peine.

ROSALIE : C'est du passé, tout ça. Là, ce qui compte, c'est de t'aider à ravoir Théo. Arrête de lui écrire, arrête de l'appeler. Fais ta mystérieuse. Et quand il te reverra, sois au-dessus de tout ça. Comme si t'étais déjà passée à autre chose.

AÏCHA : Un instant, là. À ce que je comprends, elle se l'est mis à dos parce qu'elle jouait avec lui. Ce n'est pas en recommençant qu'elle va le ravoir.

EMMA : Bon point.

ROSALIE : Je ne te parle pas de jouer avec lui. Je te parle d'être séduisante et attirante. Le malheur n'attire personne, c'est bien connu.

AÏCHA : Oui, ça c'est vrai.

ROSALIE : Alors, on a un plan d'attaque ? Tu te fais discrète aujourd'hui, parce que tu n'as pas le choix, et demain tu reviens en force. On se donnera rendez-vous pour entrer ensemble dans la grande salle, comme ça tu n'auras pas l'air d'être toute seule. On va rire et se raconter des blagues. Il va vite regretter son intransigeance, crois-moi.

EMMA : Vous êtes les meilleures amies au monde, les filles !

ROSALIE (d'un air narquois) : Plus que Béatrice ?

AÏCHA (la tapant sur la main en riant) : Lâche-la avec ça !

5

Tout de suite après son cours d'histoire, Béatrice entre dans la grande salle et se dirige vers « leur » banc – parfaitement situé près de la porte qui mène à la galerie, et où personne d'autre que leur gang n'ose s'asseoir. Surtout, Béatrice est toujours sûre d'y trouver soit son chum, soit l'une des filles. Aujourd'hui, elle aperçoit de loin Sébastien et Thomas, et elle presse le pas pour se joindre à eux.

La voyant s'approcher, Sébastien se lève pour l'enlacer et lui plante un gros bec sur la bouche.

SÉBASTIEN : Ça va ?

BÉATRICE : Mon prof d'histoire est vraiment sévère ! Intéressant, par contre. C'est comme regarder un spectacle à chaque cours. Vous, quoi de neuf ?

THOMAS : On parle de l'attaque à cinq.

SÉBASTIEN : On trouve le *coach* un peu incompétent. Ce n'est pas normal qu'on soit aussi faibles en avantage numérique. On a des super bons marqueurs dans notre équipe.

Béatrice les écoute discuter. Le bras de Sébastien est lourd sur ses épaules. Elle se sent bien, comme ancrée dans l'espace. Elle ne ressent ni le besoin ni le désir de contribuer à leur conversation; elle se contente d'être là, avec lui.

Pendant que les deux garçons parlent, Béatrice sort son téléphone et envoie un texto à Emma pour vérifier si elle s'est bien rendue au cégep. Pas de réponse. Soit elle est à son cours, soit elle est encore dans son lit en train de pleurer. Béatrice déteste voir sa grande amie souffrir autant, surtout quand elle-même file le parfait bonheur avec Sébastien. Elle aurait tant voulu faire des sorties en couple avec Emma. Dommage que ça n'ait pas marché entre elle et Thomas, mais Béatrice comprend que le cœur veut ce qu'il veut et qu'on ne peut pas le forcer. Tout de même, elle se promet de surveiller l'humeur de son amie et de faire ce qu'elle peut pour l'aider à aller mieux. Béatrice n'arrive pas à se sentir parfaitement heureuse quand Emma est si malheureuse.

Astrid et Justine se joignent au groupe. Astrid fait la bise à tout le monde et Justine l'imite. Béatrice a remarqué que cette habitude de se faire la bise dans la grande salle ne tient que quand Astrid est là. Quand il n'y a que les garçons, ou seulement Justine et Raphaëlle, tout le monde se contente de se saluer. Elle ne dit rien parce qu'après tout, c'est un geste poli, et pourquoi pas ? Mais ça rend quand même les arrivées et les départs un peu longs quand toute la gang est réunie.

ASTRID (s'adressant au groupe) : Mon père m'a envoyé une invitation pour la Nocturne du MAC, demain soir. On peut tous y aller. Il y a un cocktail VIP en ouverture, ça devrait être cool.

BÉATRICE (chuchotant à Sébastien) : C'est quoi, le MAC ?

JUSTINE (qui a entendu) : Le Musée d'art contemporain. Le père d'Astrid siège au conseil d'administration. Leurs Nocturnes sont toujours géniales.

SÉBASTIEN : La dernière fois c'était Chroméo, le DJ. Je l'adore.

ASTRID : On peut prendre un verre chez moi avant et se rendre ensemble au cocktail. En passant, Béatrice, il te faut des fausses cartes d'identité, là. Ce n'est plus vivable, ta situation.

BÉATRICE (gênée) : OK, mais…

ASTRID : Je connais un mec qui peut te les faire. Il ne demande pas grand chose et ses cartes sont super bonnes.

BÉATRICE : Ça serait tellement gentil, merci !

ASTRID : Je vais le texter. C'est cent dollars. Tu m'apporteras l'argent demain.

Cent dollars ! C'est le budget bouffe de Béatrice pour la semaine. Tout ça pour des fausses cartes dont elle ne se servira que quelques mois. Mais Sébastien déclare qu'il a très hâte d'être à la soirée du MAC et elle ne se voit pas annoncer qu'elle ne pourra pas se joindre à eux. Il faudra aussi qu'elle trouve une excuse pour ses parents, comme le lendemain est un vendredi et qu'ils l'attendront à la campagne…

Mais Béatrice regarde ses amis rire et discuter, elle sourit à Sébastien dont le bras si réconfortant pèse encore sur son épaule, et tous ses soucis s'envolent.

#6

Emma frappe doucement à la porte de la chambre de Béatrice.

EMMA (en chuchotant) : Béa ? Es-tu réveillée ?

On entend un grognement qui émane de la chambre.

EMMA (un peu plus fort) : Béa ?

BÉATRICE (en grognant) : Quoi ?

EMMA : Es-tu réveillée ?

BÉATRICE (en soupirant) : Maintenant oui.

EMMA : Je peux entrer ?

Béatrice grogne de nouveau, ce qu'Emma choisit d'interpréter comme un assentiment. Elle entre et s'assoit sur le lit de son amie.

BÉATRICE (toujours couchée, les yeux fermés) : Mon alarme n'a même pas encore sonné !

EMMA : Je sais, mais il fallait que je te parle.

BÉATRICE : Qu'est-ce qui se passe ?

EMMA : Est-ce que tu pourrais me sécher les cheveux ?

BÉATRICE : Tu m'as vraiment réveillée pour ça ?

EMMA : Ils sont toujours plus beaux quand c'est toi qui les fais. Je vais revoir Théo aujourd'hui… Pour la première fois !

BÉATRICE : C'est vrai. OK, alors. Mais tu me prépares un café et t'apportes le sèche-cheveux ici. Je veux rester couchée le plus longtemps possible.

EMMA : Pas de souci. Merci, Béa !

Emma gambade vers la cuisine. Elle sent l'espoir renaître en elle, ce matin. Théo a ignoré tous ses textos et ses appels, soit; mais c'est facile d'ignorer un écran ou une sonnerie. Une fois qu'elle sera là, devant lui, bien arrangée, ça sera différent. Comme ils ont le même groupe d'amis, il n'aura pas le choix de la voir, de lui parler. Elle est sûre que leur complicité est trop forte pour disparaître comme ça, d'un coup.

Elle apporte son café à Béatrice et repart chercher le sèche-cheveux. Elle prend aussi sa brosse ronde et son produit démêlant préféré. Béatrice se lève comme un zombie en t-shirt blanc, tendant les bras devant elle pour saisir le sèche-cheveux et la brosse. Emma s'assoit sur le lit, les jambes croisées devant elle. Elles ne parlent pas à cause du bruit du sèche-cheveux.

Elles sont interrompues quelques minutes plus tard par la porte qui s'ouvre. Mia apparaît, endormie et décoiffée. Béatrice arrête le sèche-cheveux.

MIA : Il n'est même pas sept heures ! Qu'est-ce qui vous prend de faire atterrir un avion dans l'appartement ?

EMMA : Relaxe. Je me sèche les cheveux, ce n'est pas la fin du monde.

MIA : N'importe quoi qui me réveille avant sept heures, c'est la fin du monde. Sérieusement !

EMMA : Tu n'avais qu'à pas écouter ta musique jusqu'à minuit. Ça m'a empêchée de m'endormir ! Et j'ai une grosse journée aujourd'hui, vois-tu.

MIA : Waouh, parce que t'oses montrer le bout de ton nez au cégep ? Quel courage ! Ils vont te mettre en nomination pour un prix Nobel bientôt. Toi et Malala, même combat.

BÉATRICE (voyant qu'Emma va s'énerver) : Il est sept heures dans trois minutes, OK ? Et je vais mettre le sèche-cheveux moins fort. Veux-tu que je fasse tes cheveux après ?

MIA : Ha ! Non. Je m'en vais étudier aujourd'hui, pas participer à une émission de téléréalité !

Mais l'offre de Béatrice semble l'avoir un peu calmée, car elle repart, non sans claquer la porte derrière elle.

EMMA : Parfois, je te jure, je pourrais…

BÉATRICE : L'étriper ? Ça se voit.

EMMA : Je ne sais pas si je vais être capable de continuer à vivre avec elle.

BÉATRICE : On n'a pas des tonnes de choix. Et la plupart du temps, elle est super sympa.

EMMA : Je sais…Parfois je l'apprécie, mais d'autres fois… C'est fou comme elle vient me chercher.

BÉATRICE : Vous êtes trop pareilles. Deux têtes fortes. Tiens, je pense que tes cheveux sont prêts. Qu'est-ce que tu vas mettre ?

EMMA : Mon t-shirt vintage de Pearl Jam. On l'avait acheté ensemble et Théo l'aimait beaucoup. Ça va lui rappeler des souvenirs… Ça aurait été beau avec un jean noir troué aux genoux, mais j'en ai juste des bleus…

BÉATRICE : C'est vrai que ça aurait été beau.

EMMA : Tu ne pourrais pas… Tu ne pourrais pas me prêter le tien ?

BÉATRICE : Hein ? Je n'en ai pas.

EMMA : Ben si, tu le portais avant-hier.

BÉATRICE : Tu sais bien qu'il n'est pas à moi ! C'est Justine qui me l'a prêté.

EMMA : Qu'est-ce que ça fait ?

BÉATRICE : Je ne peux pas te prêter les vêtements de quelqu'un d'autre, voyons !

EMMA : Elle ne le saura pas. Un jean noir, c'est un jean noir. Je pourrais bien en avoir un moi aussi.

BÉATRICE : Elle le reconnaîtrait. C'est un AG. Il n'y a pas beaucoup de monde qui en a au cégep.

EMMA : Ouais, parce que ça coûte genre trois cents piasses *.

BÉATRICE : Vraiment ? Raison de plus pour que je ne te le prête pas ! Emma, sérieux, je te prête l'ensemble de ma garde-robe quand tu veux. Mais les affaires de Justine, je ne peux pas. Désolée.

EMMA : C'est nul ! Je vais mettre quoi, moi ?

BÉATRICE : Tes jeans bleus te vont super bien !

EMMA : OK... Je n'ai pas vraiment le choix.

BÉATRICE : Et de rien pour tes cheveux.

EMMA : Merci ! Je m'excuse, je pense que je suis vraiment stressée. Je suis un peu sur les nerfs.

BÉATRICE : Un peu, tu dis ? Ne t'inquiète pas, je suis sûre que ça va aller. Il était fâché, c'est normal, mais il aura eu le temps de décompresser.

EMMA : Tu penses ?

* **Piasse** – Dollar canadien.

BÉATRICE : Ben oui ! S'il t'aimait pour de vrai, il va s'en remettre. T'as rien fait de si mal que ça.

EMMA : Je sais… Qu'est-ce que je devrais faire, quand je vais le voir ?

BÉATRICE : Tu lui demandes si tu peux lui parler seule à seul cinq minutes. Ne fais pas tes retrouvailles devant tout le monde !

EMMA : Mais s'il dit non ? Devant tout le monde ?

BÉATRICE : C'est un risque que tu vas devoir courir.

Les deux filles marchent ensemble vers le cégep. Devant la galerie, Emma aperçoit Rosalie et Aïcha qui, comme prévu, l'attendaient avant d'entrer. Emma dit au revoir à Béatrice, qui lui souhaite bonne chance, puis elle rejoint ses amies.

AÏCHA : Waouh, t'es super belle.

EMMA : Merci !

ROSALIE : C'est quoi ton premier cours ?

EMMA : Chimie.

ROSALIE : Tu ne croiseras pas Théo dans le pavillon des sciences. On se rejoint juste avant midi pour entrer ensemble dans la grande salle ? Je vais donner rendez-vous à Nathan pour qu'ils mangent avec nous.

EMMA : OK. Vous êtes vraiment super sympas, les filles.

ROSALIE : Ce n'est rien. Et n'oublie pas : sois indépendante quand tu le vois, OK ? Pas de pleurs, pas de drame, rien.

EMMA : Béatrice dit que je devrais essayer de lui parler en tête-à-tête.

ROSALIE : Si la situation se présente, oui. Mais ne va certainement pas lui dire que tu veux lui parler !

EMMA : C'est exactement ce que Béa veut que je fasse.

ROSALIE : C'est nul ! Il y a rien que les gars haïssent plus que d'entendre les mots « Faut qu'on se parle »... Ça fait niais.

AÏCHA : Ça, c'est vrai.

ROSALIE : Fais-moi confiance. Aie l'air sûre de toi, de bonne humeur, comme si de rien n'était, et c'est lui qui va te courir après pour te parler.

EMMA : C'est vrai que ça me tentait pas de lui demander qu'on se parle. J'avais peur qu'il dise non. Je vais essayer ton plan, il me plaît davantage.

ROSALIE : Parfait. À tout à l'heure !

Elle croise les doigts en souriant à Emma.

Emma retrouve ses amies pour manger. Elles se dirigent ensemble vers la cafétéria, là où Rosalie a donné rendez-vous aux garçons. Emma sent ses jambes qui tremblent, mais elle s'efforce de garder la tête haute et de rire pour rien aux histoires que Rosalie lui raconte.

Elles arrivent les premières. Elles prennent chacune un sandwich et un jus et vont s'asseoir. Suivant les conseils de Rosalie, Emma tourne le dos à la cafétéria pour ne pas avoir l'air de surveiller l'arrivée de Théo. Mais ça la rend nerveuse d'anticiper sa présence sans le voir venir.

ROSALIE (en chuchotant) : OK, Nathan et William arrivent. Théo n'est pas avec eux.

Emma sent son ventre se serrer. Elle était stressée à l'idée de voir Théo, mais après tous ces préparatifs, ça serait encore pire de ne pas le voir ! Elle sourit aux garçons lorsqu'ils s'assoient.

NATHAN : Hé, Emma, ça fait un bout. Tu vas mieux ?

EMMA : Oui, merci.

WILLIAM : Qu'est-ce que t'avais ?

EMMA : Un virus débile.

WILLIAM : J'espère que t'es plus contagieuse !

EMMA : Mais non, t'inquiète pas.

Les amis de Théo croient de toute évidence qu'elle était réellement malade. Ils ne semblent pas du tout soupçonner qu'elle a passé les derniers jours couchée en boule dans son lit. Elle ne sait pas si c'est une bonne nouvelle ou pas que Théo ne leur ait rien dit. D'un côté, ça signifie qu'il n'a pas parlé d'elle en mal à ses amis, et qu'il est donc peut-être disposé à lui pardonner; mais de l'autre, il est possible qu'il veuille mettre toute cette histoire derrière lui et ne plus y penser.

Elle se dit qu'il ne pourra pas l'éviter toute la journée et qu'elle sera donc bientôt fixée. Mais le suspense menace de la tuer !

NATHAN : Mes parents montent au chalet ce week-end. Il me semble qu'on est prêts pour un autre party, non ?

ROSALIE : Ah ouiii ! Ça serait tellement cool. Surtout que j'ai manqué le premier.

WILLIAM : Parfait pour moi. Mais cette fois-ci, mec, on invite plus de filles.

ROSALIE : Plus de garçons aussi, alors ! Pensez à nous !

NATHAN : Bon point. Donc nous on invite plein de garçons et vous, vous invitez plein de filles. *Deal?*

ROSALIE : *Deal.*

Les deux gars se lèvent pour aller se chercher à manger. Aïcha se prend la tête entre les mains.

EMMA : Qu'est-ce qu'il y a ?

AÏCHA : Mes parents ne me laisseront jamais prendre la voiture pour aller à un party. Et le dernier train est genre à vingt-trois heures. Je vais manquer la moitié de la soirée.

EMMA : T'as juste à dormir chez moi.

AÏCHA : T'es sûre ? Ça serait parfait.

EMMA : Ben oui, je suis sûre. C'est chien d'être esclave de l'horaire des trains. Je peux pas croire que tu prends tous les jours le train pour venir.

ROSALIE : Ça tombe tellement bien que Nathan fasse un party. Théo va se rendre compte de ce qu'il manque.

AÏCHA : Chut, ils arrivent. Et il est là !

Emma ne se retourne pas. Nathan et William déposent bruyamment leurs sandwichs et leurs jus sur la table. Théo s'assoit à côté d'Aïcha. Emma se concentre sur son sandwich. Elle s'en veut d'avoir choisi du thon; ça ne sent pas bon et elle a toujours l'impression d'avoir un filament coincé entre les dents. Elle termine sa bouchée puis, nonchalante, lève la tête et regarde en direction de Théo. Celui-ci est penché sur son dîner et il ne la regarde pas.

Emma sent une boule qui lui tombe dans le fond de l'estomac. Il l'ignore ! Il fait comme si elle n'était pas là. Pas même un sourire, pas un regard, rien. Elle a envie de pleurer tout à coup, mais elle prend une profonde respiration pour s'en empêcher.

NATHAN : On a parlé de ça entre nous, les filles, et on va se préparer une petite liste de cibles pour vous.

ROSALIE : De cibles ?

WILLIAM : Des belles filles qu'on aimerait que vous invitiez.

ROSALIE : Mais si on ne les connaît pas ?

NATHAN : Vous les connaîtrez sûrement de nom. Ou sinon, on peut toujours faire un événement Facebook pour le party et vous les inviterez. Ça va faire moins louche que si l'invitation vient d'un garçon.

THÉO : Ça risque de déraper, ça, *man*. À mon ancienne école, il y a un gars qui s'était fait vandaliser sa maison après avoir mis son party sur Facebook.

Emma frissonne en entendant la voix de Théo. Dire que cette belle voix lui chuchotait des mots doux il y a quelques jours à peine, et qu'elle a foutu tout ça en l'air ! Elle s'en veut, c'est fou comme elle s'en veut.

WILLIAM : On créera un événement privé. Ça ne sera visible que pour les amis d'amis.

NATHAN : Si on peut inviter toutes les filles qu'on veut, je pense que ça en vaut la peine. Il y a une fille super mignonne dans mon cours d'histoire. Théo, je suis sûr qu'elle serait ton genre.

Rosalie lève les sourcils en direction de Nathan. Celui-ci se méprend sur la cause de sa surprise.

NATHAN : Ben oui, Théo est redevenu célibataire. Ça tombe bien, juste à temps pour le party.

Emma ne dit rien, elle regarde fixement devant elle. Elle se sent un peu étourdie.

ROSALIE : C'est vrai, ça tombe bien. Emma aussi, finalement. Il ne se passe rien avec Thomas. Mais j'ai un super beau mec à lui présenter au party.

Emma aurait envie de donner un coup de pied à Rosalie sous la table. Elle veut expliquer à Théo qu'elle l'aime, pas lui faire croire qu'elle est prête à sortir avec un autre garçon ! Déjà que c'est ça qui a rendu Théo jaloux et a causé leurs problèmes…

NATHAN : Parfait. Cette fois-ci, c'est la totale. Invitez autant de monde que vous voulez.

Emma jette un autre coup d'œil vers Théo. Il porte une chemise à carreaux en flanelle contre laquelle elle a toujours trouvé particulièrement confortable de se lover. De le voir là, à un mètre d'elle, mais de ne pas pouvoir lui parler ni le toucher, est une véritable torture.

Il doit y avoir une façon de lui expliquer…

Elle s'apprête à lui demander s'ils peuvent se parler, et au diable les recommandations de Rosalie et la possibilité qu'il dise non devant tout le monde, quand Théo, la devançant, roule l'emballage en plastique de son sandwich en boule, le lance dans une poubelle, se lève et annonce qu'il doit y aller.

Emma le regarde s'éloigner, le cœur serré.

Pas un mot, pas une parole, pas un regard…

#7

Mia entre dans le café-coop dont Jimena lui a donné l'adresse. Il a fallu qu'elle prenne deux autobus pour s'y rendre, mais ça valait la peine : cet endroit de la rue Rachel ressemble enfin à tout ce dont elle avait rêvé en déménageant à Montréal. Menu végane, compostage, environnement zéro déchet et, sur les vêtements des gens qui s'y trouvent, pas le moindre signe de marque. En fait, la plupart d'entre eux semblent, comme Mia, avoir déniché leurs vêtements à l'armée du salut, voire les avoir confectionnés eux-mêmes.

Mia se fraie un chemin dans le café et s'approche de la table bondée à laquelle trône Jimena. Celle-ci bouscule le garçon assis à ses côtés, lui demandant de se lever afin de libérer sa place pour Mia. Mia s'assoit, gênée par tous les regards qui se tournent vers elle, mais fière de cette marque de faveur. Jimena reprend la conversation là où elle semblait l'avoir laissée.

JIMENA : Comme je le disais, je pense qu'une prise de position sur la politique nationale, ce n'est vraiment pas nécessaire.

Le garçon qui a cédé sa place à Mia, un gringalet au regard bleu intense et aux cheveux brun foncé, lui répond avec fougue.

LE GARÇON : C'est une partie intégrante de qui on est ! L'émancipation des peuples et des individus, c'est une composante fondamentale de notre philosophie. On ne peut pas passer à côté de ça !

JIMENA : C'est trop polarisant dans un contexte d'élection étudiante. On n'aura jamais à agir là-dessus une fois élus.

LE GARÇON : Au contraire ! On pourra prendre position, s'exprimer publiquement, participer aux assemblées citoyennes avec le poids de notre électorat derrière nous !

JIMENA : Je trouve que tu sautes des étapes, Xavier. Notre premier objectif, c'est de nous faire élire au cégep et de changer les choses ici. Après, on verra.

XAVIER : T'es vraiment une indépendantiste molle. Ça me dégoûte.

JIMENA (avec un regard de glace) : Les insultes n'ont pas leur place ici, et tu le sais très bien. Je vais te demander de quitter les lieux. Tu seras le bienvenu à notre prochaine assemblée. Ceux qui sont d'accord avec moi, levez la main.

Toute la table lève la main, ou presque. Mia n'ose pas bouger, elle se contente d'observer. Xavier saisit son sac d'un geste rageur et quitte le café en maugréant. Jimena continue de s'adresser au groupe, impassible. Mia l'admire d'avoir su gérer la situation avec autant de calme et d'autorité.

Après plusieurs minutes, Jimena se tourne enfin vers Mia.

JIMENA (s'adressant au groupe) : Nous avons une nouvelle venue parmi nous. Je vous présente Mia Gendron.

Plusieurs étudiants la saluent d'un geste. Mia leur rend leur salut sans dire un mot. Elle n'a pas l'habitude d'être si silencieuse, mais elle doit s'avouer que ce groupe l'intimide.

JIMENA : Mia pense se présenter au conseil étudiant. J'aimerais qu'on lui explique notre plateforme. Alexandra, tu commences ?

La dénommée Alexandra prend la parole et résume les points de vue du groupe. Rien ne surprend Mia puisque ça ressemble à ce dont Jimena lui avait parlé lors de leur première rencontre : inclusion, diversité, responsabilité sociale. Lorsqu'Alexandra a terminé, Jimena s'adresse à Mia.

JIMENA : Voilà ce que c'est en gros. Mais ce n'est pas tout. Je t'ai déjà dit que notre plateforme était collaborative et que chaque membre apporte son point de vue pour enrichir nos positions. On t'écoute. Qu'est-ce que tu souhaites apporter en te présentant au conseil ?

MIA (se sentant sur la sellette) : Euh, je ne suis pas venue ici prête à faire un grand discours.

ALEXANDRA (avec un sourire gentil) : Pas besoin de discours. Parle-nous de toi. Explique-nous pourquoi tu as eu envie de t'impliquer.

MIA : En fait, je me suis longtemps sentie fâchée par ce que je voyais autour de moi. Frustrée par l'inconscience des gens, tant sur le plan social qu'environnemental. Je n'en reviens pas qu'on continue à vivre dans une société de consommation alors qu'on sait très bien qu'on court à notre perte.

Jimena hoche la tête. Mia voit une lueur d'approbation ou d'intérêt dans les yeux des étudiants autour de la table et ça lui fait un bien fou de se retrouver pour une fois avec des gens qui pensent comme elle.

MIA : D'où je viens, en banlieue de Québec, c'est encore pire qu'ici. Au moins, à Montréal, il y a le métro et des transports en commun dignes de ce nom. Là-bas, c'est vraiment le royaume de l'automobile, de la piscine creusée et des télés soixante pouces qu'on remplace tous les deux ans.

Une fille assise à l'autre bout de la table maugrée que ce n'est guère mieux ici. Mia reprend.

MIA : Mais ce qui a changé récemment, c'est qu'au lieu de râler, de dénoncer et de gueuler, j'ai eu envie de passer à l'action et d'essayer de changer les choses. Opérer le changement de l'intérieur.

JIMENA : Qu'est-ce que tu voudrais changer au cégep ?

MIA : J'aimerais remplacer les activités rétrogrades par quelque chose de plus positif, qui bâtit davantage un sentiment de communauté.

JIMENA : Quelles activités considères-tu comme étant rétrogrades ?

MIA : Le défilé de mode. Les initiations. Tout ce qui est prétexte à devenir une beuverie organisée, comme le voyage à New York.

JIMENA : Tu sais que tu t'attaques aux activités les plus populaires du cégep ?

MIA : Je sais. Mais je ne peux pas être la seule que ça dérange. Et si personne ne dit jamais rien, c'est comme un consentement tacite.

Un homme plus âgé, qui s'était approché sans que Mia s'en rende compte, prend la parole. Elle remarque sa barbe fournie de hipster, ses lunettes carrées et son sac qu'il porte en bandoulière comme un ado. Elle devine qu'il s'agit du fameux M. Lapré.

M. LAPRÉ (posant son regard perçant sur Mia) : Et par quelles activités plus évoluées tu suggères de les remplacer ?

MIA (en rougissant) : Je ne suis pas encore arrivée là. J'aimerais consulter les étudiants pour qu'on en arrive à un consensus.

M. LAPRÉ : Les fameuses consultations publiques ! Souvent un moyen pour nos gouvernements de cacher qu'ils ne savent pas quoi faire, tu ne trouves pas ?

MIA (hésitante) : Ben… je ne vois pas ce qu'il y a de mal à être plus inclusifs et plus collaboratifs dans notre approche. Je ne détiens pas la vérité.

M. LAPRÉ : Justement, qu'est-ce qui te donne la supériorité morale de décréter quelles activités sont rétrogrades, et lesquelles méritent d'exister ? Si une majorité des étudiants aime les défilés de mode et les beuveries, qui es-tu pour décider que ce n'est pas bon pour eux ?

Mia est si offusquée qu'elle en retrouve ses moyens. Elle ne peut plus supporter d'être assise comme une élève devant son prof. Elle se lève comme sur un ressort et s'adresse à lui face à face.

MIA : Oh, si vous voulez relativiser, on peut tout relativiser ! Vous êtes prof d'histoire, vous savez bien qu'au début du siècle dernier, il y avait une majorité de femmes qui était contre le fait d'accorder le droit de vote aux femmes ! Le summum de l'aliénation, c'est de ne même pas savoir qu'on est aliéné ! Sans des gens de principes qui se battent pour ce en quoi ils croient, rien n'aurait jamais changé !

M. Lapré ne répond pas tout de suite. Il sourit, puis se met lentement à applaudir. Toute la table se joint à lui. Mia se rassoit, sonnée et confuse. Jimena lui sourit et lui serre la main. Dans le chaos qui s'ensuit, où chacun parle en même temps, elle explique à Mia:

JIMENA : C'est son rôle, dans notre groupe. Il nous pousse dans nos derniers retranchements. En faisant ça, il nous oblige à vraiment perfectionner nos arguments, à trouver la faille dans nos positions et comment y répondre. C'est le meilleur avocat du diable au monde ! Tu vas voir, c'est un processus ardu, mais qui fait vraiment grandir.

MIA : Waouh. C'est intense.

JIMENA : Il est intense. C'est pour ça qu'on aime tant l'avoir avec nous. C'est un ancien organisateur politique du premier ministre, il s'y connaît vraiment.

Mia observe d'un autre œil ce prof qui lui a fait dresser l'échine comme une chatte en colère. Maintenant qu'elle sait quel est son petit jeu, elle s'en veut de s'être laissé manipuler si aisément. Si c'était à refaire, elle resterait calme, de marbre, et elle lui répondrait posément. Elle espère qu'elle aura à nouveau la chance de se mesurer à lui.

#8

À la fin des cours, Emma rentre chez elle à toute vitesse. Elle fait irruption dans l'appartement en criant le nom de Béatrice. Celle-ci sort de sa chambre, surprise.

BÉATRICE : Emma ? Ça va ?

EMMA : Oui et non. Je perds la tête.

BÉATRICE : C'est Théo ?

EMMA : Oui et non.

BÉATRICE : Veux-tu bien me raconter ce qui se passe alors ?

EMMA : Nathan organise un party demain soir.

BÉATRICE : OK…

EMMA : Peux-tu venir ? S'il te plaît, s'il te plaît, s'il te plaît ?

BÉATRICE : J'ai été invitée à la Nocturne du MAC.

EMMA : La quoi ?

BÉATRICE : Une soirée super chic au Musée d'art contemporain.

EMMA : Et ça te tente plus qu'un party chez Nathan où l'on boit de la bière à l'entonnoir, c'est ça ?

BÉATRICE : C'est juste que… C'est la première fois que je suis invitée à une soirée comme ça. On va même aller au cocktail VIP ! N'importe quel autre soir j'annulerais mes plans, mais…

EMMA : Pff… Comment tu veux que je me mesure à ça ?

BÉATRICE : C'est pas une compétition !

EMMA : C'est l'impression que j'ai, parfois. Comme si ma vie n'était juste pas assez cool pour toi.

BÉATRICE : Ce n'est pas ça. T'es quatre fois plus cool que n'importe qui d'autre, Emma ! C'est juste que…

EMMA : T'aimes Sébastien et t'aimes être avec ses amis.

BÉATRICE : Oui, puis avec eux j'ai la chance de faire des choses que je ne ferais jamais normalement. Veux-tu venir avec nous ? Je pourrais demander à Astrid si elle est capable d'avoir un billet de plus.

EMMA : De un, aucune chance qu'Astrid trouve un billet pour moi. De deux, il y a le party de Nathan, tu te souviens ?

BÉATRICE : C'est vrai, excuse-moi. Alors raconte, c'est quoi l'histoire avec le party ?

EMMA : L'histoire c'est que Nathan veut présenter une fille mignonne à Théo ! !

BÉATRICE : Hein ? Et il a dit ça devant toi ? Il n'est vraiment pas sympa !

EMMA : Il ne sait pas qu'on était ensemble.

BÉATRICE : Aaah ! C'est vrai ! Toute cette histoire est tellement compliquée ! Qu'est-ce que tu vas faire ?

EMMA : Qu'est-ce que tu veux que je fasse ? Rien. Je vais aller au party et croiser les doigts. Mais ça me stresse tellement !

BÉATRICE : Peut-être que c'est juste une idée de Nathan et que la fille n'intéressera pas Théo… Tu sais, comme quand j'avais essayé de te caser avec Thomas…

EMMA : J'espère tellement. Qu'est-ce que je vais faire, Béa, s'il commence à sortir avec elle ?

BÉATRICE : Je ne sais pas quoi te dire… C'est vraiment nul. As-tu enfin réussi à lui parler ?

EMMA : À Théo ? Non. Rosalie dit que je dois faire ma mystérieuse et mon indépendante. De toute façon, je n'ai pas vraiment eu le choix. Il m'a complètement ignorée aujourd'hui. C'était affreux !

BÉATRICE : Je ne sais pas… Il me semble que c'est toujours mieux d'être honnête.

EMMA : J'ai été honnête cinquante mille fois par texto. Il n'a même pas voulu croiser mon regard aujourd'hui. Je me dis que j'ai rien à perdre et que je devrais aussi bien essayer la stratégie de Rosalie.

BÉATRICE : Assure-toi de pas empirer encore davantage la situation, c'est tout.

EMMA : Il n'y a pas de situation à empirer ! Il ne me parle pas, il ne me regarde pas, il ne me répond pas…

BÉATRICE : Pauvre cocotte. Tu veux que je t'aide à te préparer avant le party ?

EMMA : Ben… Si tu pouvais encore me faire une mise en plis, ça serait super.

BÉATRICE : Bien sûr ! Je vais te faire ça avant de sortir. Et je suis désolée de pas pouvoir venir au party, Emma.

EMMA : Je sais…

#9

En arrivant au Musée d'art contemporain au bras de Sébastien, Béatrice se sent comme Cendrillon le soir du bal. Elle espère seulement que ses pantoufles de verre (en l'occurrence, ses fausses cartes) ne la laisseront pas tomber au moment fatidique.

Leur groupe se présente à la porte. Astrid donne avec assurance le nom de son père, ce qui a pour effet de faire s'ouvrir tout grand le cordon de velours rouge tendu devant l'entrée. Une jolie brune au look impeccable s'avance vers eux, munie d'un iPad.

LA JOLIE BRUNE (en faisant la bise à Astrid) : Bonsoir, chérie. Il faut que je vérifie les pièces d'identité de tes amis.

Ils tendent tous leurs cartes. Béatrice est la seule qui tremble : elle est la seule qui n'est pas majeure et c'est la première fois qu'elle utilise ses fausses cartes. La brune examine chaque document l'un après l'autre. Béatrice prie fort sa fée marraine pour que tout aille bien.

LA JOLIE BRUNE : Marguerite Velasquez ?

Ça prend une fraction de seconde et un coup de coude d'Astrid avant que Béatrice se souvienne que c'est elle, Marguerite Velasquez. Elle a bien mémorisé la date de naissance et l'adresse inscrites sur la carte, mais c'est quand même étrange de se faire appeler par un autre nom.

BÉATRICE : Oui ?

LA JOLIE BRUNE : Ma mère est une Velasquez ! Ta famille vient d'où ?

Catastrophe ! Elle bredouille, ne sachant pas quoi répondre. Astrid vient à son aide.

ASTRID : Ton père vient du Venezuela, non ?

Béatrice, muette, hoche la tête.

LA JOLIE BRUNE : *Que bonita ! Encantada de conocerte !*

La panique doit pouvoir se lire dans les yeux de Béatrice. Elle ne peut pas laisser Astrid répondre de nouveau à sa place, la jolie brune finirait par se méfier. Il faut qu'elle réponde. Mais pour dire quoi ? Soudain, l'inspiration la saisit.

BÉATRICE : Malheureusement, je n'ai pas grandi avec mon père alors il ne m'a pas appris l'espagnol. Je le regrette vraiment.

Sébastien la regarde en riant. Il y en a au moins un qui trouve ça drôle ! Béatrice, elle, voudrait rentrer sous terre.

LA JOLIE BRUNE : Ta mère est québécoise ?

BÉATRICE : Oui.

LA JOLIE BRUNE : J'avoue que je n'avais jamais rencontré une Velasquez blonde de ma vie !

BÉATRICE (en riant jaune) : Ha ha, oui, c'est rare ! Dans la famille de ma mère, ils sont tous très blonds.

La jolie brune leur remet leurs cartes et ils s'avancent à l'intérieur du musée. Béatrice pousse un énorme soupir de soulagement. Elle n'aurait pas toléré de se faire refouler à la porte devant tout le monde. Quelle honte !

Astrid ralentit le pas pour l'attendre. Elle lui dit à l'oreille :

ASTRID : C'était pas terrible, ça, Béa.

BÉATRICE : Elle m'a prise au dépourvu !

ASTRID : Il faut que t'apprennes à réagir plus vite.

BÉATRICE : Je vais essayer…

En marchant vers la salle du cocktail, perchée sur ses talons et engoncée dans une belle robe (encore une fois prêtée par Justine), Béatrice se dit que sa soirée aurait pu mieux commencer. Mais Sébastien lui sourit et passe son bras autour de sa taille. Elle le trouve tellement beau, avec son veston porté sur une chemise au col ouvert, tellement sophistiqué, qu'elle se dit que, peu importe sa fausse identité presque démasquée, elle va profiter de cette soirée magique coûte que coûte.

Astrid fait signe à un serveur qui s'approche d'eux avec un plateau d'argent rempli de flûtes de champagne. Ils se servent et lèvent leur verre au plafond. Béatrice regarde discrètement autour d'elle. Elle aperçoit le maire de Montréal en grande conversation avec un présentateur de nouvelles. Puis deux actrices connues qui parlent avec une animatrice télé. Elle a envie de se pincer tellement elle n'en revient pas d'être ici, parmi ces gens-là. Le reste de la gang ne semble pas remarquer la présence de tant de vedettes, ou alors ils en ont l'habitude. Béatrice fait de son mieux pour avoir l'air aussi blasée et à sa place qu'eux.

Elle ne peut tout de même pas s'empêcher de partager son enthousiasme avec Sébastien.

BÉATRICE : Je suis tellement contente d'être ici ! J'adore l'art contemporain et je ne suis jamais venue.

SÉBASTIEN : Veux-tu qu'on aille voir une expo ?

BÉATRICE : On peut ?

SÉBASTIEN : Ben oui ! Tout le musée est ouvert. Puis j'ai envie d'un peu de temps en tête-à-tête avec toi. Viens !

Il la guide vers une grande salle aérée à l'entrée de laquelle se dresse une tête de femme ayant un trou à la place du visage.

BÉATRICE (en lisant l'affiche à l'entrée) : *Oh my god,* c'est David Altmejd ! C'est l'artiste montréalais que j'admire le plus !

SÉBASTIEN : Tu le connais ?

BÉATRICE : Je n'ai jamais vu ses œuvres en vrai, mais il est trop génial !

C'est elle maintenant qui saisit la main de Sébastien et l'entraîne à sa suite. Ils passent de salle en salle, admirant les gigantesques et troublantes sculptures de l'artiste. Béatrice se sent enfin à sa place, loin des mondanités, dans un univers d'art et d'émotions brutes. Elle observe les pièces sous toutes leurs coutures, faisant part de ses impressions à Sébastien, heureuse de partager ce moment avec lui.

Celui-ci la regarde, charmé. Quand il a rencontré Béatrice, l'an dernier, il a tout de suite été séduit par ce côté innocent, entier, loin des tractations et des machinations auxquelles s'adonnent souvent les filles qu'il connaît.

Il ne sait pas si c'est parce que Béatrice a grandi à la campagne, mais elle lui a toujours semblé plus simple que les Astrid et Justine de ce monde, avec leurs garde-robes compliquées, leurs dynamiques sociales réfléchies et leur propension à potiner et à juger. Il se plaît en compagnie d'Astrid, Justine et

Raphaëlle, bien sûr, ce sont ses copines, mais ce n'est pas le genre de fille qu'il aurait choisie comme amoureuse. Il sait que Béatrice devient de plus en plus proche d'elles, et ça lui plaît qu'elle s'entende bien avec ses amies, mais il espère que ce contact ne la changera pas.

Si Béatrice avait pu entendre ses pensées, elle aurait été la première surprise, convaincue qu'elle est que Sébastien est habitué à la compagnie de filles urbaines, élégantes et sophistiquées comme Astrid, et que c'est ce qu'elle doit devenir coûte que coûte. Même si Sébastien lui répète tous les jours qu'il l'aime, et qu'il l'aime comme elle est, elle ne peut s'empêcher de lire entre les lignes; elle sait ce qu'elle doit être et comment elle doit agir pour continuer à être acceptée par Astrid et ses comparses.

Parfois, elle trouve cela difficile, comme lorsqu'elle doit décevoir Emma, ou lors de l'initiation de Noémie, mais elle se dit qu'on n'a rien sans rien dans la vie et qu'il est normal qu'elle doive faire des efforts pour s'intégrer dans un groupe de gens plus âgés qu'elle.

Leur visite terminée, Béatrice et Sébastien se dirigent de nouveau vers le cocktail. En entrant dans la pièce, ils aperçoivent leurs amis et se joignent à eux.

ASTRID : Ah ! Voilà les tourtereaux. On vous cherchait. Vous étiez où ?

SÉBASTIEN : On a visité une exposition. Béatrice aime beaucoup l'artiste.

ASTRID : Vous êtes donc vraiment des amateurs d'art !

C'est dit avec le sourire mais Béatrice ne sait jamais si Astrid la taquine ou si ses compliments sont sincères.

Astrid regarde sa montre, l'air agacé.

ASTRID : Je me demande où Noémie peut bien être passée. Elle sait que je n'aime pas les retards ! (Regardant vers l'entrée de la salle :) Ah, elle arrive. Il était temps.

Noémie s'avance vers eux. Déjà frêle, elle semble depuis peu encore plus élancée qu'à son habitude, ce qui lui donne l'air fragile. C'est du moins l'opinion de Béatrice que Justine ne partage visiblement pas.

JUSTINE : Noémie ! T'es tellement belle ! As-tu maigri ?

NOÉMIE (en rougissant de plaisir) : Oui, un peu. Merci de l'avoir remarqué.

JUSTINE : Ça te va vraiment bien. Tu as l'air d'une ballerine.

Noémie semble gênée et flattée à la fois de toute cette attention. Elle accepte la coupe de champagne que lui tend Astrid et en prend une gorgée. Puis, elle se tourne vers Béatrice.

NOÉMIE : Alors ? T'as convaincu ta mère de te laisser rester en ville ce soir ?

BÉATRICE : Oui. Je lui ai dit que ma propriétaire nous avait organisé une corvée de ménage samedi matin et que je ne pouvais pas manquer ça.

NOÉMIE : Elle t'a crue ?

BÉATRICE : Oui. Mais je commence à être fatiguée de mentir.

NOÉMIE : Qu'est-ce qui arriverait si tu lui disais la vérité ?

BÉATRICE : Je ne sais pas. Soit elle m'enverrait en résidence étudiante, soit elle demanderait à la tante d'Emma de me surveiller pour être sûre que Sébastien ne dort pas à la maison.

NOÉMIE : Est-ce qu'il dort là souvent ?

BÉATRICE : Presque tout le temps quand je suis là le week-end. C'est tellement chouette d'avoir la liberté de se voir quand on veut !

NOÉMIE : Ça doit l'être. Je t'envie. Pas juste pour la liberté, pour le chum aussi !

BÉATRICE (inquiète) : Qu'est-ce que tu veux dire ?

NOÉMIE : Ben, que je t'envie d'être amoureuse !

BÉATRICE (soulagée) : Ah, OK.

NOÉMIE (en riant) : Tu ne pensais quand même pas que je t'enviais Sébastien ?

BÉATRICE : Je n'étais pas sûre pendant trois secondes.

NOÉMIE : Enlève-toi ça de la tête tout de suite ! T'es mon amie !

BÉATRICE : Je sais, je sais. Je peux être bête parfois.

NOÉMIE : Mais non, tu n'es pas bête. T'es super sympa.

BÉATRICE : Toi aussi. Ça ne fait vraiment pas longtemps que je te connais, mais je suis super contente qu'Astrid t'ait choisie.

NOÉMIE : Moi aussi, même si je n'ai aucune idée de ce que j'ai fait pour mériter ça.

BÉATRICE (en riant) : Ne t'inquiète pas, moi non plus !

NOÉMIE : Toi, t'es la blonde de Sébastien. Moi, je suis quoi ?

C'est dit sans malice, mais Béatrice ne peut s'empêcher de se poser la même question. Elle est la blonde de Sébastien, soit. Mais sans lui, elle est quoi ?

#10

Une fois Béatrice partie rejoindre Sébastien et ses amis, Emma termine de se préparer. Elle cache une rougeur à son menton avec du cache-cernes et applique du mascara et un léger brillant à lèvres. Elle choisit des boucles d'oreilles en or qui lui viennent de sa grand-mère syrienne et qui sont discrètes, mais qui rehaussent son teint. Elle enfile un jean, des Vans et un top qui dégage les épaules, façon paysanne. Grâce aux bons soins de Béatrice, ses cheveux ondulent, bouclés sans être frisés. En se regardant dans le miroir, Emma est satisfaite de son travail : le résultat est un look sexy, mais cool.

On sonne à la porte. Emma s'empresse d'aller répondre. C'est Aïcha, munie d'un sac à dos bien rempli.

AÏCHA : Waouh ! T'es super belle !

EMMA : Merci.

AÏCHA : Si tu ne le reséduis pas avec ça…

EMMA : Arrête ! Je suis assez stressée comme ça ! Toi, t'es prête ?

AÏCHA : J'avais prévu de me changer ici, si ça ne te dérange pas. Je veux mettre mon *crop top* et mon père s'énerve dès qu'on voit un peu de peau sur mon ventre.

EMMA : Mais tu ne le mets pas avec un jean taille haute ?

AÏCHA : Si, mais je ne sais pas, je dois avoir un long tronc. Parfois quand je marche, ça expose quand même mon ventre. Moi, je m'en fous, mais mon père, non.

EMMA : Il a l'air plutôt sévère.

AÏCHA : En tout cas, il m'aurait attachée avec de la corde avant de me permettre de prendre un appart !

EMMA : Ce soir, tu peux profiter de mon appart comme s'il était à toi.

AÏCHA : Merci tellement de m'avoir invitée. Je manque toujours tout, sinon.

EMMA : En parlant de ne rien vouloir manquer, dépêche-toi ! Le party est déjà commencé.

AÏCHA : Tu sais bien que Rosalie a décrété que tu devais arriver en retard et décontractée.

EMMA : Oui, mais il y a retard et retard. Allez !

AÏCHA : OK, miss pressée ! J'arrive !

Pendant qu'Aïcha se change, Emma tourne en rond dans l'appartement. Maintenant qu'elle est prête, elle voudrait pouvoir claquer des doigts et apparaître au party immédiatement. Ne pas savoir ce qui s'y passe l'angoisse. Théo est-il déjà arrivé ? A-t-il rencontré la fille du cours d'histoire ? La trouve-t-il belle ? Plus belle qu'Emma ? Moins cachottière, en tout cas…

L'imaginer déjà avec une autre lui est insupportable. Elle n'a pas encore fait son deuil de leur relation et ce serait un coup trop dur à encaisser. Mais elle sait qu'il n'y a pas grand-chose qu'elle puisse faire; elle peut espérer, elle peut se croiser les doigts aussi fort que possible, mais elle ne peut pas obliger Théo à l'écouter, encore moins à lui pardonner.

Quand enfin Aïcha réapparaît, Emma constate que le fameux *crop top* ne dévoile qu'un centimètre de peau et elle trouve qu'il n'y a pas de quoi en faire un plat.

AÏCHA : Béatrice ne vient pas avec nous ?

EMMA : Non, elle est déjà sortie.

AÏCHA : Où ?

EMMA : Au musée !

AÏCHA : Comment, au musée ?

EMMA : Une soirée snob avec les Snobinours. Je n'ai pas trop posé de questions.

AÏCHA : Donc elle vient pas au party ?

EMMA : Non. Je trouve ça nul de sa part. Elle sait que c'est important pour moi.

AÏCHA : Oui ! C'est ce soir que ça passe ou ça casse !

EMMA : Arrête de me stresser ! Pourquoi tu dis ça ?

AÏCHA : Parce que Nathan veut caser Théo avec la fille de son cours d'histoire. S'il commence à sortir avec elle, ton plan tombe à l'eau.

EMMA : Théo ne commencera pas à sortir avec la fille ce soir ! Il va peut-être la trouver mignonne, mais de là à sortir avec… Ça ne fait même pas une semaine qu'on n'est plus ensemble !

AÏCHA : De un, je pense pas que ça arrête les garçons et de deux, vous n'étiez pas vraiment ensemble. Il n'a même pas parlé de toi à ses amis !

EMMA : Lui, il voulait le dire à tout le monde ! C'est moi qui lui faisais garder le secret.

AÏCHA : Pourquoi il ne leur en parle pas maintenant, alors ?

EMMA : Par respect pour moi !

AÏCHA : Si tu le dis…

EMMA : Allez, on y va ?

Emma quitte la maison de mauvaise humeur, agacée par les sombres prédictions d'Aïcha qui, en plus, lui remet sous le nez sa stupide décision de cacher sa relation avec Théo.

Au party, elles sont accueillies par Rosalie qui les attendait impatiemment et leur avait envoyé des messages toutes les cinq minutes pour savoir à quelle heure elles allaient arriver. Rosalie regarde Emma dans les yeux. Celle-ci n'aime pas la compassion qu'elle lit dans le regard de son amie. En effet, les nouvelles ne sont pas bonnes.

ROSALIE : OK. Théo est déjà arrivé. Et Nathan lui a présenté la fille du cours d'histoire.

Ces mots font à Emma l'effet d'un coup de poing dans l'estomac.

EMMA : Qu'est-ce qu'il a dit quand il l'a rencontrée ?

ROSALIE : Je ne sais pas. Je n'étais pas avec eux. Je les observais de l'autre côté du salon. Alors voici notre plan d'attaque : Emma, tu fais comme si de rien n'était. Tu ne vas pas voir Théo, tu ne le regardes pas. Et moi, je viens te présenter un garçon.

EMMA : Un garçon ? Faire l'indépendante, OK, mais je ne veux pas jouer avec lui.

ROSALIE : Ce n'est pas jouer avec lui, c'est de la stratégie ! Tu vas voir.

Elle entraîne les filles à la cuisine pour leur servir une bière. Puis elles retournent vers le salon où la plupart de leurs amis sont rassemblés. Parmi eux se trouvent Nathan, William, Théo et une fille à côté de lui. Le cœur d'Emma se serre en voyant Théo. Il se tourne vers elle, mais ne dit rien.

Emma est prise d'une folle envie de partir en courant, de rentrer chez elle et de se cacher sous sa couette. Mais elle se promet de faire de son mieux pour paraître à l'aise et de discuter avec ses amis, comme si de rien n'était.

NATHAN : Salut, les filles !

WILLIAM : Béatrice n'est pas venue avec vous ?

EMMA : Désolée. Tu sais que t'as aucune chance avec elle, hein ?

WILLIAM : T'es vraiment pas sympa !

EMMA : William, il n'y a personne qui a de chance avec Béa, voyons.

WILLIAM : On ne sait jamais. Ils peuvent casser un jour.

EMMA : Ça m'étonnerait. Jamais vu deux êtres humains aussi soudés que ces deux-là.

WILLIAM : T'as jamais entendu parler d'amour courtois ? Béatrice, je vais l'aimer toute ma vie, que ce soit de près ou de loin.

NATHAN : Emma, connais-tu Juliette ? Elle est dans mon cours d'histoire.

Il fait un clin d'œil entendu en ajoutant ces derniers mots. Emma avale de travers. Elle sait bien que Nathan n'est pas méchant et qu'il ne se doute de rien, mais quand même, elle rêverait de lui donner une tape derrière la tête.

EMMA (faisant un effort pour ne pas avoir l'air affectée par cette histoire) : Salut, Juliette. Moi, c'est Emma.

C'est Théo qui semble avaler de travers, tout à coup, alors que les deux filles discutent de leur cours et se trouvent rapidement quelques amis en commun, Juliette ayant grandi pas trop loin de chez Emma. Il reste planté là quelques instants à côté d'elles, puis il se dirige vers la cuisine d'un pas décidé. Rosalie fait discrètement un clin d'œil à Emma. Celle-ci se dit qu'en effet, c'était plus simple que prévu, de séparer Théo et sa flamme potentielle, mais elle ne veut pas avoir l'air de s'être imposée ni d'avoir cherché à lui nuire exprès. Elle ne veut surtout pas qu'il pense qu'elle fait des manigances. Elle connaît assez Théo pour savoir qu'il l'en estimerait moins. Elle prétexte donc une envie d'aller aux toilettes pour s'éloigner de Juliette.

À son retour dans le salon, Emma ne voit ni Théo, ni Juliette. Elle se joint à Rosalie et à Aïcha. Rosalie, voyant un garçon entrer, le hèle et l'invite à s'approcher.

ROSALIE : Salut ! Emma, Aïcha, je vous présente Julien.

EMMA : Salut.

AÏCHA (en pouffant de rire) : Julien ? Vraiment ?

Le Julien en question la regarde, un peu confus.

JULIEN : Euh oui, c'est mon nom. Est-ce qu'il y a un problème ?

AÏCHA (toujours en riant) : Julien et Juliette ! C'est trop drôle !

ROSALIE : Veux-tu bien me dire de quoi tu parles ?

AÏCHA (s'étouffant de rire) : Viens… Viens ici. C'est trop drôle.

Elles s'éloignent plus loin dans le salon. Aïcha chuchote à l'oreille de Rosalie le prénom de la fille du cours d'histoire, que Rosalie n'avait pas entendu. Cette dernière éclate de rire elle aussi. Emma, gênée, se retrouve seule avec Julien, à qui elle ne sait ni quoi dire ni comment expliquer l'hilarité de ses amies.

EMMA : Excuse-les. Je pense qu'elles ont un peu trop bu.

Julien hausse les épaules.

JULIEN : Pas de souci. Je ne t'avais jamais vue encore au cégep. T'es dans quel programme ?

EMMA : Sciences de la nature.

JULIEN : Ah, c'est pour ça ! Moi, je suis en arts et lettres.

EMMA : C'est de là que tu connais Rosalie ?

JULIEN : Oui, elle est dans mon cours de français.

EMMA (en souriant) : Tant que ce n'est pas ton cours d'histoire…

JULIEN : Quoi ? La musique est trop forte, je t'ai mal entendue.

EMMA : Rien, rien.

JULIEN : Veux-tu qu'on aille dehors ?

Emma accepte afin de s'éloigner de ses amies qui les regardent encore en ricanant. Elle suit Julien dans la cuisine, où ils en profitent pour saisir deux bières dans le frigo, puis ils sortent sur le balcon arrière. Julien place deux chaises près d'une petite table en fer forgé. Ils s'assoient tous les deux et débouchent leur bouteille.

JULIEN : Toujours un peu intimidant, un party où tu connais personne. Surtout quand t'es accueilli par une fille qui te rit au visage dès qu'elle entend ton nom !

EMMA : Elle ne voulait pas être méchante. Ça n'a rien à voir avec toi, je te le promets. Ne t'inquiète pas avec ça.

JULIEN : Si tu le dis !

Ils discutent quelques instants encore, de leurs cours et du cégep. Emma le trouve gentil, mais elle commence à se demander ce que fait Théo. Elle essaie de trouver un prétexte pour retourner à l'intérieur le chercher quand elle entend la porte qui s'ouvre, et une voix de fille qui rit. Elle se retourne et aperçoit Théo et Juliette qui sortaient, eux aussi, trouver un peu de calme et d'intimité sur le balcon arrière. Emma sent comme un couteau qui s'enfonce dans son cœur en le voyant en situation de couple avec une autre fille.

THÉO (faisant un mouvement de recul en les voyant) : Oh, désolé.

JULIEN : Il n'y a pas de problème. Prenez donc une chaise.

Théo hésite, semblant vouloir retourner à l'intérieur, mais Juliette accepte l'invitation, saisit une chaise et prend place. Elle se retourne et regarde Théo, l'air interrogateur. Celui-ci n'a donc pas le choix de prendre place à côté de Julien.

THÉO : Ça va, *man* ? Je m'appelle Théo.

JULIEN : Moi, c'est Julien.

JULIETTE : T'es au cégep aussi ?

JULIEN : Oui. Mais je viens de Granby. À vrai dire, je ne connais pas encore grand monde.

THÉO : Qui t'a invité ce soir ?

JULIEN : Rosalie. Je la connais à peine, mais elle m'a dit qu'elle voulait me présenter quelqu'un.

Il fait un clin d'œil à Emma. Celle-ci voudrait s'enfoncer sous terre. Théo ne dit rien, mais son regard ténébreux s'assombrit. Juliette, elle, ne remarque rien et continue de discuter gaiement avec Julien. Emma se fait la réflexion que ce sont ces deux-là qui devraient être casés ensemble.

Après un moment, Julien s'exclame, en désignant leurs bouteilles de bière:

JULIEN : Qui en veut une ? Je vais aller en chercher à la cuisine.

Juliette se lève d'un coup.

JULIETTE : Je vais t'aider.

THÉO : C'est bon, je vais y aller.

JULIETTE : Non, non, je vais en profiter pour passer aux toilettes. Je reviens dans trois minutes. Tu m'attends ici ?

Théo n'a pas d'autre choix que d'acquiescer. Emma, elle, reste bien assise sur sa chaise, trop contente d'avoir enfin la chance d'être en tête-à-tête avec Théo. Dès que les deux autres sont partis, elle tente un regard vers lui. Il regarde droit devant, les yeux perdus dans l'obscurité. Elle n'ose pas prendre la parole la première. Mais les secondes s'égrènent et elle commence à avoir peur que les deux autres reviennent sans que rien n'ait été dit entre eux. Enfin, il murmure quelques mots qu'elle entend à peine.

THÉO : T'as l'air de bien aller.

EMMA (parlant tout bas elle aussi) : Je m'ennuie de toi.

THÉO : …

EMMA : Est-ce que…

THÉO : Quoi ?

La porte s'ouvre sur un éclat de rire de Juliette. Déjà ! Comme Emma aurait voulu que cet interlude dure plus longtemps ! Julien place une bière devant elle et s'assoit à ses côtés.

JULIETTE (s'adressant à tous) : Pouvez-vous croire que Julien n'a jamais vu *Star Wars* ?

JULIEN : Ben quoi ? Toi, Emma, l'as-tu vu ?

Emma se ressaisit.

EMMA : Le film original, tu veux dire ? Celui de 1977 ? Oui, je l'ai vu. C'est super bon.

JULIEN (en souriant) : On pourrait le regarder ensemble ? Tu fais quoi demain ?

EMMA : Euh… Je ne sais pas encore…

JULIETTE (se tournant vers Théo) : Et toi, Théo, l'as-tu vu ?

THÉO : Oui.

JULIETTE : Ça me tenterait tellement de revoir toute la trilogie originale ! Mes parents l'ont en coffret DVD, et en plus ils sont au chalet demain.

Elle regarde Théo avec une invitation dans les yeux, aussi claire que si elle lui exprimait son intérêt en grosses lettres de néon. Théo, semblant mal à l'aise, se lève.

THÉO : J'entends de la bonne musique qui passe, est-ce que ça te tente de retourner dans le party ?

JULIETTE (se levant pour le suivre) : OK. (Se tournant vers Julien et Emma) À tout à l'heure, vous deux !

Ils entrent dans la maison. Julien pivote vers Emma.

JULIEN : Alors, le film demain, qu'est-ce que t'en dis ?

Emma doit se rendre à l'évidence : ce qu'elle craignait est arrivé. Théo passe sa soirée avec la fille du cours d'histoire. Emma n'arrive plus à écouter ce que Julien lui raconte. Elle est prise d'un furieux désir de fuite. Elle pourrait retourner dans le party elle aussi, mais elle a trop peur de les voir ensemble; elle pourrait continuer à flirter avec Julien devant Théo, ce que Rosalie lui conseillerait sûrement. Mais elle n'a plus envie, tout à coup, de jouer cette comédie, de faire semblant de draguer un autre garçon, et surtout pas de voir Théo avec une autre fille. Ça lui ferait trop mal. Elle aurait peur de commencer à pleurer en plein party, de frustration, de colère, de tristesse. Elle se lève et interrompt Julien en plein milieu d'une phrase pour annoncer qu'elle doit rejoindre ses amies.

Elle trouve Aïcha dans la cuisine.

EMMA : Je m'en vais.

AÏCHA : Déjà ? Et moi ?

EMMA : Rentre quand tu veux. Texte-moi quand t'arrives et je viendrai t'ouvrir.

AÏCHA : Et Julien ?

EMMA : Complètement inintéressant.

AÏCHA : Moi, je le trouve mignon.

EMMA : Fais-toi plaisir.

AÏCHA : Mais le plan de Rosalie, pour rendre Théo jaloux…

EMMA : Ça ne marche pas, Aïcha… Ça ne marche pas. Il est avec l'autre fille. Et de toute façon, j'ai déjà assez insulté Théo comme ça, je ne vais pas en rajouter en m'inventant des fausses fréquentations. S'il ne veut plus rien savoir de moi, il n'y a pas grand-chose que je puisse y faire. Je m'en vais.

AÏCHA : Veux-tu que je te texte des comptes rendus du reste de la soirée ?

EMMA : Non… Ça serait encore pire. Je veux juste être dans mon lit, puis ne plus penser à rien.

AÏCHA : Si t'es sûre…

En marchant vers chez elle, Emma se sent triste mais en paix avec sa décision. S'il y a une chose qu'elle trouve difficile, dans toute cette histoire, c'est la honte et le regret qu'elle ressent par rapport à sa conduite à elle, envers Théo. D'avoir voulu garder leur relation secrète, par orgueil. D'avoir accepté de dîner avec Thomas. Elle trouve pénible d'être la cause de ses propres problèmes. Elle ne veut donc pas en rajouter. Elle se promet qu'à l'avenir, quoi qu'il arrive, elle aura une conduite dont elle pourra être fière et qu'elle ne fera rien dont elle aurait à rougir ou qu'elle aurait à expliquer à Théo si, par magie, il acceptait de lui reparler un jour. Elle refuse de jouer des jeux, de faire semblant, de tendre des pièges. Tout ça ne pourrait que compliquer encore davantage leurs rapports et nuire à toute chance de réconciliation. Elle se félicite de sa maturité, nouvellement acquise, il est vrai; et elle rentre se coucher tôt, à jeun, et calme.

Ces trois qualificatifs ne s'appliquent malheureusement pas à Aïcha lorsqu'elle rentre à son tour. Il est deux heures du matin lorsqu'elle frappe à la fenêtre de la chambre d'Emma, ayant essayé en vain de la texter pour lui demander d'ouvrir. Elle titube dans l'appartement, se cogne le genou à la porte de la salle de bains, sacre à voix haute puis éclate de rire, ce qui a pour effet de faire sortir de leur chambre une Mia enragée et une Béatrice confuse.

Emma s'excuse, les renvoie se coucher et prend bien soin de faire boire un grand verre d'eau à Aïcha. Cela semble avoir l'effet contraire à celui souhaité car Emma, de retour dans sa chambre, entend des bruits de vomissement en provenance de la salle de bains. Elle soupire de découragement et retourne voir son amie.

Emma tient les cheveux d'Aïcha pendant que celle-ci se penche sur la cuvette. Cette soirée ne se termine vraiment pas comme elle l'avait espéré.

#11

Béatrice est sortie d'un sommeil profond par une main qui lui chatouille délicieusement le cou. Elle n'ouvre pas les yeux et ne bouge pas, voulant savourer la caresse plus longtemps encore.

SÉBASTIEN (en chuchotant à son oreille) : Je sais que tu es réveillée.

BÉATRICE (en chuchotant aussi, les yeux fermés) : Mais non, je dors.

Sébastien continue de la chatouiller un peu partout, jusqu'à ce qu'elle n'ait d'autre choix que de se retourner pour l'embrasser.

BÉATRICE : Comment tu savais que j'étais réveillée ?

SÉBASTIEN : Ta respiration a changé. Puis t'as fait un genre de petit sourire de chatte satisfaite.

Béatrice s'étire, collant tout son corps contre celui de Sébastien. Ils ont pris l'habitude de dormir nus, et elle se délecte de sentir sa peau contre la sienne. Elle n'a toujours pas fait poser de serrure à sa porte, mais ses colocs ont vite compris toutes les deux qu'on n'entrait pas dans la chambre de Béatrice sans frapper.

Sébastien pose la main sur sa hanche et la laisse glisser vers ses fesses. Béatrice se rapproche encore, voulant se fondre en lui. Au loin, le bruit de la sonnette de la porte d'entrée retentit. La main de Sébastien s'immobilise.

BÉATRICE : Ça doit être pour Emma ou Mia. Ou alors une erreur. Il n'y a jamais personne qui vient chez nous le samedi matin.

Elle saisit la main de Sébastien dans la sienne et l'encourage d'un geste à reprendre son mouvement. Elle entend Emma qui claque la porte de sa chambre et marche vers l'entrée, mais elle n'y prête aucune attention, prise entièrement par le moment et les caresses de Sébastien.

C'est pourquoi la voix d'Emma, quand elle lui parvient, lui fait l'effet d'une douche froide.

EMMA (parlant très fort par exprès) : Madame Lefebvre ! Quelle surprise ! Est-ce que Béatrice vous attendait ?

Béatrice se redresse comme sur un ressort, complètement paniquée.

LA MÈRE DE BÉATRICE : Non, non, on est venus pour lui faire une surprise. La pauvre m'a dit que vous faisiez du ménage, ce matin, alors on s'est dit qu'on viendrait vous aider.

La fausse corvée de ménage ! Aïe ! Béatrice se jette sur son pyjama pour s'habiller.

EMMA (parlant toujours aussi fort) : C'est bien gentil de votre part. Venez à la cuisine, je vais vous préparer un café.

Ouf ! Quelle bonne idée. Pourvu que ça marche. Sébastien, de son côté, se dépêche tellement à enfiler son jean que Béatrice a peur qu'il tombe et que le bruit alerte sa mère. Elle lui fait un signe du doigt pour qu'il arrête et demeure silencieux.

LA MÈRE DE BÉATRICE (faisant un geste vers la porte de la chambre de sa fille) : Je vais d'abord saluer Béatrice.

Béatrice et Sébastien sont figés comme deux statues de l'autre côté de la porte (Sébastien comme une statue qui serait en équilibre sur un pied, l'autre glissé dans la jambe de son jean).

EMMA : Venez à la cuisine en premier. Béatrice a étudié super tard hier soir et elle dort encore.

Béatrice murmure des remerciements éperdus à Emma et elle prie pour que sa mère se laisse convaincre.

LA MÈRE DE BÉATRICE : D'accord. On va la laisser dormir un peu !

Dès que le bruit de pas s'éloigne, Sébastien et Béatrice terminent de s'habiller en vitesse. Béatrice s'empresse de faire son lit et elle cache sa poubelle dans sa garde-robe, en mettant un sac de plastique par-dessus afin de dissimuler à l'œil inquisiteur de sa mère toute trace de préservatifs ou autres objets compromettants.

Lorsqu'elle entend la machine Nespresso qui s'active, Béatrice se dit que c'est le moment ou jamais. Son cœur bat la chamade. Elle est stressée comme si elle dirigeait l'exfiltration d'un otage au cœur de la forêt sud-américaine entourée de combattants ennemis tapis dans les buissons. Elle ouvre la porte de sa chambre et regarde dans les deux directions pour s'assurer que la voie est libre. Puis, en lui faisant signe d'être aussi silencieux que possible, elle invite Sébastien à la suivre.

Celui-ci sort de la chambre à pas de loup. Si Béatrice n'était pas aussi terrorisée à l'idée d'être surprise par sa mère, elle trouverait hilarant de voir Sébastien marcher à pas lents et exagérés, comme dans un sketch de Mr. Bean.

Ils sont arrivés au vestibule de l'entrée et Sébastien attrape ses chaussures, qu'il enfilera dehors, une fois sorti, quand la porte s'ouvre... pour laisser entrer le père de Béatrice, de toute évidence parti garer la voiture pendant que sa mère s'installait à la cuisine.

Béatrice arrête de respirer. Elle regarde son père, les yeux écarquillés, puis Sébastien, qui semble s'être figé en plein geste, les chaussures à la main. La nervosité donne à Béatrice l'envie de pouffer de rire, mais elle fait tout pour se retenir. Son père tend la main à Sébastien.

LE PÈRE DE BÉATRICE : Bonjour. Martin Lefebvre.

SÉBASTIEN (lui serrant la main) : Sébastien Temer.

LE PÈRE DE BÉATRICE (en donnant une bise à sa fille) : Bonjour, cocotte !

Agir normalement. Béatrice se dit qu'elle doit à tout prix agir normalement.

BÉATRICE : Salut, papa.

LE PÈRE DE BÉATRICE : On est venus vous aider à faire votre ménage. Mais vous avez l'air d'avoir déjà des renforts !

En effet, au même moment, Aïcha sort de la chambre d'Emma et se dirige vers la cuisine. Béatrice réfléchit à toute allure. Pourrait-elle dire à ses parents que Sébastien est le chum d'Aïcha et qu'Emma leur a permis de dormir ici tous les deux ?

Mais cela la placerait dans une drôle de position face à Sébastien. S'il y a une chose qu'elle a apprise des mésaventures d'Emma, c'est que les garçons n'aiment pas qu'on garde secrète leur présence dans nos vies.

Non, maintenant que tout le monde est là, elle devra braver la tempête, même si elle aurait préféré le faire autrement, au lieu et au moment de son choix. Elle prend une profonde inspiration et se lance.

BÉATRICE : On va à la cuisine ? Je vais vous préparer du café.

SÉBASTIEN (gêné, ne sachant pas comment agir) : Moi, je pensais y aller… Si vous n'avez plus besoin d'aide…

Il est tellement mignon ! Il a tout de suite compris ce que le père de Béatrice s'était imaginé et il veut aider à maintenir l'illusion. Mais Béatrice ne veut pas lui imposer la honte de cette fuite, qui se révélera encore plus gênante si un jour elle finit par le présenter à ses parents et qu'ils se rappellent cet épisode. Non, malgré la crainte qu'elle a de la réaction de sa mère, elle sait qu'elle n'a pas le choix.

BÉATRICE : Non, reste. J'aimerais ça te présenter à ma mère.

Le père de Béatrice lui jette un regard surpris et Sébastien, un regard reconnaissant.

Béatrice voit tout de suite que sa mère n'est pas de bonne humeur. En effet, le désordre règne dans la cuisine et Aïcha sent le fond de tonneau. Béatrice renifle et constate qu'il y a même une légère odeur de vomi qui flotte dans l'air. Elle adresse un grand sourire à sa mère, voulant dissiper la tension qui menace de s'installer.

BÉATRICE : Salut, maman ! Quelle belle surprise !

Elle s'avance pour serrer sa mère dans ses bras.

BÉATRICE : Papa, maman, je vous présente Aïcha, une amie d'Emma. Elle a dormi ici. Et lui, c'est Sébastien.

Sébastien s'avance vers la mère de Béatrice. Il lui sourit poliment et lui serre la main.

Béatrice se rend compte qu'elle est peut-être sauvée; sa mère pensera sûrement que Sébastien vient d'arriver, en même temps que son père ou juste avant. Comme il est habillé et que Béatrice est en pyjama, c'est la conclusion qui s'impose.

Mais son père, lui, aura-t-il deviné ? Elle lui jette un coup d'oeil discret. Il lui adresse un petit sourire, dont elle ne sait s'il signifie qu'il gardera son secret ou si, au contraire, c'est le sourire bienheureux d'un père qui n'a rien remarqué. Dans les deux cas, il ne semble pas pressé de relever l'incongruité de la présence de Sébastien si tôt un samedi matin.

LA MÈRE DE BÉATRICE : Ah, oui, tu nous avais déjà parlé d'un Sébastien. C'est lui qui vous avait fait visiter le cégep l'an dernier, non ?

SÉBASTIEN (en lui souriant) : Vous avez une bonne mémoire.

C'est le moment ou jamais, et Béatrice décide de se lancer.

BÉATRICE : En fait, depuis, Sébastien est devenu mon chum.

Sa mère hausse un sourcil. De toute évidence, elle est étonnée d'apprendre une telle information au sujet de sa fille de façon aussi informelle, devant tout le monde. Mais elle ne dit rien et se contente de sourire à Sébastien et à Béatrice.

Le père de Béatrice, lui, se fait plus accueillant.

LE PÈRE DE BÉATRICE : Enchanté, jeune homme ! Tu peux m'appeler Martin. Tu vas venir nous voir à la ferme, j'espère ? Ça va faire du changement. Depuis vingt-quatre ans que je suis le seul homme sur les lieux… Tu ne regardes pas le hockey, par hasard ?

BÉATRICE (fièrement) : Il ne fait pas que regarder, papa, il en joue ! Il est le capitaine de l'équipe de hockey du collège.

LE PÈRE DE BÉATRICE : Ah oui ? Tu joues à quelle position ?

BÉATRICE : Gardien de but !

LA MÈRE DE BÉATRICE : Voyons, Béatrice, laisse-le parler.

LE PÈRE DE BÉATRICE : Gardien de but, hein ? Joues-tu pour la ville aussi ?

SÉBASTIEN : Avant oui, mais plus maintenant. J'ai été recruté par le junior majeur, mais j'ai décidé de rester au cégep.

LE PÈRE DE BÉATRICE : Sage décision. Tu veux faire quoi plus tard ?

BÉATRICE : Papa ! Ça suffit, l'interrogatoire !

LA MÈRE DE BÉATRICE (avec un sourire) : Mais non, ma chouette, c'est normal. Ton père veut apprendre à mieux connaître Sébastien. Pourquoi vous n'allez pas ramasser les feuilles, dehors, pendant que Béatrice et moi on commence le ménage de sa chambre ?

Béatrice connaît bien cet air. Elle sait que sa mère veut lui parler en tête-à-tête et elle ne voit pas comment elle pourrait y échapper.

SÉBASTIEN : Ça va me faire plaisir de vous donner un coup de main. Après, je vais aller à mon entraînement de hockey. Maintenant que vous êtes là pour aider…

LA MÈRE DE BÉATRICE : Au revoir. Ça m'a fait plaisir de te rencontrer.

Elle prend son café et se dirige vers la chambre de Béatrice, suivie de sa fille qui se contente de murmurer un au revoir à son chum.

La mère de Béatrice referme la porte derrière elle et s'assoit sur le lit. Béatrice ressent un certain malaise à la voir installée sur les draps qu'elle et Sébastien viennent de quitter, il y a quelques minutes à peine.

SA MÈRE : Alors comme ça, t'as un chum.

BÉATRICE (sur la défensive) : Ben, oui.

SA MÈRE : Ça veut dire quoi, ce ton-là ?

BÉATRICE : Maman, j'ai dix-sept ans. C'est normal que j'aie un chum !

SA MÈRE : C'est peut-être normal que tu aies un chum, mais ce n'est pas normal que tu m'aies menti. Est-ce que ça fait longtemps que vous êtes ensemble ?

Béatrice se dit qu'étant arrivée là, elle ferait mieux de tout déballer d'un coup.

BÉATRICE : Depuis la visite du cégep. On était allés au cinéma pas longtemps après.

SA MÈRE : Pendant que tu étais pensionnaire ?

BÉATRICE : C'était un vendredi soir. J'étais restée dormir chez Emma.

SA MÈRE : Tu m'avais menti pour trouver une raison de rester en ville ?

BÉATRICE (en baissant la tête) : Oui.

SA MÈRE : Et depuis le début de l'année, combien de fois c'était vrai, tes raisons de rester en ville ?

BÉATRICE : Ben… Pas souvent.

SA MÈRE : Ce week-end, la vraie raison, c'était quoi ?

BÉATRICE (voulant se justifier) : C'était une soirée tellement cool, maman ! Au Musée d'art contemporain. C'est super éducatif. Il y avait plein de vedettes, même le maire de Montréal était là !

SA MÈRE : Le maire de Montréal, il n'a pas dû mentir à sa mère pour y aller.

BÉATRICE : Non, mais…

SA MÈRE : Je suis vraiment déçue. Vraiment. Je ne te pensais pas capable d'autant de duplicité.

BÉATRICE : Maman…

SA MÈRE : Est-ce qu'il dort ici ?

BÉATRICE : Pas souvent, mais parfois…

SA MÈRE : Béatrice, quand j'ai accepté que tu prennes un appartement avec Emma au lieu d'habiter en résidence étudiante, ce n'était pas pour que tu vives en adulte avec un garçon ! Notre entente, ce n'était pas ça !

BÉATRICE : Je sais, mais…

SA MÈRE : Notre entente, c'était que tu rentrais à la maison les week-ends. Et que l'appartement, c'était pour dormir la semaine et étudier. Un point c'est tout !

BÉATRICE : Maman…

SA MÈRE : Il faut que je parle à ton père. Je sais pas ce qu'on va faire.

BÉATRICE (inquiète) : Qu'est-ce que tu veux dire ?

SA MÈRE : Si je ne peux pas te faire confiance, je ne sais pas si tu peux rester en appartement.

BÉATRICE : Ah, maman, ça serait tellement injuste ! Je te jure que je suis super responsable ! J'étudie, je fais le ménage, Sébastien ne change rien à tout ça !

SA MÈRE : Parlant de responsabilités, prends-tu la pilule ?

BÉATRICE (en rougissant) : Maman !

SA MÈRE : Si tu veux agir en adulte, il faut que tu sois capable d'avoir des conversations d'adulte.

BÉATRICE : Non, je ne prends pas la pilule.

SA MÈRE : Mais tu te protèges ?

BÉATRICE : Oui.

SA MÈRE : Je vais te prendre un rendez-vous chez une gynécologue. De toute façon, tu as l'âge de commencer à y aller.

BÉATRICE (regardant ses pieds) : OK.

SA MÈRE : Est-ce qu'il est gentil avec toi ?

BÉATRICE (relevant la tête) : Maman ! C'est le chum le plus gentil de la planète !

SA MÈRE : J'ai vu tout à l'heure que tes yeux brillaient quand tu parlais de lui à ton père. T'as l'air d'une fille amoureuse. J'espère juste que lui l'est tout autant.

BÉATRICE : Ben oui, maman. On est super amoureux.

SA MÈRE : Je suis contente pour toi. Mais à ton âge, une fille amoureuse, c'est censé voir son chum à l'école et une fois de temps en temps dans un party. C'est pas censé cohabiter en appartement.

BÉATRICE : On ne cohabite pas ! Il est super occupé avec son hockey et il n'a pas tout le temps le droit de dormir ailleurs que chez lui.

SA MÈRE : Je n'aime quand même pas ça.

BÉATRICE : Donne-moi une chance ! Je ne veux tellement pas déménager ! Tout se passe super bien avec Emma, je suis entourée d'amies, je travaille bien à l'école… Je n'ai pas envie de tout recommencer à zéro. Tu le dis tout le temps, la stabilité, c'est important…

SA MÈRE : Je vais y penser. Prépare ton sac, tu rentres à la maison avec nous aujourd'hui.

BÉATRICE : OK…

SA MÈRE : Je vais aller prendre un café avec ton père pendant ce temps-là. J'ai besoin de décompresser un peu. Sois prête dans trente minutes.

Dès que la porte d'entrée se referme derrière la mère de Béatrice, Emma passe sa tête dans l'embrasure.

EMMA : Ça va ?

Béatrice lève vers elle un visage défait.

BÉATRICE : Ça s'est tellement mal passé ! J'aurais tellement dû lui dire moi-même avant que ça dérape !

EMMA : Veux-tu quelque chose à manger ?

BÉATRICE : Non…

EMMA : Attends deux minutes, je t'apporte un café au lait.

Emma revient quelques instants plus tard et pose la tasse à côté de Béatrice. Celle-ci tient son téléphone à la main.

BÉATRICE : C'est Sébastien. Il a ramassé deux ou trois feuilles avec mon père, puis il est parti à son entraînement. Pauvre de lui. Il était vraiment mal à l'aise.

EMMA : Pauvre de toi aussi ! Qu'est-ce que tu penses qu'elle va faire ?

BÉATRICE : Je ne sais pas encore. Elle parle de m'envoyer en résidence étudiante. Mais ma pire crainte, c'est qu'elle m'oblige à changer de cégep pour me rapprocher de la maison !

EMMA : Elle ne ferait quand même pas ça ?

BÉATRICE : Je ne sais pas… Elle était tellement fâchée que tout se peut. *Oh my god,* Emma, qu'est-ce que je vais faire ?

EMMA : Attends de voir ce qu'elle va te dire. Ça sera peut-être pas si terrible que ça.

BÉATRICE : Si au moins je lui avais dit la vérité avant… Je suis sûre que ça aurait été moins difficile.

EMMA : Peut-être. Mais là, maintenant que c'est fait, qu'est-ce que tu pourrais faire pour améliorer ta situation ?

BÉATRICE : Je ne sais pas… Montrer à ma mère que je suis responsable.

EMMA : Comment ?

BÉATRICE : Là, ce matin ? Ben… Connaissant ma mère… Je pourrais prendre ma douche, m'habiller, ranger la cuisine, faire mon sac, puis être assise à mon bureau en train d'étudier quand elle revient.

EMMA : Bon ! Commence par prendre ta douche, je me charge de la cuisine.

BÉATRICE : T'es trop gentille, Emma !

EMMA : Je ne veux pas te perdre, moi ! Allez ! À la douche !

Les deux filles se mettent à la tâche aussi rapidement que possible. Emma renvoie Aïcha dans sa chambre afin qu'elle ne promène plus son odeur de bière dans les pièces communes. Celle-ci est trop contente de retourner se coucher et on l'entend vite ronfler légèrement.

Lorsque les parents de Béatrice reviennent, ils trouvent leur fille dans une chambre bien rangée, la poubelle soigneusement vidée, assise à son bureau et entourée de recueils de textes, avec son sac prêt à côté d'elle.

LE PÈRE DE BÉATRICE : Qu'est-ce que tu étudies, ma puce ?

BÉATRICE : Français.

SON PÈRE : Ça se passe bien ?

BÉATRICE : Pas trop mal. C'est en économie que c'est plus difficile.

SA MÈRE : Béatrice, on a parlé, ton père et moi.

Son père lève discrètement le pouce dans le dos de sa mère. Béatrice tente de réprimer un sourire. Heureusement que son père est là ! Il sait toujours comment détendre la situation.

SA MÈRE : On est prêts à te donner une deuxième chance. Mais avec des conditions.

BÉATRICE : N'importe quoi !

SA MÈRE : Un, on veut mieux connaître Sébastien. Tu l'invites à la maison le week-end prochain.

BÉATRICE : C'est parfait. S'il n'a pas de match de hockey.

SA MÈRE : J'espère que t'es plus importante pour lui qu'une partie de hockey.

SON PÈRE : On n'en est pas à la minute près. Le week-end prochain ou celui d'après, selon ce qui convient le mieux.

SA MÈRE : Deux, je veux rencontrer ses parents. Je veux savoir quel genre de garçon c'est et comment il a été élevé.

BÉATRICE : OK, pas de problème.

SA MÈRE : Trois, je veux un beau bulletin. On te laisse une chance d'ici là, mais si tes notes s'en ressentent, on va faire des changements.

BÉATRICE : Je vais faire de mon mieux, c'est promis !

SA MÈRE : Quatre, Sébastien ne dort pas ici la semaine et toi, tu continues à venir à la maison tous les week-ends.

BÉATRICE : OK...

Elle aimerait pouvoir rester en ville de temps à autre, mais se dit que ce n'est pas le moment de tester la patience de sa mère.

SA MÈRE : Et cinq... Fini le mensonge. Si je te prends encore à trouver des excuses et à inventer des choses, je vais...

LE PÈRE DE BÉATRICE (l'interrompant) : OK, Béatrice a compris le message. Ça te va, ma chouette ?

BÉATRICE : Oui ! Je vous promets que vous ne serez pas déçus.

Béatrice pousse un soupir de soulagement en grimpant à l'arrière de la voiture. Ça aurait pu être pire. Au moins, sa mère est prête à essayer. Elle se promet de tout faire pour la convaincre qu'il n'y a nul endroit au monde où elle serait mieux que dans son appartement de la rue Lacombe.

#12

Peu de temps après le départ de Béatrice et de ses parents, le bruit de la sonnette retentit de nouveau. Emma traîne la patte pour aller ouvrir. Avec sa nuit de sommeil interrompue (d'abord par Aïcha, puis par les parents de Béatrice), elle est plus fatiguée qu'elle ne devrait l'être, elle qui est rentrée se coucher bien avant minuit.

Elle laisse entrer Rosalie.

EMMA : Rosa ? Qu'est-ce que tu fais ici ?

ROSALIE : Tu ne répondais pas à mes textos !

EMMA : Ah… J'ai éteint mon téléphone en rentrant hier soir.

ROSALIE : Veux-tu bien me dire pourquoi ?

EMMA : Je n'avais pas envie de voir des photos du party ou d'avoir des nouvelles de ce qui se passait.

ROSALIE (compatissante) : Pauvre cocotte…

EMMA : Quoi, pauvre cocotte ? Qu'est-ce qu'il y a eu de si pire ? Il l'a *frenchée*, c'est ça ? Je le savais ! C'est incroyable comme il aime ça, *frencher* chez Nathan, lui !

ROSALIE : Mais non ! Je disais juste pauvre cocotte parce que tout ça t'affecte beaucoup, c'est tout.

EMMA : Donc il ne l'a pas *frenchée* ?

ROSALIE : Non. En fait, il est parti pas longtemps après toi.

EMMA : Vraiment ? Je me demande si ça veut dire quelque chose.

ROSALIE : Aïcha est où ?

EMMA : Je ne sais pas. Peut-être aux toilettes. Comment elle a fait son compte pour se saouler autant ?

ROSALIE : Aucune idée. Je l'ai perdue de vue un moment et je l'ai retrouvée comme ça. Je lui ai payé un trajet en taxi pour la ramener ici.

EMMA : T'es chanceuse qu'elle n'ait pas vomi dans le taxi.

ROSALIE : Tant que ça ?

EMMA : Elle m'a gardée réveillée une bonne partie de la nuit.

ROSALIE : Beurk.

EMMA : Veux-tu un café ? Je vais rallumer mon téléphone, maintenant que je suis certaine de ne pas y trouver de photos de *frenchs*…

Elles se dirigent vers la cuisine. Rosalie se prépare un café tandis qu'Emma va dans sa chambre chercher son téléphone. Lorsqu'elle le rallume, de nombreux messages défilent sur son écran. Au milieu de tous les messages de Rosalie, envoyés la veille et ce matin : un message de Théo. Envoyé à 1 h 15 du matin.

« Moi aussi. »

Emma hurle à en ameuter les voisins. Rosalie accourt dans sa chambre, affolée. Aïcha sort de la salle de bains pour les rejoindre.

ROSALIE : Qu'est-ce qu'il y a ? ?

Pour toute réponse, Emma leur tend l'écran de son appareil d'un air triomphant.

EMMA : C'est Théo ! Regardez ! !

AÏCHA : Ça veut dire quoi, moi aussi ?

EMMA : Quand on s'est parlé hier, pendant genre trente secondes, je lui ai dit : « Je m'ennuie de toi » ! Et là, il me répond « Moi aussi » ! !

ROSALIE : À une heure et quart du matin ? Il était peut-être saoul.

EMMA : Et ? C'est souvent quand on est saoul que nos vraies émotions ressortent.

AÏCHA : Qu'est-ce que tu vas faire ?

EMMA : Je vais lui répondre !

Elle envoie un emoji de cœur rose qui vibre.

ROSALIE : Tu y vas fort…

EMMA : C'est fini les manipulations ! À partir de maintenant, je suis 100 % honnête en tout temps ! Oh mon Dieu, dire que ce message dort dans mon téléphone depuis hier soir ! Il doit se demander pourquoi je n'ai pas répondu avant.

Emma se penche sur son écran où elle voit apparaître trois petits points indiquant que Théo est en train de lui écrire. Elle attend ce moment depuis si longtemps ! Enfin, il communique !

Les trois petits points disparaissent. Comme si Théo effaçait ce qu'il avait écrit. Puis, plus rien pendant de longues secondes. Emma regarde son téléphone fixement, avec la même intensité que si elle était capable d'y graver un message au laser.

Enfin, les trois petits points réapparaissent. Emma retient son souffle, espérant que cette fois-ci sera la bonne.

« Salut Emma. Désolé, je n'aurais pas dû t'écrire ça hier soir. À la prochaine. T. »

EMMA : Désolé ??? À la prochaine ??? Ça veut dire quoi, ça ?

ROSALIE : Ben…

EMMA : Quoi ?

ROSALIE : Ça veut dire ce que je pensais. Il était saoul, il s'est laissé aller, puis là il le regrette. C'est nul, mais… Je ne vois pas d'autre explication.

EMMA : Carrément que c'est nul ! Je n'en reviens pas !

AÏCHA : Ma pauvre… C'est chien de se faire traiter comme ça.

EMMA : Tellement !

AÏCHA : Je commence à le trouver sans cœur.

ROSALIE : Il est ni le premier ni le dernier à envoyer un texto de trop en pleine nuit après avoir bu.

EMMA : Je fais quoi quand je le revois ?

ROSALIE : Tu veux dire tu fais quoi d'ici là ?

EMMA : Hein ?

ROSALIE : Ça fait des siècles que t'as rien posté sur Instagram. Il va penser que tu ne fais rien que rester chez toi et pleurer.

EMMA : Je ne pense pas qu'il regarde mon Instagram.

ROSALIE : Est-ce qu'il te suit encore ?

EMMA : Attends, je vais vérifier. (Consultant son téléphone :) Oui.

ROSALIE : Bon. Ça veut dire qu'il va voir tes *posts*. Il faut que t'aies l'air d'avoir tout de même une vie.

EMMA : Arrête avec ça, Rosalie ! Je ne joue plus avec lui, combien de fois je devrai te le répéter ?

ROSALIE : T'es vraiment fatigante. Ça ne te coûterait rien de mettre une photo de toi en train de t'amuser.

EMMA : Regarde mes cernes, est-ce que j'ai l'air de m'amuser ?

ROSALIE : On pourrait *stager* une photo. Genre un gros plan d'une bière sur une terrasse ensoleillée.

EMMA : Non.

ROSALIE : Au moins, arrête de lui envoyer des emojis de cœur rose.

EMMA (se prenant la tête entre les mains) : *Oh my god!* Je ne peux pas croire que j'ai fait ça ! C'est tellement honteux !

AÏCHA : Pas autant que de vomir toute la nuit dans les toilettes de ton amie la première fois qu'elle t'invite. Et Sébastien Temer était ici en plus ! Imagine s'il raconte ça aux Snobinours !

EMMA : Ce n'est pas son genre. Il est vraiment sympa. Et il n'a pas du tout l'habitude de raconter des potins.

AÏCHA : Ark. Je ne bois plus jamais de ma vie. Je le jure !

ROSALIE : Tu pourrais boire, mais un peu moins.

AÏCHA : J'ai tellement mal à la tête ! Qu'est-ce que mon père va dire quand il va me voir comme ça ?

C'est sous une pluie battante que Mia se dirige vers le cégep. En passant près du métro, elle remarque devant elle un garçon en imperméable noir qui s'avance sous la pluie sans rien pour se protéger la tête. Sa silhouette lui est familière. Elle presse le pas. Elle est presque à côté de lui lorsque le feu passe au rouge. Il s'arrête et elle voit son visage.

MIA : Xavier ? C'est Xavier, c'est ça ?

XAVIER : Tiens, la petite nouvelle…

MIA : Euh…

XAVIER : Jimena aime ça, le sang neuf. Guillaume aussi.

MIA : Guillaume ?

XAVIER : M. Lapré. Quand il te demande de l'appeler Guillaume, tu sais que t'es un intime. Une manière comme une autre de remettre les gens à leur place.

MIA : Je ne comprends pas…

XAVIER : Ça crée un clivage entre les initiés et ceux qui ne le sont pas. C'est une façon de contrôler les troupes. Établir des privilèges auxquels tous veulent accéder.

MIA : Tu veux partager mon parapluie ?

Il la regarde. Pendant un instant, elle croit qu'il va pousser son désir d'indépendance jusqu'à refuser, mais il s'approche d'elle.

XAVIER : Merci.

MIA : Tu n'as pas l'air de les aimer. Qu'est-ce que tu fais avec eux, alors ?

XAVIER : On a beaucoup d'objectifs en commun. Ils peuvent m'aider à en réaliser certains.

MIA : Comme ?

XAVIER : Une plus grande prise de conscience chez les jeunes. Tu sais que de notre vivant à nous, New York et le Bangladesh vont disparaître ? Les vieux s'en foutent, ils ne seront plus là, mais nous, on sera la génération aux prises avec le problème. Et ça me fâche qu'on n'ait pas encore notre mot à dire.

Le feu passe au vert. Ils avancent ensemble.

MIA : Alors tu prônes quoi ?

XAVIER : Le plus important, pour moi, c'est d'abaisser le droit de vote à seize ans. J'aimerais même que ce soit quatorze ans, ou douze ans. En fait, aussi tôt que possible.

MIA : Douze ans ?

XAVIER : C'est assez vieux pour avoir sa propre opinion. Avant, ça ne sert à rien, les enfants voteraient comme leurs parents. Mais à partir de l'adolescence, on en sait assez pour poser un regard critique sur le monde.

MIA : Ce n'est pas tous les ados de douze ans qui peuvent poser un regard critique sur le monde.

XAVIER : Ce n'est pas tous les adultes de quarante ans non plus.

MIA : Bon point. Et comment tu comptes t'y prendre ?

XAVIER : Je veux commencer par représenter une association étudiante. Ensuite, je pourrai faire du *lobbying* en notre nom, lancer des partenariats avec les autres associations, faire entendre notre voix. Il est temps que les adultes se rendent compte que les jeunes sont politisés, et qu'ils jouent avec notre avenir !

MIA : C'est vrai que les résultats du Brexit, ça m'avait vraiment choquée.

XAVIER : Ben oui ! Les vieux de soixante-cinq ans et plus ont voté pour, alors qu'ils n'auront pas longtemps à vivre avec les conséquences de leur choix. Et tous les jeunes, qui ont voté contre, vont devoir assumer ça toute leur vie !

MIA : N'oublie pas que le taux de participation des jeunes a été très bas.

XAVIER : Si on enlevait le droit de vote à toutes les strates de la population qui ne participent pas assez, il ne resterait pas grand monde aux urnes.

MIA : Tu n'as pas tort.

Lorsqu'ils arrivent devant le cégep, Xavier se tourne vers elle.

XAVIER : Merci pour le parapluie. Fais attention à toi.

MIA : De rien. On se voit à la prochaine rencontre ?

XAVIER : Oui. Mais fais attention à toi.

Mia le regarde s'éloigner en se demandant ce que peut bien vouloir dire cet avertissement répété deux fois.

#14

Béatrice traverse la grande salle pour se rendre à son premier cours lorsque Astrid l'accoste.

ASTRID : Béa, tu viens manger avec nous à la Croissanterie, ce midi ?

BÉATRICE : J'aimerais bien, mais je n'ai qu'une heure pour manger aujourd'hui.

ASTRID : On va y aller en voiture. Ça ne sera pas long.

BÉATRICE : Oui, mais…

ASTRID : Dans le pire des cas, tu arriveras cinq minutes en retard. Qu'est-ce que ça fait ?

BÉATRICE : Ça ne fait rien, mais…

ASTRID : Parfait ! On se rejoint à ma voiture à 11 h 50.

Assise à l'élégante table de fer forgé, Béatrice consulte le menu, contente d'y trouver des choses normales, comme des sandwichs, et pas juste les pousses de luzerne et plats macrobiotiques que ses amies semblent préférer. Elle commande un bagel au saumon fumé et un jus d'orange fraîchement pressé. Astrid, Justine et Noémie prennent chacune une salade.

BÉATRICE : Elle est où, Raph ?

ASTRID : Occupée, je pense.

JUSTINE : Puis de toute façon, c'est une séance de travail.

BÉATRICE : De travail ?

JUSTINE : On commence la création des tableaux pour le défilé de mode et on voulait avoir ton avis.

BÉATRICE (mal à l'aise) : Pourquoi le mien ?

JUSTINE : Parce que tes idées étaient super bonnes ! Celles que tu as suggérées à Emma.

BÉATRICE : Si les idées d'Emma étaient si bonnes, pourquoi vous ne l'avez pas prise, alors ? *No offense,* Noémie.

ASTRID : On recherchait plus que des bonnes idées. On recherchait un certain sens du style, un flair... Et Noémie en a à la tonne. Elle a une élégance innée.

NOÉMIE (en rougissant) : Merci...

JUSTINE : Et de toute façon, les idées d'Emma ce n'était même pas les siennes, c'était les tiennes, alors...

BÉATRICE : On les a développées ensemble.

ASTRID : Et maintenant tu peux les développer avec nous ! J'ai beaucoup aimé l'idée du contraste entre nature et technologie, et l'idée des mannequins qui défilent la tête penchée sur leur téléphone. Ça, c'est sûr qu'on le fait.

Béatrice est estomaquée. Emma avait raison ! Elles pouvaient tout à fait ne pas la choisir, mais lui piquer toutes ses idées. Elle n'a pas l'habitude de s'opposer directement à Astrid, mais cette fois-ci, elle n'a pas le choix.

BÉATRICE : Mais vous ne pouvez pas faire ça !

JUSTINE : Faire quoi ?

BÉATRICE : Piquer toutes les idées d'Emma alors que vous ne l'avez pas choisie ! C'était son rêve, être au comité.

ASTRID : On se calme. As-tu lu le document de candidature que tout le monde a signé, incluant Emma ?

BÉATRICE : Euh, non.

ASTRID : C'est ce que je pensais. Parce que sinon tu saurais que toutes les idées soumises appartiennent au comité.

BÉATRICE : Ce n'est pas juste !

ASTRID : C'est une façon de faire du *crowd-sourcing* et d'ouvrir notre processus créatif à plusieurs influences. On préfère avoir une approche collaborative. C'est expliqué comme ça dans le document et ton amie Emma l'a signé sans protester.

JUSTINE : C'est comme ça chaque année, Béa. Ça nous permet de nous assurer que le défilé représente les idées de tout le monde, pas juste les nôtres. C'est important pour nous d'être inclusives. Tu ne peux pas être contre ça quand même ?

BÉATRICE : Non, c'est sûr que c'est super que le processus soit inclusif…

ASTRID : Bon. Passons au prochain tableau. Le contraste entre les années 1990 et aujourd'hui j'adore ça, c'est trop tendance. Mais l'affaire des musulmans et du burkini, oublie ça. Ça encouragerait trop la polémique. Le défilé est censé inspirer, pas choquer.

JUSTINE : Je suis tellement d'accord !

ASTRID : Quelle musique des années 1990 devrait-on choisir ?

JUSTINE : On pourrait demander à Sébastien ! Il en écoute beaucoup, hein, Béatrice ?

Béatrice est perdue dans ses pensées. Elle n'arrive pas à y voir clair. Elle est sûre que sa première réaction était la bonne, et que ce n'est pas juste, ce que les filles font à Emma. Mais en même temps, les arguments d'Astrid et de Justine sont logiques. La collaboration, l'inclusion, le partage d'idées, Béatrice est fermement pour.

Peut-être qu'elle est trop sur la défensive. Puisque Emma a signé le document en question, elle savait à quoi s'attendre. Béatrice se sent confuse et se promet d'en parler à son amie.

#15

Emma est heureuse de rejoindre Béatrice dans la grande salle. Elles ont un trou en commun le mardi matin et elles le passent toujours ensemble, attablées à la cafétéria.

BÉATRICE : Ça se passe mieux ton cours de chimie ?

EMMA : Bof. J'ai des notes correctes. Toi, économie ?

BÉATRICE : Je travaille comme une dingue pour remonter ma note. Je n'ai jamais autant étudié de ma vie. Je veux impressionner ma mère pour qu'elle me laisse tranquille !

EMMA : Oui ! Étudie fort, *please* ! Je ne veux pas te perdre comme coloc.

BÉATRICE : Je vais tout faire pour que ça n'arrive pas, ne t'inquiète pas.

EMMA : Le cours est bon ?

BÉATRICE : Oui, c'est super cool. Ça aide vraiment à comprendre ce qui se passe dans le monde. Le cours d'histoire aussi, c'est génial. Le prof place toujours le sujet du cours en contexte avec l'actualité internationale. Surtout en ce moment, on étudie la montée du nationalisme en Europe avant la Deuxième Guerre mondiale... Ça donne froid dans le dos.

EMMA : Waouh ! T'es tellement chanceuse.

BÉATRICE : Mais c'est déprimant parfois.

EMMA : Ne t'inquiète pas, quand un prof de science se met à parler de réchauffement climatique, c'est assez déprimant aussi.

BÉATRICE : J'avoue.

EMMA : Je trouve quand même que ce que tu apprends, c'est plus utile.

BÉATRICE : Ça dépend. Pas si tu veux devenir scientifique.

EMMA : Je ne pense pas... Je me verrais plus en politique ou en journalisme...

BÉATRICE : Tu pourrais faire de la politique étudiante alors !

EMMA : Ça n'a aucun rapport Ceux qui font de la politique étudiante, c'est soit des frustrés comme Mia et sa gang, soit des fêtards excités qui veulent organiser toutes les activités. C'est pas mon cas.

BÉATRICE : Mia n'est pas frustrée...

EMMA : Béa, elle est scandalisée en permanence !

BÉATRICE : Oui, mais la plupart du temps elle a quand même raison. Il se passe des choses scandaleuses dans le monde.

EMMA : Je sais. Mais ce n'est pas mon style. Si seulement j'avais pu organiser le défilé ! Ça me tente tellement de faire quelque chose. C'est la meilleure façon de rencontrer du monde, je trouve.

BÉATRICE : Emma... À ce sujet-là...

EMMA : Quoi ?

BÉATRICE : Rien de grave, mais...

EMMA : Accouche ! Tu me fais peur.

BÉATRICE : Te souviens-tu d'avoir signé un document en posant ta candidature pour le défilé ?

EMMA : Vaguement, oui.

BÉATRICE : Te souviens-tu que ça disait que toutes les idées soumises appartiennent au comité ?

EMMA : Pas vraiment, mais je devine où tu veux en venir. Je le savais !

BÉATRICE : Elles veulent utiliser l'idée des mannequins qui regardent leur téléphone en marchant et celle du contraste entre les années 1990 et aujourd'hui.

EMMA : Ha ! Ça ne m'étonne tellement pas qu'elles aient rejeté l'idée sur l'islamophobie ! C'était la meilleure.

BÉATRICE : Je sais que c'est nul, mais...

EMMA : Mais quoi ? Ne me dis pas que tu vas les défendre !

BÉATRICE : T'as donné ton consentement !

EMMA : Ne viens pas me dire que tu lis tout le jargon écrit en petits caractères chaque fois que tu signes quelque chose ?

BÉATRICE : J'avoue, mais leurs intentions sont bonnes. C'est pour rendre le défilé plus inclusif, plus collaboratif.

EMMA : N'importe quoi.

BÉATRICE : Puis... Il n'y a pas que ça.

EMMA : Qu'est-ce qu'il peut y avoir de pire que de me faire piquer mes idées ?

BÉATRICE : Elles veulent... Elles veulent que je les aide pour le défilé. Comme j'allais le faire avec toi.

EMMA (outrée) : Veux-tu bien me dire pourquoi NOS idées sont assez bonnes quand c'est pour travailler avec toi, mais pas assez bonnes quand c'est pour travailler avec moi ?

BÉATRICE : Je sais, ce n'est vraiment pas juste. Mais ne t'inquiète pas, je ne le ferai pas.

EMMA : Tu peux bien faire ce que tu veux. Je ne m'attendais pas à mieux de la part de ces filles-là. Finalement, je m'en suis vraiment bien tirée en n'étant pas choisie pour le comité.

BÉATRICE : C'est sûr que je ne les aiderai pas, Emma ! Je ne te ferais pas ça.

EMMA : Tu leur as dit que tu ne voulais pas les aider ?

BÉATRICE : Non… Pas en tant que tel. Mais je vais m'arranger pour être occupée quand elles vont vouloir travailler là-dessus.

EMMA : Ha !

BÉATRICE : Quoi ?

EMMA : Tu vas finir par te faire embarquer, c'est sûr !

BÉATRICE : Mais non ! J'ai le temps de trouver comment m'en sortir. Elles m'ont dit que le vrai travail commençait après Thanksgiving. Il n'y a que les auditions d'ici là.

EMMA : On verra. Je sais que ce sont tes amies, mais elles peuvent être vraiment connes. Parfois, je me demande pourquoi tu te tiens autant avec elles alors que tu pourrais passer tout ton temps avec la fille la plus cool du monde !

Emma le dit avec le sourire et elle espère que Béatrice ne percevra pas le trémolo dans sa voix. Parfois, elle trouve ça difficile de ne pas être plus importante aux yeux de sa grande amie.

BÉATRICE : C'est sûr que tu es la fille la plus cool du monde ! Elles, ce sont les amies de mon chum, c'est tout.

EMMA : C'est déjà beaucoup.

Béatrice garde le silence quelques instants. Emma voit bien qu'elle est tiraillée et qu'elle se sent mal. Elle décide de changer de sujet.

EMMA : Le défilé, de toute façon, j'en ai fait mon deuil. Il faut juste que je trouve autre chose.

BÉATRICE (reconnaissante du changement de sujet) : Il y a le journal étudiant, sinon. T'as parlé de journalisme, tout à l'heure.

EMMA : Ah, c'est vrai que j'y avais pas pensé. Ce n'est pas bête.

BÉATRICE : Ça serait cool !

EMMA : Toi ? La pièce de théâtre ?

BÉATRICE : Les auditions sont la semaine prochaine. Je suis nerveuse. Il faut qu'on lise un extrait des *Caprices de Marianne,* d'Alfred de Musset.

EMMA : Alfred de Musset ? Un peu *old school,* non ? Ils auraient pu choisir un dramaturge québécois.

BÉATRICE : Moi, ça ne me dérange pas. Je trouve ça cool d'apprendre à jouer avec une pièce classique. Mais ça me stresse, si tu savais !

EMMA : Je suis sûre que ça va bien aller.

BÉATRICE : Je ne sais pas. Sébastien est super nerveux lui aussi. Il n'a même pas dit à sa gang qu'il allait passer les auditions.

EMMA : Pourquoi ?

BÉATRICE : Pour pas qu'ils se moquent de lui s'il n'est pas pris, voyons !

EMMA : Ils ne sont pas super sympas, pour une gang d'amis.

BÉATRICE : Es-tu en train de me dire que Nathan, William et toute la gang ne se chambrent jamais ?

EMMA : Non, mais…

BÉATRICE : Mais rien du tout. Ne sois pas de mauvaise foi. Est-ce qu'il y a du nouveau avec Théo ?

EMMA : Non. On ne s'est pas encore croisés depuis la catastrophe de l'emoji de cœur rose. Et heureusement ! Je suis morte de honte.

BÉATRICE : Justement, il arrive.

EMMA (se retournant vivement) : Qui ? Où ? Ah merde.

En effet, William s'avance avec enthousiasme vers leur table, suivi de Théo.

WILLIAM (avec un grand sourire) : Salut Béatrice ! Comment tu vas ?

BÉATRICE : Bien, merci.

WILLIAM : Et comment vont tes études ?

BÉATRICE : Très bien, merci.

Leur conversation est si maladroite qu'Emma et Théo ne peuvent s'empêcher de pouffer de rire. Ils échangent un regard complice qui fait chaud au cœur d'Emma. William, blessé, annonce qu'il doit rencontrer un prof et il les quitte. Il y a une fraction de seconde de silence pendant laquelle Emma se demande si Théo va se sauver à son tour, mais Béatrice, ne lui en laissant pas le temps, annonce avoir une urgente envie de faire pipi et court en direction des toilettes.

C'est le deuxième tête-à-tête entre Emma et Théo en quelques jours et elle est déterminée à ce que celui-ci se passe mieux que le premier. Maintenant qu'il est là, devant elle, elle se dit qu'il est temps de mettre cartes sur table.

EMMA : Théo…

THÉO : Emma, je m'excuse vraiment pour le texto.

EMMA : Ah ?

THÉO : Ce n'est pas que ce n'était pas vrai, c'est juste que…

EMMA : Juste que quoi ?

THÉO : C'est juste que ça ne change rien.

EMMA : Je ne comprends pas.

THÉO : Je m'ennuie de toi, moi aussi. Mais ça ne change rien à ma décision.

Le cœur d'Emma s'était rempli d'espoir, l'espace d'un instant, en apprenant que Théo s'ennuyait d'elle, mais ses espérances s'envolent rapidement. Ça ne change rien à sa décision… Sa décision n'a pas changé… Il ne veut plus être avec elle.

THÉO : Je suis désolé, mais…

Elle voudrait pouvoir s'excuser encore, lui expliquer. Mais elle entend une voix qui la hèle joyeusement. Elle ferme les yeux de découragement. Une autre conversation interrompue !

C'est Nathan qui s'avance vers eux, gai comme un pinson.

NATHAN (en s'assoyant avec eux) : Ça va, les amis ?

EMMA : …

THÉO : …

NATHAN : Euh… Je vous dérange ?

EMMA (reprenant ses esprits) : Non, non, ça va. Il faut que j'y aille, moi. Restez-vous ici encore un peu ? Pouvez-vous surveiller les affaires de Béatrice ?

NATHAN : Oui, oui, pas de problème.

EMMA : À tout à l'heure !

Elle ramasse rapidement son ordinateur et son téléphone et se dirige vers la bibliothèque. Elle est triste, mais en même temps elle n'est pas surprise. Au moins, elle sait à quoi s'en tenir. Finies les montagnes russes.

Théo ne lui a pas pardonné…

#16

Astrid éteint le téléviseur de sa chambre et s'étire. Elle se tourne vers ses amies.

ASTRID : Je pense que j'ai préféré la saison 2.

RAPHAËLLE : Tellement. Elle était vraiment mieux.

Elles se réunissent parfois pour regarder *Gossip Girl,* une série qu'Astrid affectionne particulièrement. L'épisode de ce soir terminé, les filles reprennent leurs sacs et se préparent à sortir dans la nuit fraîche. Jenny, la femme de ménage philippine qui vit chez Astrid, referme la porte derrière elles.

Justine et Raphaëlle se dirigent vers chez elles à pied. Béatrice s'apprête à rejoindre l'arrêt d'autobus quand Noémie lui offre de la raccompagner.

BÉATRICE : Ce n'est pas sur ton chemin.

NOÉMIE : Ce n'est pas un grand détour non plus. Embarque.

Béatrice la remercie et prend place dans la voiture, une Mini Cooper rouge vif.

BÉATRICE : Ton auto est belle.

NOÉMIE : Merci. Mon père me l'a achetée pour mes seize ans. Il est tellement papa gâteau !

BÉATRICE (avec le sourire) : Le mien aussi, mais différemment.

NOÉMIE : Tu n'as pas d'auto ? Ça serait pratique pour rentrer chez toi le week-end, non ?

BÉATRICE : Oui, mais ce n'est pas vraiment le genre de mes parents. Ma première auto, je vais devoir la payer toute seule. Mais j'aime mieux économiser mon argent pour des voyages alors ce n'est pas demain la veille. Et je trouve ça plus écolo de ne pas en avoir.

NOÉMIE : C'est sûr.

BÉATRICE : De toute façon, en ce moment, ils sont loin de me faire des cadeaux. J'espère tellement que le week-end avec Sébastien va bien se passer !

NOÉMIE : Je suis sûre que oui. Sébastien, c'est le genre de garçon qui plaît aux parents, non ? Beau, poli…

BÉATRICE : Tu le trouves beau ?

NOÉMIE : Ben oui, Béatrice, ton chum est objectivement beau.

BÉATRICE : Moi, je trouve que c'est le plus beau mec de l'univers, mais je sais que je ne suis pas objective.

NOÉMIE (en riant) : De l'univers, n'exagère pas !

BÉATRICE : Du cégep, alors.

NOÉMIE : Hmm… Un des plus beaux, c'est sûr. Mais le plus beau, peut-être pas…

BÉATRICE : T'as quelqu'un en tête, toi !

NOÉMIE (avec le sourire) : Peut-être…

BÉATRICE : Cachottière ! C'est qui ?

NOÉMIE : Il s'appelle Félix, il est en cégep deux. Mais je ne lui ai jamais parlé. Je me contente de l'admirer de loin.

BÉATRICE : Il faudra qu'on trouve une façon de l'approcher… Sais-tu si Astrid le connaît ?

NOÉMIE : Non… Je n'ai pas osé lui en parler. Peut-être qu'elle ne le trouvera pas assez cool. Tu gardes ça pour toi, OK ?

BÉATRICE : OK, mais je te promets de garder l'œil ouvert.

Elles roulent quelques instants sans parler. Alors qu'elle est arrêtée à un feu rouge, Noémie choisit une *playlist* sur son téléphone et on entend la voix plaintive d'Ed Sheeran dans la voiture. Béatrice n'a pas souvent la chance de parler à Noémie en tête-à-tête et elle se dit qu'elle va en profiter.

BÉATRICE : Noémie… Je voulais savoir comment tu vas depuis ton initiation ?

NOÉMIE : Bien, pourquoi ?

BÉATRICE : Ça ne te tente peut-être pas d'en parler mais… l'affaire du compagnon de ta tante, là… J'y pense parfois. Je m'inquiète pour toi.

NOÉMIE : C'est de l'histoire ancienne, voyons ! Je suis passée à autre chose.

BÉATRICE : Ces choses-là, ça peut laisser des séquelles. Je pense vraiment que tu devrais en parler à quelqu'un.

NOÉMIE : Comme qui ?

BÉATRICE : Un psychologue, peut-être ?

NOÉMIE : Pas besoin. Je n'ai certainement pas envie de me définir par rapport à ça. C'était il y a longtemps. À part quand tu m'en parles, j'y pense plus !

BÉATRICE : Si tu le dis…

NOÉMIE : Je sais que tu abordes la question par amitié, mais sincèrement, j'ai quasiment préféré la réaction des autres filles. On n'en fait pas tout un plat, on passe à un autre appel.

BÉATRICE (en souriant) : C'est sûr qu'elles ne sont pas du genre à analyser leurs sentiments en profondeur.

NOÉMIE : Non, et c'est ça qui est cool avec elles, non ?

BÉATRICE : J'avoue.

NOÉMIE : Je m'amuse vraiment avec la gang. Elles sont tellement différentes de mes amies du secondaire. Parfois, je me sens comme dans *Gossip Girl* !

BÉATRICE : Ha ! ha ! Ça doit être pour ça qu'Astrid aime tant la série. Elle se prend pour Serena van der Woodsen !

NOÉMIE : Si tu veux mon avis, elle ressemble plus à Blair.

BÉATRICE : Voyons, Serena c'est une grande blonde comme Astrid ! Blair ressemble plus à Justine.

NOÉMIE : Je voulais dire côté personnalité.

BÉATRICE (en riant) : Ce n'est pas un compliment, ça.

NOÉMIE : Serena, elle est ultra relaxe. Astrid est un peu plus contrôlante, comme Blair.

BÉATRICE : Oui, Astrid, elle a des grandes qualités et des grands défauts. Tout est aux extrêmes, avec elle.

NOÉMIE : C'est sûr qu'elle est tout sauf ordinaire.

BÉATRICE : La connaissais-tu en secondaire ? Vous étiez dans la même école, non ?

NOÉMIE : Je savais qui elle était, mais je ne lui avais jamais parlé. Sans le défilé de mode, je ne l'aurais peut-être jamais rencontrée !

BÉATRICE : Je suis plutôt contente, moi, d'avoir pu te rencontrer.

NOÉMIE : Moi aussi ! Est-ce que je peux te poser une question personnelle ?

BÉATRICE : Vas-y.

NOÉMIE : Vas-tu te faire tatouer, l'an prochain ?

Lors de leur initiation, Béatrice et Noémie avaient appris que les filles de la gang se faisaient tatouer un minuscule chiffre à la base du poignet, indiquant leur rang dans le groupe. Astrid avait le numéro un, Justine le numéro trois et Raphaëlle le numéro quatre.

BÉATRICE : Je ne sais pas. C'est un peu *hard.* Mais je me dis que j'ai le temps d'y penser.

NOÉMIE : Qu'est-ce qui est arrivé à la numéro deux, tu penses ?

BÉATRICE : Aucune idée.

NOÉMIE : Tu n'as pas demandé à Sébastien ?

BÉATRICE : Non, pour pas qu'il soit au courant de l'histoire des tatouages. Tu sais ce qu'a dit Astrid : ce qui se passe à l'initiation reste à l'initiation. Je ne voulais pas trahir sa confiance.

NOÉMIE : Ça ne t'intrigue pas ?

BÉATRICE : J'avoue que je n'y avais pas repensé depuis.

NOÉMIE : Moi, en tout cas, ça m'intrigue vraiment.

#17

Rosalie et Aïcha sont confortablement installées dans le salon d'Emma, des notes de cours éparpillées autour d'elles. Elles se plongent dans leurs livres par intermittence et s'interrompent toutes les cinq ou dix minutes pour parler. Ces séances de travail sont peu productives, mais Emma n'aime pas passer ses soirées seule. Et ce soir-là, Béatrice est au match de hockey de Sébastien et Mia, elle ne sait où.

EMMA : Quelqu'un reprend du café ?

AÏCHA : Moui. OK.

EMMA : Rosa ?

ROSALIE : Non, ça va.

EMMA : Je reviens.

Emma se dirige vers la cuisine et y prépare deux cafés. Elle ajoute du sucre dans celui d'Aïcha.

EMMA (en lui tendant sa tasse) : Tiens.

AÏCHA : T'es trop adorable ! Et ton café est trop bon.

EMMA : Je commence à connaître tes goûts !

ROSALIE : Ça, Aïcha, ça veut dire que t'es trop souvent ici.

AÏCHA : Tellement pas, de quoi tu parles ? Emma, dis-lui que ce n'est pas vrai !

EMMA : Ben non, ce n'est pas vrai. J'aime ça que tu passes beaucoup de temps ici.

AÏCHA (en tirant la langue à Rosalie) : Tu vois !

EMMA : Les enfants, pas de dispute. Il faut que j'étudie, moi.

ROSALIE : En passant, c'est les auditions du défilé de mode cette semaine.

EMMA : Pourquoi tu me dis ça ?

ROSALIE : Je pense que tu devrais essayer.

EMMA : Moi ? T'es folle ? Je mesure genre un mètre vingt.

ROSALIE : N'exagère pas ! T'es dans la moyenne. Puis on n'est pas à Milan, ici. Pas besoin d'être une grande perche. Il faut surtout savoir bien bouger, et tu danses super bien.

EMMA : T'es gentille, mais il y a zéro chance que je sois prise.

ROSALIE : Mais imagine si tu l'étais ! Tu serais avec Théo tout le temps, pendant les répétitions !

EMMA : Tu oublies que c'est les Snobinours qui mènent le comité. Elles ne me prendront jamais !

ROSALIE : Noémie a l'air gentille.

EMMA : Peut-être, mais ce n'est pas elle qui va avoir le dernier mot, tu peux me croire.

ROSALIE : Essaie, on ne sait jamais !

EMMA : Pour me faire humilier si Théo est pris et pas moi ? J'aimerais mieux mourir !

AÏCHA : Ouais, c'est vrai que ça serait humiliant.

EMMA : Complètement humiliant !

ROSALIE : T'as peut-être raison.

EMMA : Et de toute façon, j'ai zéro envie d'être mannequin. Surtout pas si c'est pour défiler dans des tableaux pleins des idées que les Snobinours m'ont volées ! Non, je vais trouver quelque chose d'autre à faire.

ROSALIE : La pièce de théâtre ? Béatrice veut la faire, non ?

EMMA : Parce qu'elle serait avec Sébastien.

ROSALIE : Tu penses vraiment que c'est la seule raison ?

EMMA : Non, je suis un peu de mauvaise foi. Elle a toujours eu un petit côté artiste. Mais ce n'est vraiment pas pour moi.

ROSALIE : Il y a le journal étudiant.

EMMA : J'y ai pensé. Mais je ne sais pas.

ROSALIE : Là, t'es chiante, il n'y a rien qui te tente.

EMMA : Arrête, tu m'as proposé deux trucs ! J'ai le droit de ne pas être sûre !

AÏCHA : Je te verrais bien, moi, au journal étudiant. T'as toujours plein d'opinions. Tu pourrais être chroniqueuse.

EMMA : On verra.

ROSALIE : Puis avec Théo, qu'est-ce qui se passe ?

EMMA : Il ne se passe rien, tu le sais. Il ne m'adresse à peu près jamais la parole.

ROSALIE : T'as arrêté de lui écrire, j'espère ?

EMMA : Ben oui ! Ça fait longtemps !

ROSALIE : Pas de texto, pas d'appel à sa mère, pas d'emoji ?

EMMA : Ben non !

ROSALIE : Bon. C'est déjà ça. On verra pour la suite.

Emma comprend que son amie veut l'encourager, mais elle sait très bien qu'il n'y en aura pas, de suite. Elle replonge dans son cahier en soupirant.

Quelques minutes plus tard, Emma lève la tête, fatiguée de se concentrer sur son travail de biologie. Elle se tourne vers Aïcha, espérant entamer la conversation, mais remarque que son amie est blême, les yeux plantés sur son écran, figée comme une statue.

EMMA : Aïcha ?

Silence.

EMMA : Aïcha ! Youhou !

Aïcha ne dit toujours rien.

EMMA (s'adressant à Rosalie) : Mais qu'est-ce qu'elle a ?

ROSALIE (relevant la tête) : Aïcha ? Ça va ?

Toujours rien.

Rosalie s'impatiente et tend la main vers le téléphone de son amie.

ROSALIE : Laisse-moi voir.

Aïcha lui remet son téléphone, les yeux dans le vide comme un zombie.

ROSALIE : C'est quoi, ça ?

EMMA : Montre !

ROSALIE : C'est un groupe privé sur Facebook qui s'appelle « Filles de party ». Mais je ne comprends pas ce que… Oh !

EMMA : Quoi ?

ROSALIE : Regarde.

Emma prend le téléphone. Sur la page Facebook en question, elle déroule le fil et voit une collection de photos et de vidéos de filles en piètre état. Emma ne sait pas si elles sont saoules ou défoncées, mais une chose est sûre, elles n'ont de toute évidence pas conscience d'être filmées.

EMMA : *Oh my god*, je la connais, cette fille-là ! Elle est dans mon cours de chimie. Quelqu'un l'a filmée en train de vomir, c'est vraiment dégueulasse.

ROSALIE : Remonte plus haut. Va voir les photos les plus récentes.

EMMA : Lesquelles ?

ROSALIE : Remonte jusqu'en haut. Le dernier *post*.

Emma se penche sur l'écran, puis fronce les sourcils.

EMMA : Ah. Merde.

ROSALIE : Merde, en effet.

La série de photos la plus récente met en vedette nulle autre qu'Aïcha. Elles ont été prises au party de Nathan. On y voit Aïcha avec le maquillage qui coule, un peu de bave au coin de la bouche. Sur une des photos, elle semble à moitié évanouie dans un fauteuil, les jambes écartées. Sur une autre, elle s'appuie au cadre d'une porte comme si elle s'apprêtait à tomber. Son langage corporel ne laisse aucun doute : elle était visiblement intoxiquée.

Emma se retourne vers Rosalie.

EMMA : T'étais où, toi, pendant qu'un abruti prenait ces photos-là ?

ROSALIE : Je ne sais pas ! Je devais être dehors.

EMMA : Comment t'as fait, Aïcha, pour te saouler autant ?

AÏCHA : C'est Julien. Il s'est mis à servir des *shooters* dans la cuisine et j'ai dû en boire un de trop.

EMMA : Plutôt cinq de trop !

ROSALIE : Est-ce que tu sais qui a pris les photos ?

AÏCHA : Regarde-moi sur les photos : est-ce que j'ai l'air de me rendre compte qu'on me tire le portrait ?

EMMA : Je parie que c'est Julien.

ROSALIE : Voyons, pourquoi ça serait lui ?

EMMA : Il y a quelque chose qui ne m'a pas plu chez ce type.

ROSALIE : Ce n'est pas parce que t'es amoureuse d'un autre que tous les garçons qu'on te présente sont louches par définition.

EMMA : Puis de toute façon, on sait que c'est lui qui a saoulé Aïcha. Pourquoi il n'aurait pas pris les photos aussi ?

ROSALIE : Il ne l'a pas saoulée ! Il servait des *shooters* et elle en a trop pris ! Voyons, il n'est pas responsable de ça !

EMMA : Tu le connais à peine, ce mec, je ne sais pas pourquoi tu le défends autant.

ROSALIE : Parce qu'on est innocent jusqu'à preuve du contraire. Ça n'aide personne d'accuser n'importe qui sans preuve.

EMMA : OK, mais en attendant, Aïcha, elle fait quoi ?

AÏCHA : Elle se couche en boule en espérant mourir.

EMMA : Pauvre chouette…

AÏCHA (paniquée) : Les filles ! Imaginez si mes parents voient ça !

ROSALIE : Aucune chance, voyons, c'est un groupe privé.

EMMA (s'adressant à Aïcha) : Comment t'as eu accès au groupe, d'ailleurs ?

AÏCHA : J'ai reçu une invitation. D'un Pierre Lambert.

Elle montre la photo d'un brun bouclé.

ROSALIE : Ce n'est pas un vrai nom.

AÏCHA : Comment tu le sais ?

ROSALIE : Pierre Lambert, c'est un personnage dans une vieille série télé. Et ça, c'est une photo du comédien.

EMMA : Alors c'est quelqu'un avec un faux profil Facebook qui a invité Aïcha. Et qui a posté les photos ?

AÏCHA : Un Michel Couillard.

ROSALIE : Ark ! Tellement de mauvais goût !

EMMA : Pourquoi ?

ROSALIE : Lui aussi, c'est un personnage d'une vieille série. Avec une photo du comédien. Mais le comédien est mort d'un cancer !

EMMA : T'es donc bien à jour dans tes vieilles séries, toi.

ROSALIE : Ma mère est accro. Parfois, j'en regarde avec elle.

AÏCHA : Bref, ce que tu me dis, c'est que ma vie a été ruinée par des personnages de vieilles séries.

ROSALIE : Par des garçons du cégep qui font semblant d'être des personnages de vieilles séries. Fouille dans le groupe. Regarde s'il n'y a pas des gens qu'on connaît.

Emma fait dérouler le fil afin d'analyser les publications plus anciennes.

EMMA : *Oh my god!*

ROSALIE : Quoi ?

EMMA : William a *liké* une photo, il y a deux semaines !

ROSALIE : Est-ce qu'on connaît la fille ?

EMMA : Non ! Mais ça veut dire que William est mêlé à cette gang-là !

ROSALIE : Pas nécessairement. Il a utilisé son vrai nom.

EMMA : Peut-être par erreur !

ROSALIE : Hé ! On se souvient que les gens sont innocents jusqu'à preuve du contraire !

EMMA : En tout cas, on peut certainement lui demander s'il a des informations sur ces gars-là.

ROSALIE : Oui, et il ne faut pas oublier l'essentiel.

EMMA : C'est quoi ?

ROSALIE : Réussir à faire retirer les photos d'Aïcha !

AÏCHA : T'es gentille, mais je n'y crois pas…

ROSALIE : Laisse au moins un commentaire sous tes photos !

AÏCHA : Qu'est-ce que tu veux que je dise ?

ROSALIE : Passe ton téléphone.

Aïcha hausse les épaules et lui donne l'appareil. Elle semble se dire que rien ne peut empirer la situation. Le cœur d'Emma se serre en la voyant si défaite. C'est tellement injuste ! Tant d'humiliation publique alors qu'une soirée trop arrosée, ça peut arriver à tout le monde.

Rosalie tape rapidement. Puis, elle leur lit à voix haute ce qu'elle a écrit.

ROSALIE : « Bravo les mecs, bien joué. Une fille qui ose boire comme vous, quel scandale. Heureusement que vous êtes là. Je vous souhaite d'être toujours traités avec autant de respect, de compréhension et de savoir-vivre que ce que vous démontrez. »

EMMA : Je ne trouve pas ça assez méchant.

ROSALIE : Ça ne sert à rien qu'on s'abaisse à leur niveau. Il faut juste qu'elle montre qu'elle ne se laisse pas faire, qu'elle ne joue pas à la victime, et ils vont vite se fatiguer de s'attaquer à elle. Si elle se fâche trop, elle va les provoquer; si elle ne dit rien, ils vont penser qu'elle est une cible facile et ils vont continuer. Comme ça, c'est juste parfait.

AÏCHA : Si tu le dis. Moi, je ne sais plus quoi penser…

EMMA : Il faut qu'on trouve une façon de se venger ou de les démasquer.

AÏCHA : Mais comment ? Ils ont bien couvert leurs traces, avec leurs faux profils.

EMMA : On va penser à quelque chose.

AÏCHA : On pourrait signaler le groupe à Facebook ?

ROSALIE : Peut-être en dernier recours, mais pas tout de suite.

AÏCHA : Pourquoi ?

ROSALIE : Si Facebook ferme le groupe, ça nous enlève toute chance d'apprendre qui est derrière ça.

AÏCHA : En attendant, moi, je suis la risée du cégep. Je ne boirai plus jamais de ma vie, je vous le jure.

EMMA (en souriant) : Au moins t'as attendu d'arriver à la maison pour vomir !

AÏCHA : Si tu penses me rassurer en disant ça…

EMMA : Aïcha, tout le monde le sait que des garçons capables de faire ça, ce sont des vrais imbéciles. Personne ne prend ça au sérieux.

AÏCHA : William a bien *liké* une photo !

ROSALIE : Oui, et il va m'entendre, cet idiot.

EMMA : Essaie de ne pas trop t'en faire, Aïcha. Sinon, c'est comme si ces débiles avaient gagné.

Emma fait tout ce qu'elle peut pour rassurer son amie, mais c'est peine perdue. Aïcha est vraiment découragée. Elle se déclare rapidement incapable d'étudier et se dirige vers le métro pour rentrer chez elle. Emma n'arrive pas à croire que des étudiants de leur cégep puissent être aussi cruels et méchants. Elle se jure de tout faire pour dévoiler l'identité des coupables. Ou, du moins, pour leur faire perdre toute crédibilité et les amener à fermer leur groupe.

#18

Béatrice et Emma prennent le petit déjeuner dans la cuisine. À cause de la pluie qui ne semble jamais vouloir s'arrêter, elles ont dû abandonner leur habitude matinale de manger ensemble sur le balcon arrière. Béatrice trouve que le temps passe tellement vite - si ce n'était pas les saisons qui se chargent de lui rappeler le contraire, elle jurerait que pas plus d'une semaine ou deux se sont écoulées depuis le début de l'année.

Emma se prépare un deuxième café et revient s'asseoir en face de son amie.

EMMA : Tu penses donc qu'ils vont nous aider ?

BÉATRICE : Je suis sûre que oui. Ils vont trouver ça aussi dégueulasse que nous.

EMMA : S'ils ne sont pas impliqués là-dedans...

BÉATRICE : Emma, franchement ! Tu ne penses quand même pas que Sébastien ferait des trucs pareils ?

EMMA : Je ne sais plus quoi penser. On dirait que je soupçonne tout le monde.

BÉATRICE : William, qu'est-ce qu'il a dit ?

EMMA : Rien d'utile. Il a dit qu'il ne savait même pas c'était quoi, ce groupe-là, et qu'il avait *liké* la photo par distraction quand elle était apparue sur son fil, sans aller voir ce qu'il y avait d'autre sur la page.

BÉATRICE : Et tu le crois ?

EMMA : Je pense que oui. Je connais William depuis longtemps et ce n'est pas un menteur.

BÉATRICE : Mais qui l'avait ajouté au groupe, lui ?

EMMA : Le même Pierre Lambert qui a invité Aïcha.

BÉATRICE : Ça veut dire que c'est quelqu'un de proche de votre gang.

EMMA : C'est sûr, vu qu'un d'entre eux était au party chez Nathan pour prendre les photos. Quoiqu'on avait invité plein de nouvelles personnes parce que les garçons voulaient rencontrer des filles et Rosalie et Aïcha voulaient rencontrer des mecs. Alors ça élargit un peu le cercle des coupables potentiels.

BÉATRICE : Toi, tu ne voulais pas rencontrer des mecs ?

EMMA : Tu sais bien que non !

BÉATRICE : Mais… Emma… Penses-tu que tu as encore une chance, avec Théo ?

EMMA : Je sais que je n'en ai pas. Mais je ne peux pas changer mes sentiments.

BÉATRICE : Pauvre puce.

EMMA : Alors je me distrais en aidant mes amies qui sont dans la merde. Pauvre Aïcha ! Elle a l'air vraiment déprimée. Elle ne répond quasiment pas à mes messages.

BÉATRICE : Penses-tu qu'elle va venir à ses cours aujourd'hui ?

EMMA : Ça m'étonnerait.

BÉATRICE : La pauvre, c'est vraiment affreux.

EMMA : Mais si ta gang nous aide, on devrait arriver à la venger.

BÉATRICE : Tu penses vraiment que ça aura tant d'impact que ça ?

EMMA : Tu me fais marcher ? Si les Snobinours se mettent dans la partie, c'est gagné.

BÉATRICE : Les Snobinours ?

EMMA : Ne me dis pas que t'avais jamais entendu ça ?

BÉATRICE : Entendu quoi ?

EMMA : Le nom de votre gang.

BÉATRICE : Le nom de notre gang ?

EMMA : Ben oui, c'est comme ça que tout le monde vous appelle.

BÉATRICE : Les snobi-quoi ?

EMMA : Les Snobinours. La description c'est « comme des Bisounours, mais en plus méchants ».

BÉATRICE : Ben voyons ! Toi aussi, tu nous appelles comme ça ?

EMMA (gênée) : C'est pour rire, voyons !

BÉATRICE : Ce n'est pas super gentil. Je ne pensais pas que tu me croyais snob.

EMMA : Béa, sois réaliste. Astrid, elle se pointe à l'école en BMW décapotable. Qu'est-ce que tu veux que les gens pensent ?

BÉATRICE : C'est sûr qu'Astrid…

EMMA : Puis Thomas avec son Landcruiser de l'année, et Justine en Mercedes sport ?

BÉATRICE : Justine, c'est la voiture de sa mère. Elle la lui prête, c'est tout.

EMMA : Ben oui, c'est tout ! Mais c'est assez !

BÉATRICE : Assez pour se faire insulter dans leur dos ?

EMMA : Mais non, assez pour qu'on s'en moque un peu. Ne prends pas ça trop au sérieux, voyons ! L'important, c'est que les gens de ta gang, ils ont de l'influence, alors s'ils nous aident, c'est gagné !

BÉATRICE : Ça fait deux fois que tu dis ça, « c'est gagné ». Tu vas te mettre à chanter la chanson de Dora ?

EMMA : Ha, ha. Très drôle.

BÉATRICE : T'en méritais une, non ?

EMMA : Tant que tu nous aides, tu peux me dire toutes les bêtises que tu veux !

Mia entre dans la cuisine en pyjama et se dirige vers la cafetière, l'air endormie.

MIA (en bâillant) : Quoi de neuf, les filles ?

EMMA : Ce qu'il y a de neuf, c'est que tu vas enfin pouvoir canaliser ton grand désir d'indignation.

MIA : Comment ça ?

Emma lui résume ce qui est arrivé à Aïcha.

EMMA : Penses-tu pouvoir faire quelque chose ?

MIA : Peut-être… Je me tiens avec un groupe dernièrement qui…

EMMA : Je les ai vus ! Ils sont aussi intenses que toi.

MIA : Je vais leur en parler. Je vais voir ce qu'on peut faire.

EMMA : Si tu fais ça, je vais…

MIA : Tu vas quoi ?

EMMA : Ben, je vais être reconnaissante pour le reste de ma vie.

MIA : Assez pour prendre mon prochain tour de ménage ?

EMMA (en riant) : N'exagère pas, Mia Gendron !

À l'heure du repas de midi, Béatrice trouve ses amis sur leur banc, et elle s'empresse de leur faire part de la situation. Sébastien, Thomas et Ludovic sortent leur téléphone et consultent Facebook pour voir s'ils ont été ajoutés au groupe eux aussi. Aucun d'entre eux ne l'a été. Ils se concertent et envoient tous les trois une demande pour accéder au groupe. En quelques secondes, ils sont admis.

THOMAS : Bon. Et là, qu'est-ce qu'on fait ?

BÉATRICE : Vous écrivez que vous trouvez ça complètement dégueulasse et ridicule, et qu'ils sont ultra cons.

LUDOVIC : Si on fait ça, ils vont juste nous sortir du groupe aussi vite.

BÉATRICE C'est vrai, mais…

ASTRID : Moi, personnellement, je trouve ça quand même drôle.

BÉATRICE : Le groupe ? Tu trouves ça drôle ?

ASTRID : Ces filles-là l'ont cherché. Elles n'ont qu'à pas se mettre dans des états pareils en public. Ça manque de classe.

THOMAS : Cette chère Astrid, toujours si pleine d'empathie !

SÉBASTIEN : On va peut-être se faire bannir du groupe mais moi, quand je vois des trucs aussi débiles, faut que j'intervienne. Je vais poster. Même si les admins l'effacent, il y a quand même des gens qui vont l'avoir vu.

Il pianote sur l'écran de son téléphone quelques instants, puis montre le résultat à Béatrice et à Thomas.

« Gang d'imbéciles, vous devez vraiment avoir une petite queue pour perdre votre temps à faire des trucs comme ça. »

THOMAS : C'est bon ! Je vais en écrire un aussi.

Thomas écrit. Béatrice lit au-dessus de son épaule.

« On voit bien que vous n'arrivez à rien dans la vraie vie pour avoir besoin de vous faire remarquer en ligne de façon aussi pathétique. Gang de *losers* ! »

SÉBASTIEN : Ha ! Ha ! J'ai déjà huit *likes* sur mon post !

BÉATRICE : J'espère tellement que ça va les dissuader !

SÉBASTIEN : Je vais continuer à poster une fois de temps en temps tant que je ne serai pas banni.

THOMAS : T'auras peut-être même pas besoin. Ton post est déjà à vingt-cinq *likes* en une minute ! On ne doit pas être les seuls à trouver que c'est complètement dégueulasse.

BÉATRICE : Il fallait juste que quelqu'un s'exprime ! Et c'est toi qui l'as fait !

Elle a des étoiles dans les yeux en adressant ces derniers mots à son chum. Elle se lève sur la pointe des pieds pour l'embrasser.

#19

Mia se dirige vers le café-coop de la rue Rachel d'un pas déterminé. C'est vraiment le genre de cause qui l'anime. Et pour une fois, elle se sent en position de faire quelque chose de concret. C'est pleine d'enthousiasme qu'elle prend place à la grande table.

Elle est l'une des premières aujourd'hui, et elle demande à Jimena un droit de parole tôt dans la rencontre. Jimena le lui accorde, contente de voir sa nouvelle recrue si engagée.

Après quelques phrases d'introduction, Jimena passe la parole à Mia. Celle-ci explique ce qui est arrivé à Aïcha et la découverte qu'elle a faite de l'existence du groupe « Filles de party ».

XAVIER (regardant son téléphone) : On étudie vraiment avec une gang de gamins. Trois cent cinquante-six membres !

MIA : Mais attention, la plupart ont été ajoutés par quelqu'un d'autre. Ils ne sont pas nécessairement allés voir ni poster.

JIMENA : Qu'est-ce que tu suggères comme action ?

MIA : Je suggère qu'on se passe le mot en envoyant des messages privés à tous nos amis Facebook qui étudient au cégep. On envoie tous une demande pour se joindre au groupe. Après, quand on est accepté, on poste un commentaire pour dire notre façon de penser, puis on signale le groupe à Facebook.

JIMENA : Je pensais que tu n'étais pas sur Facebook, toi ?

MIA : Je me suis rouvert un compte ce matin.

ALEXANDRA (en pouffant de rire) : Tu ne dois pas avoir beaucoup d'amis.

MIA (de glace) : Ce n'est pas ça l'important. L'important c'est qu'on s'exprime et qu'on signale le groupe.

XAVIER : Signaler le groupe, je veux bien, mais si on fait tous une demande pour le rejoindre, on court le risque qu'ils se croient populaires tout à coup et que ça les encourage à continuer. Même si Facebook ferme ce groupe-là, rien ne les empêche d'en créer un autre.

MIA : C'est pour ça que c'est important que beaucoup de filles demandent à rejoindre le groupe. Ils vont se sentir démasqués. Et il faut s'assurer de laisser un commentaire montrant à quel point on désapprouve leurs actions.

XAVIER : Je ne sais pas. Je suis prêt à essayer, mais je ne suis pas convaincu que ça va marcher. Parfois, ces trolls-là, toute forme de célébrité en ligne les satisfait, même s'ils récoltent des insultes.

JIMENA : Merci d'avoir exprimé ton point de vue. C'est le moment de passer au vote. Tous ceux qui acceptent le plan d'action proposé par Mia ?

Toutes les mains se lèvent, même celle de Xavier, après une légère hésitation. Mia se rassoit à sa place, fière d'avoir si bien réussi à convaincre le groupe à sa première prise de parole officielle. Dommage que M. Lapré n'ait pas été là pour voir ça…

#20

Béatrice sue comme jamais elle n'a sué de sa vie. Elle a peur de s'évanouir devant tout le monde. Le nez près du sol, elle observe un ruisseau de sueur qui fait son chemin du tapis voisin vers le sien; elle observe avec dégoût les gouttes d'eau qui s'approchent d'elle et prie pour que la sueur du monsieur bedonnant placé devant elle n'atteigne pas sa main.

Se tournant vers la droite, elle jette un coup d'œil à Astrid et Justine qui, elles, semblent à peine avoir la peau un peu plus brillante que d'habitude. Rien à voir avec Béatrice qui a l'air de sortir d'un baril d'eau sale.

Et dire qu'il n'y a pas d'horloge dans le studio ! Elle n'a aucune notion du temps qui passe et prie pour que le cours soit presque fini.

Quand enfin la prof se penche vers eux en disant « Namasté », Béatrice se précipite hors de la pièce surchauffée presque en courant. Astrid et Justine la rejoignent tranquillement. Astrid tend une bouteille d'eau à Béatrice.

ASTRID : Je t'avais dit que t'aimerais ça.

BÉATRICE : Je ne suis pas sûre que c'est pour moi. J'ai déjà fait du yoga normal, mais le moksha c'est intense.

JUSTINE : C'est juste ta première fois. Tu vas t'habituer.

ASTRID : Si tu t'inscris pour le premier mois, t'as un accès illimité aux cours pour trente dollars ! On pourra venir tous les jours.

BÉATRICE : Je ne sais pas…

JUSTINE : Vraiment ? Astrid et moi on fait le défi trente jours.

BÉATRICE : C'est quoi ça ?

JUSTINE : Il faut faire trente cours en trente jours.

BÉATRICE : Je ne pourrai jamais ! En plus, je vais dans les Cantons-de-l'Est ce week-end.

ASTRID : Tu ne pourrais pas annuler ?

BÉATRICE : Mais non ! Tu sais que ma mère veut rencontrer Sébastien. Il faut que je la rassure.

ASTRID : Bah, t'auras qu'à faire deux cours par jour lundi et mardi.

BÉATRICE : Je pense que c'est trop pour moi, les filles.

ASTRID : C'est dommage. Raphaëlle et Noémie sont intéressées. On allait faire ça en gang.

BÉATRICE : En gang ? Mais…

ASTRID : Nous, ça nous tente de prendre soin de notre corps. On va faire une cure de désintox en même temps.

BÉATRICE : Ah bon ?

JUSTINE : La mère d'Astrid nous engage une conseillère en nutrition qui va nous créer des programmes individualisés. Et ma mère a demandé à Ashley Woodhouse de nous préparer des boîtes repas.

ASTRID : Toutes les filles embarquent. Mais si ça ne te tente pas…

BÉATRICE : Je n'ai pas dit ça, c'est juste que…

ASTRID : Tu n'es pas obligée, Béatrice. C'est juste que pendant un mois, on va tout le temps se voir après le yoga ou pour nos séances de consultation. C'est sûr qu'on va essayer de trouver d'autres moments pour te croiser, mais…

BÉATRICE : Non, non, je vais le faire avec vous. C'est sûr que ça va me faire du bien de faire plus de sport et de mieux manger.

ASTRID : Parfait.

#21

Béatrice est nerveuse en se présentant aux auditions pour la pièce de théâtre. Elle aime beaucoup chanter et jouer de la guitare seule dans sa chambre, mais elle est très timide. En y pensant, elle se rend compte qu'elle ne s'est jamais encore donnée en spectacle en public – si l'on excepte la chorale de son école primaire.

Le metteur en scène, un ancien étudiant du cégep dénommé Benoit, leur a donné à lire un extrait des *Caprices de Marianne* d'Alfred de Musset. Pas besoin d'apprendre le texte par cœur, leur a-t-il précisé par mail. Les textes seront lus durant l'audition, mais il leur a tout de même recommandé de parfaire leur élocution.

Béatrice est surprise de voir combien de gens se sont déplacés. Il reste peu de sièges libres à la grande table rectangulaire autour de laquelle ils sont tous assis. Instinctivement, elle ne s'assoit pas à côté de Sébastien. Elle lui adresse un sourire et lui fait un petit signe, mais elle sent que cette audition est quelque chose qu'elle doit affronter seule, sans qu'on lui tienne la main.

Sébastien a aussi l'air nerveux. Lui qui a toujours surtout brillé en sport, il n'est pas dans son élément, et Béatrice l'admire d'avoir le courage d'essayer quelque chose de complètement différent.

Tout le monde se tait dès que Benoit entre et prend la parole.

BENOIT : Bonjour, tout le monde. Ça me fait plaisir de vous voir si nombreux ici. Nous allons monter cette année *Les caprices de Marianne,* vous ne serez pas surpris de l'entendre.

Un murmure parcourt la salle. Béatrice devine qu'à l'instar d'Emma, certains étudiants auraient préféré quelque chose de plus contemporain, une pièce d'un auteur québécois par exemple, mais ça lui plaît, à elle, ce retour aux classiques. Elle trouve qu'il n'y aura pas de meilleure formation que de jouer une pièce qui a été analysée, jouée et rejouée depuis cent cinquante ans. Benoit continue.

BENOIT : Il y a dix personnages dans la pièce, en plus des domestiques. Il y a seulement trois rôles de femmes. Mais je suis ouvert à ce que des filles jouent des rôles de garçon, surtout les rôles plus jeunes, pour qu'on puisse atteindre la parité au sein de la troupe.

Jouer un rôle d'homme ! Béatrice n'avait pas envisagé cela, mais l'idée lui plaît. Tant qu'à se transformer en quelqu'un d'autre sur scène…

BENOIT : Vous allez tous lire le même texte pour l'audition, une scène entre Octave et Marianne. Si vous êtes choisis, c'est moi qui vais assigner les rôles. Donc si vous n'êtes pas à l'aise de jouer n'importe quoi, ou s'il y a des filles pas à l'aise de jouer des rôles d'homme, autant vous en aller tout de suite.

Il laisse le silence planer un moment. Personne ne se lève.

BENOIT : Bon ! On va commencer. Puis-je entendre Sébastien Temer et Florence St-Jean s'il vous plaît ?

Sébastien lève la main. Une superbe fille à la peau foncée et aux yeux bleus lève la sienne aussi.

BENOIT : On vous écoute !

SÉBASTIEN (se raclant la gorge avant de commencer) : Coelio est le meilleur de mes amis; si je voulais vous faire envie, je vous dirais qu'il est beau comme le jour, jeune, noble, et je ne mentirais pas; mais je ne veux que vous faire pitié, et je vous dirai qu'il est triste comme la mort, depuis le jour où il vous a vue.

Béatrice écoute Sébastien, charmée. Il a une belle voix, grave, onctueuse, elle l'écouterait pendant des heures. Ça semble aussi être le cas des autres étudiants car le silence règne et tous sont suspendus à ses lèvres. Benoit hoche la tête avec un sourire. Puis c'est au tour de Florence.

FLORENCE : Est-ce ma faute s'il est triste ?

SÉBASTIEN : Est-ce sa faute si vous êtes belle ? Il ne pense qu'à vous; à toute heure il rôde autour de cette maison. N'avez-vous jamais entendu chanter sous vos fenêtres ? N'avez-vous jamais soulevé à minuit cette jalousie et ce rideau ?

FLORENCE : Tout le monde peut chanter le soir, et cette place appartient à tout le monde.

SÉBASTIEN : Tout le monde aussi peut vous aimer; mais personne ne peut vous le dire. Quel âge avez-vous, Marianne ?

FLORENCE : Voilà une jolie question ! Et si je n'avais que dix-neuf ans, que voudriez-vous que j'en pense ?

Florence semble avoir appris son texte par cœur. Elle regarde Sébastien dans les yeux en lui parlant. Elle est tour à tour moqueuse, sincère, passionnée. Ses yeux brillent et elle semble habiter son personnage tout entier.

SÉBASTIEN : Vous avez donc encore cinq ou six ans pour être aimée, huit ou dix ans pour aimer vous-même, et le reste pour prier Dieu.

FLORENCE : Vraiment ? Eh bien ! Pour mettre le temps à profit, j'aime Claudio, votre cousin et mon mari.

Béatrice admire Sébastien : elle ne lui aurait jamais soupçonné ce talent ! Elle le trouve plus séduisant que jamais dans le rôle du *play-boy* Octavio.

SÉBASTIEN : Mon cousin et votre mari ne feront jamais à eux deux qu'un pédant de village; vous n'aimez point Claudio.

FLORENCE : Ni Coelio; vous pouvez le lui dire.

SÉBASTIEN : Pourquoi ?

FLORENCE : Pourquoi n'aimerais-je pas Claudio ? C'est mon mari.

SÉBASTIEN : Pourquoi n'aimeriez-vous pas Coelio ? C'est votre amant.

FLORENCE : Me direz-vous aussi pourquoi je vous écoute ? Adieu, seigneur Octave; voilà une plaisanterie qui a duré assez longtemps.

SÉBASTIEN : Ma foi, ma foi ! Elle a de beaux yeux.

Une fois les derniers mots de la scène prononcés, tout le monde se met spontanément à applaudir. Benoit applaudit comme les autres.

Sébastien a les joues rouges, le regard fiévreux, il semble surpris et ému de son succès. Florence, elle, garde les yeux baissés, comme si elle avait épuisé toute sa force et sa capacité de se mettre en avant en jouant la scène.

Quand tout le monde se calme, Benoit nomme deux autres étudiants. Béatrice ne les envie pas de devoir se lancer après la performance de Sébastien et de Florence. En effet, leur lecture tombe à plat. Quand ils ont terminé, personne ne réagit. Benoit annonce ensuite le nom de Béatrice.

Elle lève les yeux vers Sébastien, tentant de croiser son regard et d'y lire une pointe d'encouragement. Il lui fait un sourire gentil, mais elle est de plus en plus nerveuse. Elle prend une bonne respiration et se dit de ne penser à rien d'autre qu'à son texte.

Elle se lance. Une fois plongée dedans, elle se prend au jeu et a l'impression de ne pas trop mal s'en tirer. Elle a bien trébuché sur quelques mots, mais au final elle est assez fière de sa performance. Elle récolte quelques applaudissements polis. Sébastien lui fait un clin d'œil et lève le pouce dans sa direction.

***

Béatrice est assise à la cafétéria, penchée sur un poème qu'elle doit analyser pour son cours de français. Elle trouve ce travail peu satisfaisant, la prof semblant dénigrer toute tentative de déceler de la beauté dans les mots, au profit d'une analyse froide du nombre de métaphores et d'effets de style.

Elle est plongée dans sa lecture quand elle est interrompue par Mia.

MIA : Salut ! Tu veux un café ?

BÉATRICE : Non, merci. Je fais une cure de désintox.

MIA : De désintox ?

BÉATRICE : Oui, avec les filles.

MIA : Tu te désintoxes de quoi ?

BÉATRICE : Tu sais, les toxines dans le système et tout ça…

MIA : Tu sais que c'est de la foutaise tout ça, hein ? Ces cures-là font plus de tort que de bien.

BÉATRICE : Je ne vois pas en quoi faire plus de sport et mieux manger peut être mauvais pour moi.

MIA : Parce que tu te prives de nutriments essentiels en limitant ton alimentation.

BÉATRICE : Je ne pense pas qu'il y ait beaucoup de nutriments dans les chips ou le café.

MIA : Non c'est sûr, mais…

BÉATRICE : Relaxe ! On mange santé et on fait du yoga. Il n'y a pas de quoi s'affoler.

MIA : Si tu le dis. Tu travailles sur quoi ?

BÉATRICE : Une analyse de texte pour mon cours de français. C'est nul. Mais là il faut vraiment que je me concentre. Mes parents s'attendent à ce que j'aie des super bonnes notes pour ma première session.

MIA : Ne t'inquiète pas, il faut que je travaille moi aussi. On a un test de philo demain et je n'ai pas fini de lire Aristote.

BÉATRICE : C'est assez lourd, hein ?

MIA : Philo, c'est le cours le plus important de tout le cégep. J'aimerais mieux ne pas savoir compter que ne pas me questionner sur la condition humaine.

BÉATRICE (riant) : T'es vraiment une fille intense, tu sais ça ?

Mia ne dit rien. Elle se contente de sourire et de se plonger dans son livre. Béatrice travaille aussi avec application. Mais une dizaine de minutes plus tard, elle n'en peut plus et part à la recherche d'une distraction.

BÉATRICE : Mia !

MIA : Hum ?

BÉATRICE : Penses-tu que je vais être choisie pour la pièce de théâtre ?

MIA : Je ne sais pas. Étais-tu bonne ?

BÉATRICE : Ben, objectivement, quand même. Je n'étais pas la meilleure, mais je n'étais pas mauvaise.

MIA : C'était qui, la meilleure ?

BÉATRICE : *Oh my god,* une fille qui s'appelle Florence, elle était tellement extraordinaire, tout le monde avait la gueule à terre. Et le meilleur garçon, c'était Sébastien, de loin.

MIA : Sébastien, hein ? T'es sûre que t'es objective ?

BÉATRICE : Je te le dis, Florence et lui, ils ont eu une ovation debout ! Même le metteur en scène applaudissait !

MIA : C'est lui qui n'est pas super objectif.

BÉATRICE : Au contraire. Ils étaient objectivement les meilleurs. Regarde, c'est elle ! Florence ! La fille qui est en train de payer à la caisse.

MIA : Oh, Florence St-Jean ! Elle est dans mon cours de français.

BÉATRICE : Avoue qu'elle a les plus beaux yeux de la planète ?

MIA : J'avoue.

BÉATRICE : Sais-tu d'où elle vient ?

MIA : Euh, de Montréal ?

BÉATRICE : Mia ! Tu sais ce que je veux dire !

MIA : Non, je ne sais pas ce que tu veux dire. Surtout si tu veux dire qu'elle ne peut pas être québécoise parce qu'elle a la peau foncée.

BÉATRICE : Ben non, voyons. Je reformule ma question.

MIA : Ça serait mieux, oui.

BÉATRICE : De quelle origine sont ses parents ?

MIA : C'est mieux. Son père est québécois et sa mère vient de Martinique.

BÉATRICE : Waouh ! Un beau mélange.

MIA : Je ne savais pas qu'elle était comédienne. Elle est toujours super gênée en classe.

BÉATRICE : Elle a un talent hallucinant.

MIA : Elle est toujours assise toute seule. Elle ne doit pas avoir beaucoup d'amis.

BÉATRICE : Elle pourra s'en faire dans la troupe de théâtre. Elle, je te le dis, c'est sûr qu'elle est choisie.

Emma s'approche de leur table, suivie de Rosalie et d'Aïcha.

BÉATRICE : Salut, les filles ! Prenez une chaise.

MIA (narquoise) : Tu n'étais pas censée te concentrer, toi ?

BÉATRICE : Je n'y arrive pas. Je le finirai ce soir.

EMMA : On venait pour vous remercier.

MIA : Nous remercier ? Pourquoi ?

ROSALIE : Pour l'histoire du groupe Facebook, voyons !

BÉATRICE : Qu'est-ce qui se passe ? Je n'ai pas accès au groupe, donc je ne peux pas aller voir.

AÏCHA (les yeux brillants) : Il se passe que le post de Sébastien a eu cinq cent soixante-deux *likes* !

BÉATRICE : Je pensais qu'il n'y avait même pas quatre cents personnes, dans le groupe ?

EMMA : Ça, c'était avant que Mia lance sa campagne de sursaturation massive ! Ça a tellement bien marché !

MIA : J'ai reçu une notification de Facebook disant qu'ils avaient fermé le groupe.

ROSALIE : Oui ! Ça vient de se faire ce matin.

AÏCHA : C'est tellement un soulagement, les filles, si vous saviez ! De savoir que les photos ont arrêté de circuler, et surtout de savoir qu'autant de monde me soutient !

BÉATRICE : Alors tout est bien qui finit bien ?

EMMA : Presque. J'aurais vraiment aimé qu'on puisse trouver l'identité des salops qui ont fait ça.

MIA : C'est presque impossible. C'est une des raisons pour lesquelles je hais les réseaux sociaux.

BÉATRICE (en riant) : Allez, avec cette histoire-là tu n'es pas tentée d'y retourner ?

MIA : Tellement pas ! J'ai effacé mon compte Facebook dès que j'ai su que le groupe avait été supprimé. Bon ! J'ai un rendez-vous. Je vous quitte.

Elle ramasse ses affaires et s'en va.

ROSALIE : Pendant qu'on est toutes ensemble... Faudrait parler du sujet du moment !

EMMA : Le sujet du moment ?

ROSALIE : Ton anniversaire ! ! ! Tes dix-huit ans ! On y sera vraiment vite. Qu'est-ce que tu penses qu'on devrait organiser, Béatrice ?

Béatrice ne dit rien quelques instants, elle se contente de faire les gros yeux à Rosalie.

La vérité, c'est qu'elle avait prévu d'organiser un anniversaire surprise pour les dix-huit ans d'Emma. Elle se rend compte qu'elle aurait dû mettre ses autres amies dans le secret bien plus tôt. Quand même, elle trouve que Rosalie aurait pu être plus subtile et lui en parler à part, pas devant Emma !

Tout le monde la regarde. Il faut bien qu'elle dise quelque chose.

BÉATRICE : Euh... Je pourrais t'appeler ce soir pour en parler ?

Mais bon, disons que la surprise, si surprise il y a, est déjà gâchée.

EMMA : Pas de cachotteries, les filles ! Ça me tente d'organiser aussi. C'est souvent la partie la plus cool !

Béatrice se résigne donc à abandonner son idée de surprise.

BÉATRICE : Qu'est-ce qui te ferait le plus plaisir ?

ROSALIE : On pourrait faire un party chez vous ?

EMMA : T'es folle ! Interdiction totale. Sous peine de résidence étudiante.

BÉATRICE : On sera plus détendues si ce n'est pas chez nous de toute façon. Ça ne me tente pas qu'on stresse que quelqu'un brise quelque chose ou vomisse dans les escaliers.

ROSALIE : OK, d'accord. Pas chez vous. Où ?

EMMA : Laisse-moi penser à ça...

BÉATRICE : Moi, j'ai une idée. C'est vraiment ringard, mais...

EMMA : C'est quoi ?

BÉATRICE : Il y a un bar dans le Vieux-Montréal où, les vendredis soir, ils font une formule karaoké. Avec des vrais musiciens.

EMMA : C'est toi la chanteuse, ce n'est pas moi !

BÉATRICE : Allez, ça serait vraiment drôle ! On ferait ça pour rire, pas pour se prendre au sérieux.

EMMA : T'as trouvé ça comment, toi, ce bar-là ? Ce n'est certainement pas les Snobinours qui t'ont emmenée là !

BÉATRICE : Arrête de les appeler comme ça, et non, ce n'est pas eux. J'ai fait des recherches sur Google. Je le sais que t'aimes ça, les vieilles chansons francophones.

EMMA : Oui j'aime ça, mais de là à en chanter…

BÉATRICE : Penses-y, mais moi je trouve que ça serait super amusant.

Rosalie regarde l'heure sur son téléphone.

ROSALIE : Il ne faudrait pas tarder, les filles.

BÉATRICE : Qu'est-ce que vous faites ?

AÏCHA : On va à une rencontre d'information sur le journal étudiant.

BÉATRICE : Toutes les trois ?

ROSALIE : C'est surtout pour Emma, mais elle ne veut pas y aller toute seule.

BÉATRICE : Je ne savais pas que t'avais décidé d'y aller.

EMMA : Je viens juste de me décider. Les filles m'ont convaincue.

ROSALIE : Il faudrait y aller, là.

EMMA : Je suis quand même nerveuse. Je ne sais pas quel genre de personne il va y avoir.

BÉATRICE : Veux-tu que je vienne avec toi ?

EMMA (en riant) : C'est bon ! Pas besoin de trois gardes du corps. Finis ton travail en paix.

AÏCHA : Après on va se chercher des frappuccinos, les filles ?

ROSALIE : T'es accro à la crème fraîche, toi.

Elles s'éloignent en discutant et en riant. Béatrice les regarde partir à regret. Elle aurait envie, parfois, d'un groupe d'amies où on ne fait que rigoler et où on préfère le frappuccino aux jus verts. Les amies d'Emma ne sont peut-être pas aussi cool qu'Astrid et son groupe, mais elles semblent réellement être là les unes pour les autres, s'épaulant dans les moments difficiles.

Béatrice reprend son travail de français en soupirant.

#22

Emma entre dans le local du journal étudiant encadrée de ses deux amies. Elle regarde autour d'elle, curieuse : elle ne reconnaît aucun visage. Elle a l'impression d'avoir pénétré dans un univers parallèle, rempli de gens intellectuels, curieux, qui ne passent par la grande salle que pour se rendre à leur prochain cours et ignorent sans doute l'existence même des Snobinours et des autres clans.

Quelques instants plus tard, une fille se lève et se présente comme étant Sara, la rédactrice en chef du *Graffiti,* le journal étudiant du cégep. Emma l'écoute attentivement, donnant un coup de coude à Aïcha qui bâille et à Rosalie qui a la tête plongée dans son téléphone.

SARA : Soyez les bienvenus. Je suis ravie de vous voir en aussi grand nombre. Nous avons trois postes à combler dans l'équipe éditoriale du *Graffiti.* Nous partageons les responsabilités en rotation pour que chacun apprenne à faire de tout. Si vous êtes choisi, vous aurez donc à corriger des articles, faire de la mise en page…

Elle s'interrompt avec un soupire impatient pour laisser entrer deux retardataires. Emma se retourne vers la porte et retient son souffle. C'est Théo qui entre dans la pièce ! Celui-ci sursaute en voyant Emma. Il regarde derrière lui et fait mine de ressortir, mais n'ose pas après avoir interrompu tout le monde. Il prend place et s'assoit.

La rédactrice en chef se racle la gorge et reprend.

SARA : Nous allons vous faire passer un premier test de correction de textes dès aujourd'hui. Ceux qui sont ici juste par curiosité, je vous demande de quitter la pièce. Ceux qui sont sérieux et veulent faire partie de l'équipe, vous pouvez rester.

Aïcha et Rosalie se lèvent précipitamment et quittent la salle, suivies de plusieurs autres personnes. Emma hésite, puis se dit qu'elle ne perd rien à essayer. Elle a besoin de quelque chose pour la distraire. Quoique si Théo reste aussi…

Quand il ne reste presque plus personne, Emma se retourne et regarde autour d'elle. Théo est toujours là, au fond de la pièce. Emma sourit en ramenant son regard vers le devant de la salle.

SARA : Veuillez placer vos téléphones dans vos poches ou dans vos sacs. Le test de correction se fait sur papier pour qu'on s'assure que vous ne faites pas de recherches en ligne.

Elle distribue des feuilles de papier et des crayons. Une fille lève la main et prend la parole.

LA FILLE : Oui, mais quand on va corriger des textes pour de vrai, on va pouvoir faire des recherches. À quoi ça sert de faire un test sans ?

SARA : Ça sert à voir de quoi vous êtes capables. Si ça ne te tente pas, la porte est là.

LA FILLE : C'est surtout ton attitude qui ne me tente pas.

Elle se lève et sort.

SARA : Quelqu'un d'autre ?

Le silence règne.

SARA : OK. On va commencer par faire un tour de table pour se présenter.

Chacun se présente à son tour. Il y a là l'équipe actuelle, composée d'étudiants de deuxième année qui contribuent au journal depuis l'année précédente, et seulement quatre étudiants de première année, dont Emma et Théo.

Lorsque Emma réalise qu'ils ne sont que quatre, et qu'il y a trois places, elle a simultanément peur de l'humiliation si elle est la seule qui n'est pas prise et est excitée à l'idée de peut-être collaborer avec Théo !

Elle fait donc de son mieux avec l'article que Sara lui remet. Elle corrige les fautes et prend l'initiative de déplacer quelques phrases pour créer un début plus *punché*.

Quelques minutes plus tard, Sara ramasse leurs feuilles. Elle les lit en silence, puis lève la tête.

SARA : Emma ?

EMMA : Oui ?

SARA : Excellent. Patrick ?

Un garçon aux lunettes noires lève la main.

SARA : Très bon. Théo ?

Théo lève la main.

SARA : OK. Caroline ?

Une fille lève la main.

SARA : Désolée.

La fille se lève et sort, la mine basse.

SARA : On vous retrouve ici avec toute la gang vendredi matin à huit heures pour la rencontre éditoriale. Et on ira prendre une bière ensemble vendredi après les cours.

Elle se lève, mettant ainsi fin à la rencontre. Emma ne peut s'empêcher d'exprimer sa surprise.

EMMA : C'est tout ? On est pris ?

SARA (d'un ton ironique) : Ce n'est pas assez solennel pour toi ? Tu veux une cérémonie d'investiture ?

EMMA : Ce n'est pas ça, je suis contente, c'est juste que... Tous les comités ne sont pas aussi cool que vous.

SARA : Et ça te pose un problème ?

EMMA : Non, au contraire !

SARA : À vendredi, alors !

Et elle quitte le local, suivie de son équipe.

Emma prend son temps pour ramasser son sac, sortir son téléphone, replacer sa chaise. Quand elle se lève et se dirige vers la porte, elle trouve Théo, toujours assis à sa place. Il la regarde dans les yeux pour la première fois depuis longtemps.

THÉO : Emma... Je ne savais pas que tu allais être là.

EMMA : Moi non plus.

THÉO : Est-ce que ça te dérange, si on fait ça ensemble ? Je peux me retirer.

EMMA : Tu ne faisais pas le défilé ?

THÉO : Mon prof de français m'a suggéré le journal étudiant. Je me suis dit que ça ferait une expérience plus intéressante. Et plus variée, vu que j'ai déjà fait le défilé en secondaire.

EMMA : Tu penses toujours à ton CV, toi, hein ?

THÉO : Pas seulement ! Ça m'intéresse vraiment, d'essayer des choses différentes.

EMMA : Ouais…

Elle ne peut s'empêcher de se demander s'il veut dire qu'il aime aussi essayer des filles différentes.

THÉO : Écoute, je sais qu'on ne s'est pas reparlé…

EMMA : Oui…

THÉO : Mais est-ce qu'on pourrait au moins… essayer d'être amis ?

EMMA : Si tu veux.

THÉO : J'aimerais bien. Puis on a tellement d'amis en commun que…

EMMA : Ne te sens pas obligé !

THÉO : Ben non, je ne me sens pas obligé ! C'est juste que… ça serait plus sympa, non ?

Le cœur d'Emma bat tellement la chamade qu'elle craint que Théo puisse l'entendre. Il a sûrement remarqué le rouge qui lui est monté aux joues et ses yeux qui brillent.

Elle s'est tellement ennuyée de lui ! Juste d'entendre sa voix, de lui parler, de le taquiner un peu comme avant, lui fait le plus grand bien.

Si ce n'est que de l'amitié qu'il lui offre, elle devra apprendre à s'en satisfaire. Et puis, peut-être que…

Non. Emma se dit qu'elle doit arrêter de se faire de faux espoirs. Elle a tout essayé, Théo ne lui a pas pardonné. Ou alors il ne l'aimait tout simplement pas assez pour passer par-dessus leurs problèmes.

En sortant du local du journal, Emma tombe sur Rosalie et Aïcha qui l'attendaient. Elles lui sautent littéralement dessus.

ROSALIE : Et ?!

AÏCHA : Raconte !

EMMA : Ça a super bien été. Ils m'ont prise ! Je commence vendredi !

ROSALIE : Ben non, pas ça, avec Théo ! Il est resté ?

AÏCHA : Il est pris lui aussi ?

Emma leur fait les gros yeux, devinant que Théo s'apprête à sortir derrière elle. En effet, il passe à ses côtés, salue rapidement les filles et s'éloigne. Rien ne laisse deviner s'il a entendu leurs questions; Emma espère vraiment que non. Elle va finir par passer pour une folle s'il croit qu'elle lui court encore après.

EMMA : Les filles, ça suffit ! Moi et Théo, ça n'a pas marché, point final ! Passez à autre chose.

ROSALIE : Donc vous ne vous êtes pas parlé ?

EMMA : Si. On s'est dit qu'on allait être amis.

AÏCHA : Amis ?!

EMMA : Ben quoi, c'est normal. On se tient dans la même gang. Ça va juste être moins bizarre comme ça.

ROSALIE : Si tu le dis.

EMMA : Je suis sérieuse, les filles. Vous arrêtez, OK ?

Rosalie acquiesce en grommelant.

ROSALIE : Et l'idée de Béatrice et de son karaoké, en passant, je trouve ça vraiment nul. T'as dix-huit ans, pas quatre-vingts !

#23

Jimena place deux gros pichets de bière sur la table. Alexandra sert à tout le monde un verre de bière déjà un peu plate. Xavier dépose un grand bol de nachos devant Mia.

MIA : Merci.

Xavier lui adresse un clin d'œil et s'assoit à côté d'elle.

JIMENA : On est tellement contents que tu acceptes de te joindre à nous, ça nous fait plaisir de fêter ça.

Mia, après avoir longuement hésité, a fini par accepter l'invitation à intégrer la plateforme collaborative lancée par Jimena. Elle n'est pas sûre d'être d'accord avec tout ce que les membres font, mais les gens qu'elle découvre au sein de ce groupe sont les seuls qu'elle ait rencontrés, au cégep, qui ont les mêmes préoccupations qu'elle. C'est le seul endroit où elle ne se sent pas comme une extraterrestre et ça lui fait du bien.

Mia prend une gorgée de bière et entend une voix derrière elle.

M. LAPRÉ : Vous m'avez gardé une place ?

Il tire une chaise, la place entre Mia et Xavier, puis il s'assoit. Jimena s'empresse de lui tendre un verre de bière.

M. LAPRÉ : Avant de prendre ma première gorgée, vous avez tous dix-huit ans, ici ? Et des cartes pour le prouver ?

Mia ne sait pas quoi dire. Elle a des cartes, oui, mais elles sont fausses. Devrait-elle avouer qu'elle n'a que dix-sept ans ? Mais M. Lapré doit bien le savoir, puisqu'elle est en première année de cégep.

Puis, elle remarque son petit sourire en coin et réalise qu'il s'en fout de savoir quel âge elle a réellement; tout ce qu'il veut, c'est s'assurer de ne pas avoir de problème s'il y a un contrôle. Elle ne dit donc rien et continue de boire sa bière.

JIMENA: Tu vas voir, Guillaume, les idées de Mia sont très intéressantes et elles s'intègrent bien à notre plateforme.

M. LAPRÉ: Je suis content d'entendre ça. Si tu as besoin d'aide pour finaliser tes arguments pour le débat, Mia, ma porte est toujours ouverte.

JIMENA: Ça ne sera pas nécessaire. Alexandra et moi on va l'aider, hein, Alex?

Alexandra hoche la tête tandis que Xavier ricane.

XAVIER: Mais il y a peut-être certains arguments que seulement Guillaume pourra lui suggérer.

JIMENA: Arrête de faire ton malin.

M. LAPRÉ: On se calme. Je suis sûr que vous allez bien faire ça. Si vous avez besoin d'aide, je suis là, OK?

Mia ne comprend pas pourquoi Xavier est si revêche et de mauvais poil avec Jimena. Ni pourquoi cette dernière tolère sa présence alors qu'il est si désagréable.

JIMENA: Les élections approchent. Le débat aussi. Es-tu disponible pour une séance de travail demain, Mia?

MIA: Oui, c'est sûr. J'ai pensé à ça, et je trouve que je devrais commencer avec des sujets positifs, en parlant des améliorations que je veux apporter, pas juste avec ma liste d'interdictions. Ça fait un peu rabat-joie, dit tout seul comme ça.

M. LAPRÉ : La carotte avant le bâton ! Je pense que ta stratégie est la bonne.

JIMENA : On parlera de ça demain ! On est ici pour célébrer ce soir, pas pour travailler.

MIA : Oups. T'as raison.

M. LAPRÉ : Notre nouvelle recrue est assez sérieuse.

XAVIER : Puis elle est mignonne en plus.

Ça devrait être un compliment, mais le ton avec lequel Xavier prononce ces mots ressemble plus à une menace. Jimena le fusille du regard.

M. LAPRÉ : Xavier, est-ce qu'on peut se parler à l'extérieur ?

Ils sortent tous les deux quelques instants. Après quelques minutes, M. Lapré revient s'asseoir, seul.

ALEXANDRA : C'était quoi, ça ?

M. LAPRÉ : Xavier a des problèmes personnels. Il est un peu sur les nerfs.

JIMENA : Ses parents qui se séparent ? Ce n'est pas une raison pour…

M. LAPRÉ : Les problèmes de Xavier sont confidentiels, Jimena.

JIMENA : Je sais bien, mais il m'énerve !

M. LAPRÉ : Il aime te provoquer et tu mords toujours à l'hameçon.

ALEXANDRA (en riant) : Ça, c'est vrai ! Peut-être qu'il est amoureux de toi.

JIMENA : N'importe quoi !

ALEXANDRA : Tu sais en primaire, les garçons qui tirent les tresses des filles ? C'est toujours parce qu'elles leur plaisent.

MIA : L'affaire des tresses, c'était Gilbert Blythe dans *Anne, la maison aux pignons verts* !

M. LAPRÉ : Tant que Jimena ne casse pas d'ardoise sur la tête de Xavier au milieu du débat, ça devrait aller.

L'image les fait rire tous les quatre.

#24

LA PROF : On resserre les abdos, on étend la colonne et on respire !

Respirer, respirer, Béatrice trouve que c'est plus facile à dire qu'à faire, quand elle est empêtrée dans son *reformer* qui ressemble plus à un outil de torture qu'à un appareil de gym.

Astrid les a invitées, Noémie et elle, a un cours privé avec la prof de Pilates de sa mère, l'une des meilleures de Montréal, paraît-il. Béatrice tourne la tête et regarde ses amies, qui élèvent et abaissent la jambe avec élégance et synchronisme. Elle, elle sue, elle a mal partout, et elle n'est pas sûre de réussir longtemps à suivre le rythme.

Mais elle aurait trop honte d'arrêter avant les autres, alors elle persévère et fait de son mieux.

Après une série d'exercices abdominaux qui lui donnent envie de vomir, Béatrice entend enfin les mots dont elle rêve depuis cinquante-cinq minutes : « C'est tout pour aujourd'hui. »

Béatrice se redresse, s'essuie le front et tend la main vers sa bouteille d'eau. Astrid étire ses longs membres.

NOÉMIE : Ouf, t'avais raison, Astrid. Un super bon entraînement.

ASTRID : Kara, c'est la meilleure. Tu reviendras.

NOÉMIE : Avec plaisir. C'est exactement ce dont mon corps a besoin.

ASTRID : T'es super mince, mais ça te donne aussi du tonus. Le yoga, ça ne suffit pas.

NOÉMIE : Je travaille là-dessus.

Béatrice trouve leur conversation surréaliste. Noémie est filiforme; ça lui donne peut-être du tonus, mais on dirait qu'elle a perdu cinq kilos ! Béatrice s'inquiète un peu du sérieux avec lequel ses amies entreprennent leur cure de désintox.

ASTRID (se retournant vers elle) : Toi, Béa, comment t'as trouvé ça ?

BÉATRICE : Pour être honnête : vraiment, vraiment dur. Je ne sais pas si je vais être capable de marcher demain.

ASTRID : C'est les premières fois qui sont difficiles. Après, nos muscles s'habituent.

BÉATRICE : Oui, mais ça en plus du yoga de ce matin…

ASTRID : Je sais que ça fait beaucoup. Mais la prof de ma mère est payée pour donner un cours privé une fois par semaine alors ça sert à rien de le gaspiller quand elle n'est pas là. On s'habille et on descend prendre un jus vert sur Laurier ?

BÉATRICE : Je pense que je vais avoir besoin d'une douche avant.

ASTRID : Passe par ma chambre, tu peux utiliser ma salle de bains.

Parce que bien sûr, Astrid a une salle de bains privée. Béatrice ne sait pas pourquoi ce genre de détail l'étonne encore.

BÉATRICE : Je n'ai rien apporté pour me changer.

ASTRID : Je vais trouver quelque chose qui t'ira. Je te laisse ça sur mon lit.

Béatrice sort de la douche et s'enveloppe dans une grande serviette blanche tout droit sortie d'un spa de luxe. Elle va dans la chambre d'Astrid et examine les vêtements que celle-ci lui a laissés. Il y a une jupe noire en coton à la taille élastique, qui doit être une minijupe sur Astrid, mais tombe au genou sur Béatrice, et un grand t-shirt vintage des Nordiques. Béatrice enfile le t-shirt, prenant soin de le rentrer dans la jupe. Le résultat fait plus hipster que ce qu'elle a l'habitude de porter, mais l'ensemble lui plaît.

Elle se dirige vers la cuisine, d'où émanent des bruits de voix. En y entrant, elle est surprise d'y trouver deux adultes ainsi qu'un garçon et une fille de son âge, mais pas d'Astrid, ni de Noémie. Le garçon est le premier à se retourner et à apercevoir Béatrice.

LE GARÇON (en souriant) : Mon t-shirt des Nordiques est un peu trop grand pour toi…

Béatrice porte les mains à sa poitrine, horrifiée.

BÉATRICE : Quoi ? C'est Astrid qui…

LE GARÇON : Ma chère sœur ! Toujours si généreuse avec les affaires des autres. (Élevant la voix :) Astrid ! T'es où ?

Astrid entre dans la cuisine, suivie de Noémie.

ASTRID : Ah, vous êtes revenus.

C'est tout. Pas de bise, cette fois-ci, encore moins de câlins, pour une famille qui se retrouve pour la première fois depuis quelques semaines. Car Béatrice a reconnu Séverine Labelle, l'actrice, qui parle intensément au téléphone pendant que son mari pianote fiévreusement sur son écran.

La fille qui était là lorsque Béatrice est entrée s'avance vers Astrid. Elle semble nerveuse.

LA FILLE : Salut, Astrid, ça va ?

ASTRID : Toi aussi, t'es là ? T'es sans domicile fixe ou quoi ?

LE FRÈRE D'ASTRID : T'es vraiment sympa.

ASTRID (se tournant vers Béatrice et Noémie) : Venez, les filles, on s'en va.

BÉATRICE (hésitante) : Mais... et le t-shirt ?

ASTRID (sortant son porte-monnaie de son sac) : Tiens, cent piasses, ça le couvre, ton t-shirt ?

Elle tend un billet brun à son frère.

SON FRÈRE : Encore de l'argent. Tu penses qu'il n'y a que ça qui compte ?

ASTRID : Dans cette famille, on dirait bien que oui.

Elle jette le billet à terre en direction de son frère et sort de la cuisine. Noémie et Béatrice la suivent. Cette dernière remarque que les parents d'Astrid n'ont pas levé les yeux de leur téléphone ni embrassé leur fille.

Astrid ne dit pas un mot alors qu'elle marche d'un pas rageur vers la rue Laurier. Si Béatrice ne la connaissait pas si forte, elle jurerait qu'Astrid essaie d'étouffer un sanglot.

En arrivant au comptoir Mandy's, Astrid commande trois jus verts, qu'elle paie sans dire un mot de plus. Les trois filles s'installent dehors au soleil et sirotent leur jus.

Quelques instants plus tard, elles sont hélées par deux voix joyeuses.

JUSTINE : Salut, les filles, ça va ?

RAPHAËLLE : Vous faisiez quoi ?

NOÉMIE : Un cours de Pilates chez Astrid.

JUSTINE (avec un air de reproche) : Et tu ne nous as pas invitées ?

ASTRID : Tu sais bien que je n'ai que trois *reformers*.

JUSTINE : Oui, mais d'habitude…

ASTRID : Ce n'est pas important. Devinez qui est revenu.

JUSTINE : Tes parents et Matteo rentraient aujourd'hui, non ?

ASTRID : Oui, oui, mais devinez qui est revenu avec eux ?

RAPHAËLLE : Pas…

ASTRID : Oui ! Cette salope de Joséphine.

JUSTINE : Attends, tu veux dire qu'elle est chez toi ? Dans ta maison ?

ASTRID : Oui. La sans-gêne. Plantée là dans ma cuisine à me regarder avec ses yeux de suppliante.

BÉATRICE : Euh, c'est qui, Joséphine ?

Astrid et Raphaëlle répondent en même temps.

ASTRID : Personne.

RAPHAËLLE : La numéro deux.

Astrid fusille Raphaëlle du regard.

ASTRID : Elle n'est plus aucun numéro, Raph. Enlève-toi ça de la tête.

RAPHAËLLE : Je sais, mais…

ASTRID : Mais rien.

Elle boit son jus en silence. Personne n'ose parler. Lorsque le téléphone d'Astrid vibre, elle regarde l'écran en fronçant les sourcils.

ASTRID : Faut que je rentre. C'est ma mère. Vous savez combien elle aime les grandes retrouvailles…

BÉATRICE : Oui, mais tout à l'heure…

ASTRID : C'est une actrice, ma mère ! Elle aime les grandes retrouvailles quand la caméra tourne et qu'on crie « Action ! » Quand mon père aura fini de répondre à ses mails, qu'il sera disponible et qu'elle aura son public, là elle va pleurer de bonheur de retrouver sa fille.

Béatrice ne sait pas quoi dire. Si elle a déjà craint Astrid, l'a déjà trouvée trop dure, aujourd'hui elle ne la trouve rien d'autre que fragile et vulnérable. Elle se dit qu'elle échangerait dix maisons de luxe pleines de beaux vêtements et d'équipement de gym dernier cri contre une seule pièce de la maison de ses parents, remplie d'amour.

Astrid se lève et s'éloigne, le pas traînant. Béatrice se fait la réflexion que c'est la première fois qu'elle la voit marcher seule, sans une ou deux de ses acolytes à ses côtés. Si la pauvre Astrid est si souvent laissée seule à la maison, avec une domestique pour seule compagnie, Béatrice comprend un peu mieux pourquoi elle recherche toujours la présence des autres. Les parents de Béatrice ne sont pas à Montréal avec elle, soit, mais il y a Emma. Et puis elle sait que ses parents accourraient au moindre appel de sa part, surtout qu'ils ne sont qu'à une heure et quart de route.

Justine prend place sur la chaise laissée libre par Astrid, et Raphaëlle s'installe à ses côtés.

JUSTINE : Plutôt intense… Vous l'avez vue ?

BÉATRICE : Juste deux minutes.

NOÉMIE : Mais c'était qui, cette fille ? Son visage me dit quelque chose.

RAPHAËLLE : C'est l'ancienne meilleure amie d'Astrid. Elles ont été les premières dans la gang. Elles s'étaient fait tatouer les numéros un et deux sur le poignet avant de nous recruter, Justine et moi.

JUSTINE : Raph, Astrid a dit de ne pas en parler !

RAPHAËLLE : Mais il faut bien que Noémie et Béatrice comprennent !

JUSTINE : Tant pis pour toi si elle se fâche.

BÉATRICE : Et pourquoi elles ne sont plus amies ?

RAPHAËLLE : Pour la même raison qui fait que Joséphine n'était pas à Montréal depuis quelques semaines…

NOÉMIE : Qui est ?

De toute évidence, l'envie de raconter des potins est plus forte que les scrupules de Justine, car c'est elle qui reprend la parole.

JUSTINE : Le père d'Astrid produit un film. Sa mère joue le rôle principal. Il y a une scène où on rencontre les enfants fictifs de la femme, un couple de jumeaux. Leur père voulait qu'Astrid et Matteo jouent le rôle parce qu'ils ressemblent beaucoup à leur mère.

RAPHAËLLE : Et ils se ressemblent entre eux, c'est fou.

En effet, le frère d'Astrid a la même grande taille, les mêmes cheveux blond foncé et le même nez fort.

NOÉMIE : C'est vrai qu'ils pourraient passer pour des jumeaux.

RAPHAËLLE : Ils ont juste seize mois de différence.

JUSTINE : Astrid et Matteo étaient à la maison en train de répéter la scène. Joséphine était là.

RAPHAËLLE : Elle était toujours là.

JUSTINE : Quand ça a été au tour d'Astrid, elle a eu un peu de difficulté. Elle était censée pleurer, mais elle n'arrivait pas à sortir des vraies larmes.

RAPHAËLLE : Joséphine a donc offert de l'aider.

JUSTINE : Elle lui a montré comment elle se pinçait le nez et pensait à son chien qui était mort écrasé quand elle était petite, puis…

RAPHAËLLE : Puis elle a relevé son visage plein de larmes, juste au moment où le père d'Astrid entrait dans la pièce avec le réalisateur.

JUSTINE : Et là, le réalisateur s'est exclamé que c'était exactement ce qu'il fallait et il a félicité le père d'Astrid pour le talent de sa fille.

RAPHAËLLE : Sauf qu'il parlait de Joséphine, pas d'Astrid.

JUSTINE : Astrid a eu beau passer son audition devant lui après, il n'a rien voulu savoir, et Joséphine et Matteo se sont envolés pour l'Italie avec les parents d'Astrid.

BÉATRICE : *Oh my god.*

JUSTINE : Oui, *my god.* C'est le rêve d'Astrid depuis qu'elle est petite, être actrice comme sa mère, et Joséphine le savait. On le savait toutes.

NOÉMIE : La pauvre !

JUSTINE : Il faut qu'on élabore une stratégie et qu'on décide ce qu'on va faire demain.

BÉATRICE : Demain ?

JUSTINE : Si Joséphine est de retour, j'imagine que ça veut dire qu'elle sera au cégep demain.

BÉATRICE : Attends, elle étudie à notre cégep ?

JUSTINE : Ben oui. Et elle est super amie avec Ludovic. Je ne serais pas étonnée qu'on la trouve sur notre banc demain matin, comme si de rien n'était.

BÉATRICE : Pourquoi Sébastien ne m'a jamais raconté ça ?

JUSTINE : Les garçons, tu sais comment ils sont. Ils ne se rendent compte de rien. Joséphine va compter là-dessus pour essayer de réintégrer la gang, mais on ne la laissera pas faire.

BÉATRICE : Moi, je n'ai pas d'opinion, je ne la connais pas. Mais vous, c'était votre amie, non ?

JUSTINE : Une amie qui trahit mon amie n'est plus mon amie.

RAPHAËLLE : C'est Astrid qui passe en premier. Parce que c'est Joséphine qui a eu tort.

NOÉMIE : OK. Alors, demain, qu'est-ce qu'on fait ?

JUSTINE : On ne lui parle pas, on ne lui répond pas si elle nous parle, on ne la regarde pas. Elle va vite se fatiguer.

BÉATRICE : Mais je ne la connais pas, moi ! Je ne sais pas si je peux être aussi impolie avec une inconnue.

JUSTINE : Tu as promis à Astrid de toujours être de son côté. Tu te souviens, à la vie, à la mort ?

Béatrice acquiesce en se disant qu'elles ont promis ça à Joséphine aussi, et que leur concept de « à la vie, à la mort » semble être drôlement élastique.

#25

EMMA : Je veux bien croire que la fille a eu le rôle qu'elle voulait mais de là à la haïr pour toujours…

Emma prépare un café pendant que Béatrice se verse un bol de céréales.

BÉATRICE : Il paraît que c'était le rêve de sa vie.

EMMA : Et la pauvre fille qui revient ici pour se faire rejeter par tous ses amis…

Mia entre en bâillant et entreprend de mettre du beurre de cacahuètes sur une tranche de pain.

MIA : De quoi vous parlez ?

Béatrice lui résume brièvement la situation entre Astrid et Joséphine.

MIA : C'est tellement des *first world problems* !

BÉATRICE : Des quoi ?

MIA : Des problèmes de privilégiés. Si t'étais une réfugiée enceinte en attente de réponse concernant ton statut, sans une cenne en poche, penses-tu que tu ferais un drame parce que ta meilleure amie a eu un rôle dans un film et pas toi ?

BÉATRICE : Ben, imaginons que ta meilleure amie réfugiée te piquait le seul job que t'avais réussi à trouver ?

MIA : Oui, mais elle aurait besoin de ce job pour survivre ! Pas juste pour se trouver plus cool que les autres.

BÉATRICE : Je sais que tu n'aimes pas Astrid, mais crois-moi, elle faisait de la peine à voir hier. Depuis que je connais un peu sa dynamique familiale, je la comprends mieux. C'était son rêve de devenir actrice comme sa mère.

MIA : C'est toi qui le dis. Est-ce qu'elle a passé les auditions pour la pièce de théâtre ?

BÉATRICE : Ah tiens, non.

MIA : Tu vois ! Si elle rêvait sincèrement d'être comédienne, elle utiliserait tous les prétextes pour s'améliorer. Elle ne veut pas être actrice, elle veut juste la gloire et la visibilité qui viennent avec.

EMMA : Ha ! J'avoue.

BÉATRICE : Vous manquez d'empathie, les filles.

MIA (se tournant vers Emma) : Et toi, le journal étudiant ?

EMMA : Ça a l'air cool. On n'était pas beaucoup, j'ai donc été prise dans l'équipe éditoriale.

MIA : Bravo ! Tu vas couvrir les élections étudiantes ?

EMMA : Je ne le sais pas encore. On a notre première rencontre éditoriale vendredi. La rédactrice en chef a l'air assez *badass.*

MIA : En tout cas, si tu as besoin de suggestions pour des sujets polémiques…

EMMA (en riant) : Je sais où te trouver ! Mais je ne sais pas si c'est mon genre.

BÉATRICE : Et raconte-lui qui d'autre est dans l'équipe…

Emma fait les gros yeux à Béatrice.

BÉATRICE : Ben quoi ? Il me semblait que t'avais juré qu'il n'y avait plus de secrets, que tu serais un livre ouvert dorénavant ?

EMMA : Pas de secrets, oui, mais j'ai quand même droit à ma vie privée.

MIA : Si tu ne veux pas me le dire, je ne tiens pas à le savoir…

Mais ses yeux inquiets suivent Emma dans la cuisine alors que celle-ci se sert un bol de céréales.

EMMA (en haussant les épaules) : C'est Théo.
l'équipe du journal avec moi.

MIA : Hein ? Comment ça ?

EMMA : Complètement par hasard. Il ne savait p
lais être là, je ne savais pas qu'il allait être là. Béa, veu
d'orange ?

BÉATRICE : Ne change pas de sujet ! Tu refuses c
depuis hier.

EMMA : Parce qu'il n'y a rien à dire ! Il n'est pas in
ne veut plus rien savoir, fin de l'histoire.

BÉATRICE : Ah, pauvre chouette. Et moi qui ran
jours le sujet. Je n'en parlerai plus, promis.

EMMA : Rosalie est pire que toi. Je pense que c'est p
vous ne saviez pas qu'on était ensemble.

BÉATRICE : On veut juste ton bonheur.

EMMA : Je sais. Je ne te l'avais pas dit mais… on s'
hier. Après la rencontre.

BÉATRICE : Qu'est-ce que vous vous êtes dit ?

EMMA : Qu'on allait être amis.

Mia laisse échapper un rire qu'elle tente vite d'étou

MIA : Amis ? Après une histoire comme la vôtre ? Je n
pas.

EMMA : Que tu y croies ou pas, c'est quand même ce
est. Affaire classée, OK ?

BÉATRICE : Promis.

Mais ses yeux inquiets suivent Emma dans la cuisine alors que celle-ci se sert un bol de céréales.

EMMA (en haussant les épaules) : C'est Théo. Il est dans l'équipe du journal avec moi.

MIA : Hein ? Comment ça ?

EMMA : Complètement par hasard. Il ne savait pas que j'allais être là, je ne savais pas qu'il allait être là. Béa, veux-tu un jus d'orange ?

BÉATRICE : Ne change pas de sujet ! Tu refuses d'en parler depuis hier.

EMMA : Parce qu'il n'y a rien à dire ! Il n'est pas intéressé, il ne veut plus rien savoir, fin de l'histoire.

BÉATRICE : Ah, pauvre chouette. Et moi qui ramène toujours le sujet. Je n'en parlerai plus, promis.

EMMA : Rosalie est pire que toi. Je pense que c'est parce que vous ne saviez pas qu'on était ensemble.

BÉATRICE : On veut juste ton bonheur.

EMMA : Je sais. Je ne te l'avais pas dit mais… on s'est parlé hier. Après la rencontre.

BÉATRICE : Qu'est-ce que vous vous êtes dit ?

EMMA : Qu'on allait être amis.

Mia laisse échapper un rire qu'elle tente vite d'étouffer.

MIA : Amis ? Après une histoire comme la vôtre ? Je n'y crois pas.

EMMA : Que tu y croies ou pas, c'est quand même ce qui en est. Affaire classée, OK ?

BÉATRICE : Promis.

#26

Pendant toute la semaine, Béatrice regarde autour d'elle chaque fois qu'elle entre dans la grande salle, impatiente de croiser la fameuse Joséphine. Mais elle ne la voit pas une seule fois. Soit Joséphine se cache et se rend discrètement à ses cours avant de rentrer directement chez elle, soit elle n'est pas encore revenue au cégep.

Quand elle a questionné Sébastien, il lui a dit ne pas trop savoir ce qui s'était passé entre Astrid et Joséphine. La question semblait l'intéresser assez peu, puisqu'il a rapidement changé de sujet pour parler de son match de hockey à venir.

Justine, après son excès de franchise chez Mandy's, a clairement regretté avoir autant parlé, car elle ne dit plus rien et ne répond pas aux questions de Béatrice. Raphaëlle non plus. Et Noémie ne sait rien de plus qu'elle.

Astrid trône sur leur banc comme à son habitude, mais son air n'invite guère à lui soutirer des confidences. Béatrice finit par se dire que, finalement, le drame attendu n'aura peut-être pas lieu. Joséphine a peut-être changé de cégep ou alors elle ne reviendra en classe qu'au début de la session suivante.

Béatrice termine sa salade, assise sur le banc avec les filles, quand Sébastien accourt vers elle.

SÉBASTIEN (avec un gros sourire) : Béa ! On l'a eu ! On l'a eu !

BÉATRICE (le serrant dans ses bras) : On a eu quoi ?

SÉBASTIEN : Chacun un rôle dans la pièce de théâtre !

BÉATRICE : Hein ? T'as vu ça où ?

SÉBASTIEN : Sur le portail, regarde !

Il tend son téléphone, et Béatrice y lit des mots qui lui font chaud au cœur:

« Les caprices de Marianne »

« Octave : Sébastien Temer »

« Ciuta : Béatrice Lefebvre »

BÉATRICE : On est pris ! Super ! !

SÉBASTIEN : Je suis soulagé. Ça me stressait tellement !

BÉATRICE : Voyons donc, mon amour, t'étais le meilleur, ça se voyait ! Et c'est toi qui as le plus beau rôle masculin.

SÉBASTIEN : Toi, es-tu contente ? C'est qui Ciuta ?

BÉATRICE : La vieille entremetteuse qui essaie de mettre en couple Marianne et Coelio.

SÉBASTIEN : C'est un beau rôle ?

BÉATRICE : Je suis juste contente d'avoir été prise. Et qu'on fasse la pièce ensemble ! Est-ce qu'il y a d'autres personnes qu'on connaît ?

Elle scanne l'écran.

BÉATRICE : Ah, Florence St-Jean. Tu te souviens, c'est avec elle que tu avais joué ta scène, pour l'audition.

SÉBASTIEN : Ah oui. Elle joue qui ?

BÉATRICE : Marianne. J'avoue que c'est le rôle que j'aurais préféré.

SÉBASTIEN : Pourquoi ?

BÉATRICE : Parce qu'elle est amoureuse d'Octave !

SÉBASTIEN (en l'enlaçant) : C'est toi mon amoureuse dans la vraie vie. C'est encore mieux, non ?

Béatrice ne répond pas, elle se contente de se coller contre son chum, là où elle est si bien que rien d'autre ne lui importe.

#27

C'est une journée d'automne un peu fraîche. Emma et ses amis profitent des rayons de soleil sur la pelouse devant le cégep. Théo est là. Depuis leur conversation dans le local du journal étudiant, il n'évite plus Emma comme avant, et c'est plus facile pour elle d'avoir l'air naturelle en sa présence. Leur discussion a eu l'avantage de dissiper le malaise qui régnait entre eux. Emma est soulagée, puisque ça rend sa vie plus simple, mais en même temps, elle est triste de constater que Théo semble se satisfaire de leur amitié.

Elle ne le dit pas à ses amies, car sinon celles-ci ne la lâcheraient pas avec leurs plans fumeux pour reconquérir Théo, et Emma est convaincue que si elle avait un jour une chance, même infinitésimale, de revenir avec lui, ce n'est certainement pas en le manipulant qu'elle y arriverait.

Emma a eu le temps de réfléchir depuis quelques semaines. Elle a pris le temps d'examiner son comportement, de comprendre là où elle s'est trompée. Elle se souvient que Thomas lui avait dit, lors de leur fameux dîner qui a mené à sa grande dispute avec Théo, qu'elle n'avait pas l'air du genre de fille qui s'arrêtait à ce que les autres pensent d'elle. Sur le coup, Emma était d'accord avec lui; elle s'est toujours considérée comme une personne forte de caractère, qui sait ce qu'elle veut dans la vie.

Mais elle doit s'avouer que dans son histoire avec Théo, ça n'a pas été le cas. Au contraire, elle s'est laissé influencer par l'opinion de ses amis et par la peur qu'on rie d'elle ou qu'on parle dans son dos. Elle n'a pas de quoi être fière.

La leçon a été dure, mais Emma se console en se disant qu'elle est bien apprise. Jamais plus elle ne laissera la pression sociale ou la peur du qu'en-dira-t-on l'empêcher de vivre ses rêves.

Et son histoire d'amour avec Théo était bel et bien un rêve, elle s'en rend compte maintenant. Non seulement il était gentil et attentionné, mais il était drôle, il la provoquait juste quand il le fallait, et il embrassait cent mille fois mieux que tous les autres garçons qu'Emma a embrassés dans sa vie. À l'idée que plus jamais elle ne sentira ses lèvres sur les siennes, ni ses bras autour d'elle…

Mais Emma s'efforce de chasser ces pensées. Surtout devant Théo. Elle ne veut pas se laisser aller à rêvasser, l'air triste, à regarder trop fixement sa bouche ou ses mains… Elle se reprend. Elle se retourne vers Nathan, qui est assis près d'elle, et elle engage la conversation pour chasser ses idées noires.

EMMA : Qu'est-ce que tu fais ce week-end ?

NATHAN : C'est le bonheur. Mes parents vont encore au chalet. Ça me tente d'en profiter.

ROSALIE : Pas un autre party, j'espère ?

NATHAN : Pourquoi pas ?

ROSALIE : Arrête, Aïcha n'est pas encore remise du dernier.

EMMA : Elle a juré que son prochain party, ça serait à mon anniversaire, pas avant !

ROSALIE : Et on sait que les garçons derrière la page « Filles de party » étaient chez toi la dernière fois. Chez toi ! Je ne veux certainement pas prendre le risque de les inviter de nouveau.

WILLIAM : Qu'est-ce qui te dit que ce ne sont pas des filles qui ont fait ça ?

ROSALIE : Voyons donc, une fille ne ferait jamais ça à une autre fille.

WILLIAM : On ne sait jamais. Il y en a qui sont *bitchs.*

ROSALIE : Tu dis juste ça pour ne pas porter le blâme parce que t'as déjà *liké* une de leurs photos.

WILLIAM : C'était une erreur d'inattention, tu le sais bien !

NATHAN : On n'a qu'à inviter uniquement nos amis proches. On peut s'amuser tout pareil.

WILLIAM : Oui, mais ça veut dire qu'on n'aura pas de nouvelles filles à draguer.

THÉO : Moi, ça ne me dérange pas. La fille de la dernière fois, elle n'était pas trop mon style.

Emma sourit en entendant cela et sa poitrine devient toute chaude. Elle s'empresse de regarder ailleurs pour ne pas que Théo la surprenne.

ROSALIE : Ben oui, on ne peut pas s'amuser juste entre amis, pour une fois ? Tu flirteras une autre fois.

WILLIAM : OK, si vous y tenez…

ROSALIE : On pourrait jouer au jeu des noms ?

WILLIAM : Ou à vérité ou conséquences…

EMMA : Tu veux juste nous faire enlever nos tops !

WILLIAM (en rougissant un peu, l'air taquin) : Ben quoi… On enlèverait les nôtres aussi !

ROSALIE : Aucune chance.

NATHAN : Alors vendredi soir chez nous ?

EMMA : J'y serai.

THÉO : Moi aussi. Hé ! On prend une bière avec la gang du journal avant.

EMMA : Ah oui, c'est vrai.

THÉO : On ira ensemble après, si tu veux.

EMMA : OK.

Elle se retourne vers Rosalie, l'air nonchalante, et lui pose une question sur leur travail de philo à remettre la semaine suivante. Mais à l'intérieur d'elle, son cœur bat fort, fort.

#28

Béatrice est dans sa chambre, penchée sur sa guitare. Elle a décidé d'apprendre *The Man Who Sold the World*, de Nirvana, pour faire la surprise à Sébastien. Mais la partition est plus difficile que ce qu'elle a l'habitude de jouer et elle grogne de frustration lorsque ses doigts glissent encore une fois sur les cordes.

Elle se sent fatiguée. La conseillère en nutrition de la mère d'Astrid lui a dit que c'était normal, que ça prendrait quelques jours pour que les toxines sortent de son corps et que pendant ce temps-là, elle pourrait avoir des maux de tête ou être plus léthargique qu'à son habitude.

La sonnette retentit. Elle range rapidement son instrument. Elle s'élance vers la porte et ouvre à Sébastien. Celui-ci entre, retire son manteau de pluie tout trempé et soulève Béatrice dans ses bras. Elle sent ses pieds quitter le sol, au propre comme au figuré.

Elle l'entraîne vite vers sa chambre.

SÉBASTIEN (en riant) : Je pensais qu'on allait répéter nos rôles ?

BÉATRICE : Oui, mais mes colocs sont sorties. On répétera quand elles seront rentrées.

SÉBASTIEN : Oui, madame. À vos ordres !

Il la suit en la chatouillant.

Béatrice est toujours aussi bien avec Sébastien. Au fil des semaines, elle se laisse davantage aller. Elle le trouve doux, toujours soucieux de son plaisir à elle, ce qui l'aide à en trouver davantage. Elle espère qu'il en est de même pour lui. Elle n'est pas à l'aise de discuter avec lui de ce qu'ils font ensemble; elle ne sait pas s'il y a autre chose qu'il aimerait essayer sans oser le lui demander. Elle se contente de laisser leurs corps se parler et ça semble leur convenir à tous les deux pour le moment.

Elle ne sait pas si c'est comme ça pour tout le monde, l'amour : aussi doux, aussi alangui. La réalité ne ressemble en rien aux quelques vidéos qu'Emma et elle avaient regardées en cachette sur internet en secondaire afin de se faire une idée. Et c'est tant mieux.

Lorsqu'ils entendent la porte claquer et les bottes de Mia faire leur clac-clac dans l'appartement, ils se lèvent et se rhabillent. Ils se dirigent vers le salon où ils s'installent avec leur texte. Sébastien feuillette la liasse de papier qu'il tient entre les mains.

SÉBASTIEN (en fronçant les sourcils) : Notre première scène à deux est à l'acte deux !

BÉATRICE : C'est vrai.

SÉBASTIEN (en tournant les pages) : Et on dirait que c'est notre seule grosse scène ensemble.

BÉATRICE : C'est un petit rôle que j'ai.

SÉBASTIEN : C'est nul qu'on ne soit pas plus souvent nous deux.

BÉATRICE : Ben, ce n'est pas grave. On peut quand même s'aider à répéter le reste.

SÉBASTIEN : C'est vrai. Puis toi, t'as la première réplique de toute la pièce !

BÉATRICE : Je sais ! C'est stressant.

SÉBASTIEN : C'est un véritable honneur. Je suis sûr que tu vas être super bonne. Et tu seras la plus belle, c'est certain.

BÉATRICE : Je doute fortement d'être habillée sexy. Je joue une vieille bonne femme qui se mêle de la vie des autres.

SÉBASTIEN : Tu seras tout de même très belle.

BÉATRICE : Veux-tu que je lise Coelio pour qu'on répète ta première scène ?

SÉBASTIEN : OK.

Ils lisent leur texte à voix haute plusieurs fois. D'abord la scène de Sébastien, puis la première scène de Béatrice. Ils choisissent de se concentrer sur l'acte I, devinant que les premières répétitions vont s'y consacrer.

Béatrice ronronne de bonheur, les pieds entremêlés à ceux de son chum, sur le sofa, une couverture sur leurs genoux, alors que la pluie tombe dru derrière la fenêtre.

Vers vingt-deux heures, Sébastien s'étire et déclare qu'il doit partir. Béatrice se lève pour le raccompagner à la porte. Il enfile sa veste de pluie, qui est maintenant sèche, et se penche pour embrasser sa blonde, quand il semble se souvenir de quelque chose.

SÉBASTIEN : Ah oui, Béa, je voulais te demander : est-ce que ça te tenterait qu'on organise un repas ici pour la gang ?

BÉATRICE : Un repas ?

SÉBASTIEN : Ben c'est toujours Astrid ou Justine qui nous invitent. Puis là, les parents d'Astrid sont revenus, donc elle ne pourra pas nous inviter pendant un bout de temps. Il me semble que ce serait à notre tour de recevoir, non ?

BÉATRICE : Pourquoi ça ne serait pas chez toi ?

SÉBASTIEN : Tu sais très bien que mes parents sont là tout le temps. Ça serait bien plus cool ici. Allez ! Pourquoi pas ?

BÉATRICE : Je ne sais pas. Nos parents ont clairement dit « pas de party ». Mia et Emma n'en font pas. Je ne sais pas si je peux en faire un. Surtout avec l'attitude de mes parents en ce moment…

SÉBASTIEN : On ne parle pas d'un party, on parle d'un repas ! Il n'y a personne qui va siphonner des bières.

BÉATRICE : Non, c'est sûr.

SÉBASTIEN : Ça va être super civilisé, tu le sais.

BÉATRICE : Et il y a la tante d'Emma en haut…

SÉBASTIEN : Elle ne nous entendra même pas.

BÉATRICE : Astrid met toujours la musique super fort.

SÉBASTIEN : On ne sera pas chez Astrid, on sera chez toi. T'as juste à mettre de la musique zen.

BÉATRICE (inquiète) : Et qu'est-ce que je servirais à manger ? Je ne cuisine pas si bien que ça. Chez Astrid, c'est toujours super bon.

SÉBASTIEN (en riant) : Chez Astrid, c'est un traiteur, voyons !

BÉATRICE : Vraiment ?

SÉBASTIEN : C'est sûr ! Elle ne fait même pas la vaisselle. C'est Jenny, sa domestique, qui la fait.

BÉATRICE : Je n'ai pas de budget pour un traiteur, moi ! Ni pour une domestique.

SÉBASTIEN : Pour la vaisselle, pas de souci, je vais t'aider. Pour le repas… réfléchissons. Je suis sûr qu'on va penser à quelque chose.

BÉATRICE : Je pourrais décongeler une lasagne de ma mère avec une salade verte ?

SÉBASTIEN : Excellent ! Et je pourrais acheter un dessert à la Gascogne.

BÉATRICE : Il faudrait attendre que nos trente jours de désintox soient finis.

SÉBASTIEN : Vous pourriez faire une exception ?

BÉATRICE : Moi, ça ne me dérange pas de tricher un peu, mais les autres filles sont à fond dans leur programme.

SÉBASTIEN : Je vais leur demander. Sinon on peut attendre. Tant qu'on lance l'invitation maintenant.

BÉATRICE : Je ne sais pas si je suis à l'aise de demander ça à Emma…

SÉBASTIEN : Tu n'as pas besoin de lui demander. C'est chez toi, non ?

BÉATRICE : Théoriquement, oui, mais je me sens plus chez Emma. On est chez sa tante.

SÉBASTIEN : Il me semblait que le but d'être en appartement, c'était d'être libre. S'il faut encore qu'on demande la permission pour respirer…

BÉATRICE : Ce n'est pas ça, mais…

SÉBASTIEN : Je manque un entraînement de hockey et une soirée avec mes potes pour venir chez tes parents ce week-end. Il me semble que tu peux faire ça pour moi.

BÉATRICE : Ce n'est pas que je ne veux pas, crois-moi…

SÉBASTIEN : C'est super important pour moi, Béa… J'aimerais ça qu'on puisse recevoir nos amis, nous deux ensemble, en couple. On en est là, non ?

BÉATRICE (tiraillée) : Si c'est si important pour toi… Je vais voir ce que je peux faire.

SÉBASTIEN : Merci, ma belle. Je t'aime.

BÉATRICE (en l'embrassant) : Moi aussi, je t'aime.

Elle referme la porte derrière lui en se demandant comment elle pourra bien s'y prendre pour contenter son chum sans fâcher sa meilleure amie.

#29

Mia sort de son cours de philosophie et se dirige rapidement vers celui de français, qui commence cinq minutes plus tard, mais à l'autre bout du pavillon. Le vendredi est une longue journée, où elle a certains de ses cours les plus exigeants et aucune pause à son horaire.

Au détour d'un corridor, elle tombe face à face avec M. Lapré.

M. LAPRÉ : Mia ! Salut !

MIA : Salut !

M. LAPRÉ : Comment ça se passe, tes préparatifs pour le débat ? Te sens-tu prête ?

MIA : Moyen. J'ai une bonne intro, mais je voudrais finir sur un *punch* plus fort.

M. LAPRÉ : Veux-tu que je regarde ça avec toi ?

MIA : Si ça ne vous dérange pas… C'est sûr que ça m'aiderait.

M. LAPRÉ : Ça va me faire plaisir. À mon bureau à 16 h ?

MIA : Parfait !

Quelques heures plus tard, Mia est lessivée. Son cours de français a été particulièrement ardu ; sa prof l'a mise sur la sellette plus souvent qu'à son tour. Elle a dû défendre ses idées devant toute la classe et elle n'est pas sûre d'avoir l'énergie de refaire la même chose devant M. Lapré, surtout qu'elle le sait intransigeant avec les arguments mous. Mais c'est une chance unique d'avoir une personne avec autant d'expérience en politique pour lui donner un coup de main et elle ne veut pas passer à côté de cette occasion.

Elle passe au distributeur se prendre un café, espérant qu'une dose de caféine l'aidera à tenir le coup, puis elle se présente au bureau de M. Lapré à 16 h, comme prévu.

Sur la porte grande ouverte, une affiche proclame : « Le professeur a réussi au moment où son élève devient original – Lane Cooper ».

Mia passe la tête dans l'embrasure. Elle découvre M. Lapré en grande conversation avec un étudiant, assis au milieu d'un capharnaüm digne d'un film d'Harry Potter. Il y a des piles de vieux livres qui menacent de s'écrouler, des tonnes et des tonnes de papiers, des bibliothèques en bois qui débordent et même une écritoire antique. Mia ne serait pas surprise de voir une chouette dans sa cage perchée au sommet d'une pile de papier.

Elle attend quelques minutes dans le corridor, jusqu'à ce que l'étudiant sorte en lançant un retentissant « Merci, M. Lapré ! » Il salue Mia d'un signe de tête et s'éloigne. M. Lapré sort à son tour.

M. LAPRÉ : Ah, Mia, tu tombes bien. Entre.

Mia le suit, surprise de son commentaire : ne l'avait-il pas invitée à son bureau précisément à cette heure-là ?

M. LAPRÉ : Installe-toi où tu veux.

Mia prend place sur une chaise branlante et sort son *laptop*.

M. LAPRÉ : Veux-tu me dire où tu en es ?

MIA : J'ai préparé mon texte d'introduction de trois minutes. J'ai décidé de d'abord mettre l'accent sur les éléments positifs que je suggère : plus d'inclusion, plus de collaboration, plus de consultations étudiantes. Ensuite, j'enchaîne avec ce que je veux abolir : les activités qui mènent à des beuveries et celles qui perpétuent des stéréotypes contre les groupes minoritaires. Mais là mon problème, c'est que je ne sais pas comment finir sur une note positive et forte qui va donner envie aux gens de voter pour moi.

M. LAPRÉ : C'est quoi, en ce moment, ta dernière phrase ?

Mia se penche sur son écran d'ordinateur.

MIA : Euh... Ma dernière phrase, c'est « En conclusion, votez pour Mia Gendron. »

M. LAPRÉ : Au moins ça rime.

C'est dit sérieusement, mais Mia a la ferme impression qu'il se moque d'elle. Elle se tortille sur sa chaise.

MIA : Ben, c'est sûr que c'est nul, mais c'est pour ça que je suis ici !

M. LAPRÉ : Mia, tu as la plus grande des intelligences, celle de connaître tes points faibles.

MIA : Merci...

M. LAPRÉ : Qui a dit : « Le problème, c'est que les gens intelligents sont remplis de doutes alors que les imbéciles sont remplis de certitudes » ?

MIA : Euh...

M. LAPRÉ : Bertrand Russell. Un grand philosophe britannique. Prix Nobel de littérature.

MIA : ...

M. LAPRÉ : Continue de douter, Mia. Le doute est la base de toute démarche intelligente.

Mia est charmée. Elle est arrivée au cégep à la recherche d'exactement ça : un professeur qui la pousserait à aller plus loin, qui stimulerait son immense envie de se dépasser, de faire une différence. Elle se demande ce qui a mené M. Lapré de la politique, où il avait un impact direct, à l'enseignement. Elle décide de lui poser la question. Elle est peut-être indiscrète, mais elle se sent en confiance avec lui.

MIA : Est-ce que je peux vous poser une question personnelle ?

M. LAPRÉ : Tout, sauf mon signe astrologique.

MIA : Parce que c'est trop personnel ?

M. LAPRÉ : Parce que je ne le connais pas !

MIA : Vous ne connaissez pas votre signe astrologique ?

À ce moment, le téléphone de M. Lapré vibre. Il jette un coup d'œil à l'alerte sur l'écran.

M. LAPRÉ : Ah, merde. Parfois j'aurais besoin d'un calendrier à la place du cerveau.

Mia le regarde d'un air interloqué.

M. LAPRÉ : Le réparateur Bell est censé passer chez moi entre 16 h et 21 h. Il faut que j'y aille. Est-ce qu'on peut continuer ça lundi ?

MIA (hésitante) : Oui, oui…

M. LAPRÉ : Tu n'as pas l'air sûre.

MIA : C'est parce que lundi matin, on fait une répétition de débat avec les autres, et j'aurais aimé apprendre mon texte par cœur ce week-end. Mais ce n'est pas grave, je comprends. Je vais me débrouiller.

M. LAPRÉ : Écoute… Ce n'est pas dans mes habitudes, parce que je ne veux surtout pas créer de confusion, mais si tu veux venir travailler chez moi… On ne sera pas tous seuls, on sera avec le réparateur Bell… S'il se présente… C'est n'importe quoi d'obliger les gens à poireauter cinq heures chez eux. Mais il y a un documentaire sur Historia ce week-end que… Enfin c'est comme tu veux, mais moi il faut que j'y aille.

MIA : Ben…

M. LAPRÉ : J'habite à côté, à trois coins de rue. Je te l'offre, mais ne te sens vraiment pas obligée.

MIA : Non, OK, je vais venir. J'ai vraiment besoin de retravailler ma conclusion.

M. LAPRÉ (avec un sourire taquin) : Pourquoi pas : « Soyez au diapason, avec Mia Gendron » ?

MIA : Ou alors : « Gagnez vos élections, avec Mia Gendron ! »

M. LAPRÉ (en riant) : Il faut que t'admettes que c'est un bon concept. Tu pourrais faire tout ton discours en alexandrins, avec une rime unique !

MIA (morte de rire) : Ça serait génial ! Imaginez la tête de Jimena ! Ou celle de Xavier !

M. LAPRÉ : Je paierais pour voir ça. Écoute, Mia… Tu peux me tutoyer. Et m'appeler Guillaume. Sinon la soirée risque d'être longue.

#30

Béatrice baisse la fenêtre, contente de sentir l'air frais de ce début d'octobre sur sa peau. Aux premiers accords de *Under The Bridge* des Red Hot Chili Peppers, elle monte le son et sourit à Sébastien.

BÉATRICE : C'est tellement mille fois plus chouette d'être en voiture avec toi plutôt qu'en autobus ! Et j'adore ta *playlist.*

Sébastien lui sourit.

BÉATRICE : C'est notre premier petit voyage ensemble. On n'était jamais allés nulle part, hein ?

SÉBASTIEN : Jamais. C'est vrai que c'est cool.

BÉATRICE : On pourrait aller quelque part un jour…

SÉBASTIEN : Tu penses à quoi ?

BÉATRICE : Je ne sais pas… Québec, peut-être ?

SÉBASTIEN : Je pensais plus à New York.

BÉATRICE : C'est vrai que ça serait trop génial !

SÉBASTIEN : Il y a un voyage organisé par le cégep dans deux semaines. Est-ce que ça te tente ?

BÉATRICE : Ça serait vraiment cool.

SÉBASTIEN : Ils viennent d'ouvrir les inscriptions ce matin. Et normalement les places partent vite.

BÉATRICE : OK, je vais en parler à mes parents.

SÉBASTIEN : Je suis allé l'an passé. On s'était vraiment amusés. Astrid nous avait fait faire des fausses cartes de vingt et un ans. Sinon, les autres du cégep, ils pouvaient sortir dans les clubs, mais avec un gros bracelet néon pour pas qu'on leur serve d'alcool !

BÉATRICE : Bon, ce n'est peut-être pas cet aspect-là du voyage que je mettrai en avant devant mes parents. Vous n'avez pas fait des visites culturelles ?

SÉBASTIEN : Sincèrement, non. Ah, on est allés voir un super bon groupe de jazz dans le Village. Ça compte comme étant culturel ?

BÉATRICE : Je pensais plus au Met. C'est un des musées les plus célèbres du monde.

SÉBASTIEN : L'an passé, on n'y est pas allés, mais je sens que si on va à New York ensemble je risque de m'y retrouver.

BÉATRICE : Ça te tenterait ?

SÉBASTIEN : Avec toi, oui. J'aime ça te voir tout émerveillée.

Béatrice sourit tellement qu'elle en a mal aux joues.

BÉATRICE : Commençons par nous assurer que ce week-end se passe bien. Sinon…

SÉBASTIEN : Ne t'inquiète pas. Ta mère a dû avoir le temps de s'habituer à l'idée. Je suis sûr que c'est juste une formalité.

BÉATRICE : Peut-être. De toute façon, c'est sûr qu'ils vont t'aimer ! Puis je suis contente de pouvoir te montrer où j'ai grandi…

La voiture de Sébastien se gare devant la maison des parents de Béatrice. Deux chiens accourent en aboyant. Sébastien sort du véhicule en riant, tentant de repousser les ardeurs d'un labrador noir trop entreprenant.

BÉATRICE : Celui-là, c'est Zig. Il est plutôt affectueux.

SÉBASTIEN : Et laisse-moi deviner. L'autre c'est Zag ?

BÉATRICE : Quand même pas ! Non, elle s'appelle Mana.

SÉBASTIEN : C'est quelle sorte de chien ? Elle est super belle. Toute blanche.

BÉATRICE : C'est un berger blanc suisse. Une race de chiens cousine du berger allemand.

SÉBASTIEN : Je n'en ai jamais vu.

BÉATRICE : Ils sont assez rares au Québec. C'est mon père qui est passionné de chiens. Il a fait des recherches longtemps avant de la trouver.

La mère de Béatrice, attirée par les aboiements des chiens, sort de la grange et vient les accueillir. Elle embrasse sa fille puis fait la bise à Sébastien.

SÉBASTIEN : Bonjour, Mme Lefebvre.

LA MÈRE DE BÉATRICE : Tu peux m'appeler Sophie. Entrez, entrez !

Sébastien sort leurs sacs du coffre et les pose dans l'entrée. La mère de Béatrice semble apprécier ce geste galant.

SÉBASTIEN (en lui tendant une boîte de carton blanc) : Ma mère vous envoie des pâtisseries de chez Mamie Clafoutis.

SOPHIE : C'est gentil. Tu la remercieras de ma part. Martin ! Ils sont arrivés !

Le père de Béatrice sort de la cuisine. Il porte un tablier recouvert de farine et tient un verre de vin rouge à la main.

MARTIN : Hé ! La grande visite ! Contente de te voir, ma puce. Et vous aussi, jeune homme.

Sébastien lui serre la main. La présence et la bonne humeur de son père rassurent Béatrice. Elle sait qu'elle pourra compter sur lui si les choses deviennent houleuses avec sa mère.

SOPHIE : On ne mange pas avant 19 h. Vous avez le temps de vous installer.

BÉATRICE (se tournant vers Sébastien) : Tu viens ? Je vais te faire visiter avant qu'il fasse noir. (S'adressant à sa mère) Est-ce qu'on a le temps de monter à cheval ?

SOPHIE : Comète est prêt, mais pas Astro. Vous feriez mieux d'attendre demain.

Béatrice entraîne Sébastien dehors. Elle a envie de tout lui faire découvrir et ne sait pas par où commencer. Elle décide de se diriger vers la grange qui est toute proche. Béatrice ouvre les grands battants de bois et l'invite à entrer.

BÉATRICE : C'est la grange à foin.

SÉBASTIEN : Pour nourrir les vaches ?

BÉATRICE : Non, non, pour les vaches c'est des silos bien plus grands qu'ici. La grange, c'est juste pour ce dont on a besoin autour de la maison. Et pour jouer, quand on était petites. On l'appelait la grange de Tarzan. Mon père avait installé des cordes partout pour qu'on puisse sauter dans le foin.

SÉBASTIEN : Est-ce que les cordes sont encore là ?

BÉATRICE : Je pense que oui ! Grimpe ici, on va voir.

Sébastien la suit au sommet d'une échelle branlante. En haut, une plateforme surélevée surplombe la grange. Béatrice fouille dans le foin et trouve une vieille corde pleine de gros nœuds. Elle l'attache à une grosse poutre de bois près du plafond.

BÉATRICE : Veux-tu que j'y aille en premier pour te montrer où tomber ?

SÉBASTIEN (en faisant semblant de bomber le torse) : Peuh ! Tu penses que je n'en suis pas capable ? Regarde-moi bien !

Et il s'élance, poussant un cri de Tarzan, monte vers le plafond, puis se laisse tomber dans une pile de foin. Béatrice rit aux éclats puis s'inquiète en ne le voyant pas tout de suite remonter.

BÉATRICE : Sébastien ?

Elle s'élance rapidement à sa suite, prenant bien soin de ne pas tomber au même endroit que lui.

Elle écarte le foin de son visage quand elle sent une main qui lui saisit la cheville. Elle a à peine le temps de crier qu'une bouche trouve la sienne.

BÉATRICE : Tu te cachais, c'est ça ? Espèce de… !

Elle lui lance une poignée de paille au visage. Ils se chamaillent un instant mais recommencent vite à s'embrasser, corps contre corps dans le foin. Béatrice se relève précipitamment quand elle entend un bruit de pas…

JASMINE : Vous êtes là, les amoureux ! Vraiment, pour deux personnes en probation, je trouve que vous prenez pas mal de risques. Imaginez si c'était maman qui vous avait surpris à *frencher* à qui mieux mieux dans une botte de foin !

BÉATRICE (en s'assoyant) : Sébastien, je te présente ma sœur Jasmine. Toujours si agréable !

SÉBASTIEN (en émergeant à son tour) : Salut !

JASMINE : Maman vient par ici. Donc, si j'étais vous, je continuerais ma visite ailleurs.

Elle se retourne et sort.

BÉATRICE (en criant vers la porte restée ouverte) : Merci, Jas !

Béatrice et Sébastien s'ébrouent comme deux chiens sortis de l'eau et se frottent les bras et les jambes pour tenter d'en faire tomber les brindilles de paille qui se sont accrochées partout.

Ils sortent de la grange, à peu près présentables, au moment où la mère de Béatrice arrive.

SOPHIE : Ne me dites pas que vous avez essayé les cordes de Tarzan ? Ça a dû s'abîmer avec le temps. Je ne suis pas sûre que ce soit assez solide pour vous. Vous auriez pu vous faire mal.

BÉATRICE : Maman ! Il y a une énorme botte de foin dans laquelle on tombe ! On pourrait sauter sans corde et on ne risquerait rien !

SOPHIE (en riant) : Tu as raison. Mère poule un jour, mère poule toujours. C'est Martin qui m'envoie vous demander si Sébastien a des allergies ou des intolérances alimentaires.

SÉBASTIEN : Pas du tout. Je mange de tout !

SOPHIE : Ça, ça va faire plaisir à mon mari. Un vrai gourmet !

SÉBASTIEN (se tournant vers Béatrice) : Toi, Béa, est-ce qu'il y a des choses que tu ne manges pas en ce moment à cause de ta…

Béatrice fait les gros yeux à Sébastien. Il s'interrompt tout de suite.

SOPHIE : Ne me dis pas que tu fais un régime, ma belle ? Tu le sais que ce n'est pas bon à ton âge.

BÉATRICE : Non, non, pas du tout.

SOPHIE : C'est quoi alors ?

BÉATRICE : Rien, rien… C'est juste qu'avec des amies… on se met au défi de mieux manger pendant trente jours. C'est tout.

SOPHIE : Je n'aime pas ça, ces histoires-là. Les restrictions alimentaires, surtout en groupe, ça peut facilement mener à l'anorexie ou à la boulimie. Et les pactes entre ados, ce n'est jamais sain.

BÉATRICE : Maman ! Ce n'est pas un pacte, voyons ! On fait du yoga et on mange mieux. Puis on est suivis par une nutritionniste.

SOPHIE : Ah, j'aime mieux ça. Une nutritionniste accréditée ?

BÉATRICE : Ben, je ne sais pas. Une conseillère en nutrition.

SOPHIE : Béatrice, ça peut être n'importe quoi, ça ! Où tu l'as trouvée ?

BÉATRICE : C'est la mère de mon amie Astrid qui l'a trouvée. Sa mère, c'est Séverine Labelle, elle doit s'y connaître quand même, non ?

SOPHIE : C'est une très belle femme, mais ça n'en fait pas une professionnelle de la santé.

BÉATRICE : Maman, tu t'inquiètes pour rien. Je mange normalement, OK ? Juste moins de cochonneries.

SOPHIE : On va voir. J'espère que tu vas faire honneur à la cuisine de ton père !

BÉATRICE : C'est quoi ?

SOPHIE : Un rosbif.

BÉATRICE (s'adressant à Sébastien) : *Oh my god,* tu vas voir, le rosbif de mon père est tellement bon ! Avec de la purée et de la sauce !

SÉBASTIEN : Ça a l'air bon.

BÉATRICE : On continue notre visite ? À tout à l'heure, maman !

Une fois leur visite terminée, Béatrice installe Sébastien dans la chambre d'amis. Il regarde autour de lui, ne semblant pas impressionné par les meubles de bois ni la couverture cousue par la grand-mère de Béatrice.

SÉBASTIEN : On ne dort pas ensemble ?

BÉATRICE : Ne me dis pas que ça t'étonne ? Ma mère fait un effort, ce soir, mais elle n'est pas encore habituée à l'idée que je vis à Montréal et que j'ai un chum.

SÉBASTIEN : Il me semble que je suis arrivé plus loin que ça dans la vie. En ville, on dort ensemble. Et ta mère le sait.

BÉATRICE : Mais ça fait justement partie du problème ! Écoute, on est juste ici pour deux soirs. Ce n'est pas la fin du monde, quand même.

SÉBASTIEN (en l'enlaçant) : Je ne sais pas... Quand je te vois aussi belle, en train de te promener dans les champs... Quand je vais te voir à cheval demain... Comme une Amazone... Ce n'est pas sûr que je vais pouvoir me retenir.

BÉATRICE (en riant) : Arrête ! Pas de folies. On est en probation, tu te souviens ?

SÉBASTIEN (en l'embrassant dans le cou) : Je suis capable d'être très, très discret...

Béatrice est sur le point de se laisser aller quand elle entend une porte qui claque dans le corridor. Elle revient à elle et s'éloigne de Sébastien d'un bon mètre.

Quelques instants plus tard, la mère de Béatrice passe la tête dans l'embrasure.

SOPHIE : Tu as tout ce qu'il te faut, Sébastien ?

SÉBASTIEN : Oui, merci. Je vais prendre une douche avant le repas, si ça ne vous dérange pas. J'ai l'impression d'avoir traîné le champ à l'intérieur avec moi !

BÉATRICE : Je vais te montrer où c'est.

Sébastien se présente à table fraîchement rasé et vêtu d'une chemise bleu pâle. Le cœur de Béatrice se serre en le voyant. Elle n'arrive pas à croire qu'il est ici, chez ses parents, à table, comme si de rien n'était ! Cela lui semble officialiser son couple plus que toutes les déclarations d'amour du monde.

Martin pose sur la table un plat de rosbif coupé finement. Sophie invite tout le monde à se servir. Puis elle se tourne vers Jasmine et sursaute.

SOPHIE : Jasmine Lefebvre ! Enlève tes écouteurs immédiatement !

JASMINE : Ben quoi ! J'écoute de la musique.

SOPHIE : On n'écoute pas de musique à table, voyons ! Qu'est-ce que Sébastien va penser ?

JASMINE : Ça ne me tente vraiment pas d'entendre ces deux-là roucouler ni toi qui leur fais un interrogatoire en règle.

SOPHIE : Si ça ne te tente pas de nous entendre, tu peux aller dans ta chambre.

JASMINE (d'un ton rageur) : Parfait !

Elle se lève en faisant tomber sa chaise en arrière et saisit son assiette. Dans ce bruit fracassant, on entend sa mère crier.

SOPHIE : Jasmine ! Tu rapportes ton assiette ici immédiatement ! Si tu quittes la table, tu n'auras qu'un bol de céréales pour ton dîner.

Jasmine revient avec son assiette, qu'elle fait tomber sur la table. De la sauce s'en échappe et tache la nappe blanche. Puis, en marchant aussi fort que possible, elle se dirige vers les escaliers. On entend ses pas rageurs qui passent au-dessus de la salle à manger et font vibrer le vieux chandelier.

Béatrice a envie de rentrer sous terre. Son premier repas avec Sébastien et ses parents, et il a fallu que sa sœur pique une crise d'enfant gâtée ! Elle s'inquiète de ce que Sébastien va penser, c'est sûr, mais surtout de la mauvaise humeur que cet épisode aura certainement fait naître chez sa mère. Maudite Jasmine ! Il faut toujours qu'elle crée des drames et qu'elle se donne de l'importance. Elle aurait pu rester discrète, laisser Béatrice avoir sa soirée, mais non ! Il a fallu qu'elle foute le bordel et fâche tout le monde.

Si Béatrice pouvait revenir en arrière, elle demanderait à sa mère d'encourager Jasmine à aller passer le week-end chez une amie, pour qu'ils puissent être seuls tous les quatre. Elle était fière de recevoir son chum à dîner, de se sentir presque l'égale de ses parents : deux couples qui mangent ensemble. Mais voilà que Jasmine a tout gâché.

Sébastien lui adresse un petit sourire, qui se veut encourageant. Martin, lui, décide d'enterrer l'événement désagréable sous une jovialité à toute épreuve.

MARTIN : Bon ! On va manger un bon repas ce soir, vous m'en donnerez des nouvelles. Toi, le grand sportif, tu dois avoir bon appétit. Passe-moi ton assiette, bonhomme. Je vais te remplir ça. Préfères-tu saignant ou bien cuit ?

SÉBASTIEN : Saignant, s'il vous plaît.

MARTIN : Goûte-moi ça ! Tiens. Quatre belles tranches. Elles sont ultra fines, il n'y a presque rien là-dedans. Je vais te resservir dans pas longtemps, tu vas voir. Puis de la bonne purée de pommes de terre. Veux-tu que je te dise pourquoi elle est aussi bonne, ma purée ? C'est la recette de ma mère. Je mets du beurre et de la crème, bien sûr, mais après, et c'est là le truc, je la brasse au fouet électrique ! Ça la rend toute lisse. Et mes brocolis, je les fais rôtir au four, ça ajoute du croustillant dans l'assiette. Maintenant, pour la pièce de résistance : ma sauce brune. Ça, je ne peux pas te donner la recette, c'est un secret de famille. Un vrai ! Elle est tellement bonne que tu vas comprendre pourquoi. T'en veux juste sur ta viande ou partout ?

SÉBASTIEN : Euh, partout, s'il vous plaît.

MARTIN : Super ! Un bon mangeur, j'aime ça. Tu sais que Béatrice m'a fait préparer mon rosbif juste pour toi ? Ça doit vouloir dire que t'es spécial, ça. Chez les Lefebvre, on ne sert pas notre rosbif à n'importe qui. Allez ! Bon appétit !

Béatrice, reconnaissante, sourit discrètement à son père en entamant son assiette. À la première bouchée, elle retrouve toutes les saveurs de son enfance. Elle ose un regard vers sa mère, qui a l'air plus détendue. De toute évidence, le long laïus de son père lui a donné le temps de décompresser. Béatrice se demande, pour la énième fois, comment elle aurait survécu dans cette famille sans son père.

MARTIN : Jeune homme, maintenant qu'on s'est un peu rempli la panse, j'aimerais que tu me parles un peu de ton équipe de hockey. Vous êtes dans quelle division ?

SÉBASTIEN : On joue dans la ligue collégiale, division A.

MARTIN : Et êtes-vous bons ?

SÉBASTIEN : On se débrouille. On a des problèmes avec l'attaque à cinq.

MARTIN : L'attaque à cinq ! C'était ma spécialité ! J'étais à la pointe.

BÉATRICE : Mon père joue encore deux fois par semaine.

MARTIN : Dans une ligue de garage ! Rien à voir avec ce que je faisais avant.

SOPHIE (sortant de son mutisme pour se joindre à la conversation) : Arrête, il y a plein d'anciens du junior majeur dans ta ligue ! Vous êtes aussi compétitifs qu'il y a vingt ans. (Se tournant vers Sébastien :) Je n'arrête pas de lui dire qu'il va se blesser.

MARTIN : Me blesser ? Tu me prends pour un vieillard ou quoi ?

SOPHIE : Je te prends pour un bel homme fort de quarante-six ans qui a une ferme à diriger et qui ne peut pas se permettre de se casser une jambe.

MARTIN : Et j'ai une belle femme forte capable de diriger la ferme pour moi si jamais ça arrive.

Béatrice sourit en entendant ses parents se taquiner affectueusement. Elle a toujours admiré leur complicité. Sébastien fait un petit clin d'œil à Béatrice puis serre légèrement sa cuisse sous la table. Elle a des frissons qui lui parcourent la jambe et sa cuisse est chaude à l'endroit où il l'a touchée. Elle se sent rougir et espère que ses parents n'auront rien remarqué.

#31

Ce vendredi matin-là, Emma se présente au cégep à 7 h 30. Elle ne s'est pas levée aussi tôt depuis... Elle ne se souvient pas depuis quand. Elle a pris le temps de se laver les cheveux, de se coiffer, de se maquiller, d'arrêter chez Starbucks commander un café géant, et elle arrive quand même la première ou presque au local du journal étudiant.

Elle n'a même pas eu besoin de l'alarme de son téléphone; elle s'est réveillée quelques minutes avant la sonnerie, le cœur battant à la pensée de cette première rencontre éditoriale (avec Théo !), de cette première bière d'équipe (avec Théo !) et de sa soirée de jeux chez Nathan (avec Théo !).

Quand Emma s'installe dans le local du journal étudiant avec son café, il n'y a que Sara, la rédactrice en chef, qui est plongée dans l'écran de son *laptop* et la salue à peine. Emma profite de ces quelques instants de répit pour lire les notices accrochées au mur et feuilleter un vieil exemplaire du journal.

Très rapidement, le local se remplit. Toute l'équipe est bientôt là. Théo, entré le dernier, s'assoit en retrait, près de la porte.

Sara, toujours très sérieuse, lance la rencontre sans perdre de temps. Pas de bavardage, pas de banalités, elle entre tout de suite dans le vif du sujet.

Elle demande d'abord aux anciens membres de l'équipe de présenter leur travail. Puis elle invite les nouveaux à faire un tour de table pour se présenter plus en détail que la fois précédente et soumettre une idée d'angle journalistique pour leurs articles. Emma ne savait pas qu'elle aurait à se mouiller ainsi dès la première rencontre, mais elle est prête. Sa tête bouillonne d'idées depuis quelques jours.

Quand c'est au tour de Théo, Emma l'écoute attentivement. Elle le trouve posé, articulé, réfléchi; aussi intelligent qu'il est beau. Elle soupire.

THÉO : Pour ce qui est de mon approche éditoriale, j'aimerais couvrir les événements internationaux qui peuvent avoir un impact sur l'économie.

SARA : Tu penses que ça va intéresser les étudiants du cégep ?

THÉO : Il y en a beaucoup qui s'en vont aux HEC. Ils vont vouloir se tenir au courant.

SARA : Pourquoi ils ne le feraient pas en lisant *La Presse* ou le *New York Times* ? Ici, au *Graffiti*, on recherche toujours une perspective étudiante. C'est ça qui fait notre spécificité. Sinon, on n'aurait pas de raison d'être.

THÉO : C'est justement ce que je propose et qui ne se retrouve pas ailleurs. La perspective d'un jeune sur les événements internationaux. C'est notre avenir à nous qui se décide et c'est important qu'on se forge un point de vue. Mon angle serait toujours d'évaluer comment ce qui se passe va influencer les générations futures.

Un étudiant de deuxième année prend la parole.

FÉLIX : T'as tellement raison, *man* ! C'est ce que je dis toujours à Sara. On peut parler de tout, parce qu'on en parle de notre point de vue à nous.

Théo lui adresse un sourire reconnaissant.

SARA : Ce n'est pas que je ne suis pas d'accord… Je veux juste qu'on soit distinctifs. Mais je suis prête à essayer. Puis on verra après ton premier article, Théo.

Celui-ci se renfonce dans son siège, visiblement fier d'avoir convaincu Sara. Emma se souhaite autant de chance quand ça sera son tour. Justement, Sara l'interpelle.

SARA : Emma, à toi.

Emma se racle la gorge, puis se lance. Elle se présente, parlant brièvement de son parcours. Puis, un peu gênée, elle expose ses idées pour le contenu du journal.

EMMA : Moi, en fait, c'est un peu différent de ce qu'on a entendu jusqu'à maintenant… Je voudrais être plus proche du quotidien des étudiants. Me plonger dans leur point de vue ! Et apporter un peu d'humour, aussi…

SARA : Tu pensais à quoi ?

EMMA : J'ai deux idées. La première, c'est de faire un genre de courrier du cœur. Mais humoristique. Au début, j'inventerais les questions, mais après j'espère que les gens nous en enverraient.

SARA : Tu veux dire des questions, genre, mon chum m'ignore depuis trois jours, est-ce que ça veut dire qu'il me trompe ?

EMMA : Peut-être, mais surtout des questions sur des situations propres au cégep. Par exemple, mon prof marmonne, je ne comprends rien, qu'est-ce que je fais ? Ou alors, on est une gang de cinq amis, mais les tables de la cafétéria ont quatre chaises, et j'arrive toujours la dernière, qu'est-ce que je fais? Tout ça avec humour, bien sûr. On pourra s'ajuster selon ce que les gens envoient!

SARA: OK... Laisse-moi y penser. Et ta deuxième idée, c'est quoi?

EMMA: Ben... J'aimerais inventer une chronique du point de vue d'un personnage fictif qui raconte sa vie au cégep. Ça permettrait d'imaginer plein de situations cocasses. Je pensais écrire entièrement sous la forme de textos ou messages qu'elle envoie à ses amis. J'aime vraiment le style épistolaire.

SARA: Ta chronique sous forme de textos, j'aime ça. Pour le courrier du cœur, je trouve ça intéressant, mais je voudrais voir tes premières lettres et tes premières réponses avant de décider.

EMMA: OK, merci!

Tout heureuse, Emma ne peut s'empêcher de jeter un regard vers Théo pour voir si celui-ci admire son succès. Il est malheureusement penché sur l'écran de son téléphone. Dépitée, Emma se retourne vers Sara, quand elle sent son téléphone vibrer dans sa main. Elle le regarde discrètement.

« »

Ce message de Théo équivaut à tous les applaudissements du monde.

#32

Mia a l'impression d'avoir passé la soirée à rire. À rire aux larmes, par moments. Elle qui a toujours été plutôt du genre pince-sans-rire, elle aime tant le son du rire de Guillaume, si généreux, qu'elle ferait les pires pitreries pour l'entendre encore.

Ce prof si brillant, si génial, qui a vécu dans les hautes sphères du pouvoir, et qui est pendu à ses lèvres, qui s'intéresse à chacune de ses pensées, qui admire chacun de ses arguments, cela a l'effet chez Mia d'une poussée d'adrénaline et elle ne s'est jamais sentie autant au sommet de sa forme.

Elle est à l'aise avec lui dans le capharnaüm de son appartement, plus qu'elle ne l'aurait cru possible avec quelqu'un qui est plus vieux qu'elle. Mais elle a presque dix-huit ans et elle se dit que c'est normal, à l'âge adulte, que les différences s'estompent.

Guillaume lui a servi une bière, juste une, et a réchauffé un restant de curry indien aux lentilles qui traînait dans son frigo.

MIA (penchée sur son ordi) : Donc ma conclusion semble mieux fonctionner ?

GUILLAUME : Relis-la, pour voir ?

MIA : Choisissez une candidate qui a à cœur votre avenir, l'avenir de la planète, et l'avenir de notre communauté. Parce que l'avenir, c'est maintenant.

GUILLAUME : C'est bon ! Il y a juste une petite affaire qui me dérange…

MIA (inquiète) : C'est quoi ?

GUILLAUME : Ça ne rime même pas !

Mia éclate de rire à nouveau. Ce n'est pas si drôle, elle le sait, mais ça lui plaît qu'ils aient une blague qui n'appartienne qu'à eux.

Elle referme son ordinateur avec la satisfaction du travail accompli. Son regard se pose sur l'imposante bibliothèque de Guillaume, qui couvre tout un mur du salon.

GUILLAUME (en suivant son regard) : Aimes-tu lire ?

MIA : Oui, mais je ne lis pas assez.

GUILLAUME : Qu'est-ce que tu aimes ?

MIA : De tout. J'aime qu'une histoire m'accroche sur le plan humain.

Il se lève et prend un livre de poche élimé. Il le tend à Mia.

GUILLAUME : As-tu lu ça ?

Mia lit le titre : *L'amie prodigieuse.* Le livre est signé Elena Ferrante.

MIA : C'est bon ?

GUILLAUME : C'est exceptionnel. Le livre est traduit de l'italien. La série est publiée en quatre tomes qui suivent deux grandes amies de l'enfance jusqu'au vieil âge. C'est un regard percutant sur la condition féminine en Europe au siècle dernier.

MIA : Merci pour la suggestion. Je vais essayer de le trouver.

GUILLAUME : Emprunte celui-là, voyons ! Assure-toi juste de me le rendre quand tu l'auras fini. J'aime relire mes livres.

Mia accepte avec plaisir. Puis, elle jette un regard vers son téléphone.

MIA : *My god,* il est déjà 21 h 30 ! Et le type de Bell n'est toujours pas passé. Dommage pour le documentaire.

GUILLAUME : Je demanderai à quelqu'un de me l'enregistrer.

MIA : C'est quoi ?

GUILLAUME : Un documentaire sur les premières années d'Hitler. C'est mon dada, en ce moment. La montée du nationalisme et comment des mouvements extrémistes peuvent obtenir un pouvoir absolu de façon insidieuse. Parce qu'eux ne respectent pas les mêmes règles que les autres !

MIA : Ça donne froid dans le dos. Je vais essayer de le regarder !

GUILLAUME : Tu me diras ce que tu en as pensé.

MIA : En tout cas, merci beaucoup pour ton aide. J'y serais jamais arrivée sans toi.

GUILLAUME : Ça me fait plaisir ! N'importe quand.

MIA : Et merci pour le livre !

Mia se lève et range son ordinateur dans son sac. Elle dit au revoir à Guillaume et sort dans la nuit froide. Elle serre sa veste en jean autour d'elle, regrettant de ne pas avoir pris son foulard ce matin-là.

L'appartement est vide et sombre quand elle y entre, mais elle a encore un sourire indélébile sur le visage.

#33

Emma entre au McFarlane's, un pub irlandais qui se trouve à quelques coins de rue du cégep et dont le barman est réputé pour ne pas vérifier l'identité des étudiants qui font tinter sa caisse enregistreuse de façon trop régulière pour qu'il pose des questions.

Dans le fond du bar, autour d'une grande table, elle aperçoit Félix et Théo. Elle les salue et s'assoit, prenant bien soin de ne pas choisir la chaise libre à côté de Théo. Elle ne voudrait pas qu'il s'imagine des choses.

Ils sont en pleine conversation au sujet du virage numérique entrepris par *La Presse*.

THÉO : Moi, je trouve ça super réussi. Je la lis tous les matins en mangeant.

FÉLIX : Mon père la lit tous les matins ! Moi, je m'informe ailleurs.

EMMA : Où ?

FÉLIX : À gauche et à droite, sur Vice, sur Vox... J'aime beaucoup *Now This*. Je trouve leurs capsules *punchées* et informatives.

THÉO : Voyons donc, c'est du vide ! Il y a une apparence de contenu, mais aucune profondeur. Dans *La Presse+*, au moins...

FÉLIX : *La Presse+*, ça aurait beau être le meilleur journal au monde que je ne le lirais jamais.

THÉO : Pourquoi ?

FÉLIX : Par principe.

EMMA : Quel principe ?

FÉLIX : De un, c'est ultra élitiste. Si tu n'as pas d'iPad, bye bye.

THÉO : Ils font une version Android.

FÉLIX : Ça coûte quand même cher une tablette Android. Et de deux, ils ont complètement mais complètement raté le concept de mobilité : pourquoi l'app est juste sur tablette et pas sur téléphone ? Il n'y a personne qui se promène avec sa tablette !

EMMA : C'est vrai.

FÉLIX : Non, moi je pense que le modèle numérique des médias est encore à inventer.

THÉO : Et c'est toi qui vas t'en charger ?

FÉLIX : J'aimerais bien.

SARA (en se joignant à eux, munie d'un pichet de bière) : T'aimerais bien quoi ?

FÉLIX : Réinventer le modèle d'affaires des médias à l'ère du numérique.

SARA : Euh, ce n'est pas pour te faire de la peine, mais même Jeff Bezos est là-dessus.

Emma est gênée d'avouer qu'elle ne sait pas qui c'est. Théo semble lire la question dans ses yeux puisqu'il lui dit : « Le gars qui a lancé Amazon. Il a acheté le *Washington Post* ». Emma le remercie d'un sourire.

La conversation roule bon train pendant une heure. D'autres étudiants membres du comité se joignent à eux. Vers 18 h, Théo se tourne vers Emma.

THÉO : Il faudrait penser à y aller. Nathan nous attend pour commander la pizza.

EMMA (en se levant et en prenant son sac) : OK, pas de problème.

FÉLIX (s'adressant à Théo) : Attends, êtes-vous ensemble, vous deux ?

THÉO : Non, non.

EMMA (se sentant obligée d'expliquer) : On a des amis en commun.

FÉLIX : Tant mieux !

Il adresse un clin d'œil à Emma en prononçant ces derniers mots. Celle-ci n'est pas sûre de comprendre. Tant mieux qu'ils ne soient pas ensemble ou tant mieux qu'ils aient des amis en commun ? Emma n'ose pas lui demander de clarifier. Elle remercie Sara d'avoir organisé la rencontre et elle sort à la suite de Théo.

Dehors, Théo s'arrête pour enfiler son blouson de cuir.

THÉO : Il fait froid tout à coup !

Puis, remarquant qu'Emma frissonne dans sa veste en jean :

THÉO : Tu vas tenir le coup habillée comme ça ? C'est au moins à vingt minutes de marche.

EMMA : Ben…

THÉO : Si tu veux passer prendre un manteau, ça ne me dérange pas.

Emma sait que Théo sait qu'elle habite à cinq minutes de là. Elle sait qu'il le sait parce que jusqu'à il n'y a pas longtemps, ils passaient de longues et confortables soirées ensemble chez elle. Bon, pas si confortables, parce qu'Emma avait toujours peur que ses colocs surgissent et les surprennent, mais quand même.

Elle serait trop triste de retourner chez elle avec Théo et de le voir rester poliment dans l'entrée pour l'attendre, comme un étranger, alors que tout récemment il était à son aise chez elle.

EMMA : Je vais tenir le coup. Pourquoi ne prend-on pas un Bixi ? On va arriver plus vite et ça va me réchauffer de pédaler.

THÉO : OK.

Ils pédalent à la queue leu leu sur la piste cyclable du chemin Côte-Sainte-Catherine. Emma admire le grand dos de Théo et ses épaules fortes, qu'on devine sous le blouson de cuir. Elle regarde ses cheveux qui bouclent sur son cou et aimerait y passer la main.

Mais elle constate aussi que Théo est sacrément grand et que pédaler derrière lui, c'est comme pédaler derrière un mur. Elle ne voit pas du tout où elle va. Au feu vert suivant, elle décide donc d'accélérer et dépasse Théo en faisant un bruit de « bip ! bip ! » comme Bip Bip qui dépasse le coyote. Elle entend derrière elle Théo qui éclate de rire et qui accélère pour tenter de la dépasser à son tour.

Emma pédale aussi vite qu'elle le peut pour l'empêcher de la doubler, mais c'est peine perdue et Théo se place aisément devant elle.

EMMA : Hé ! Ce n'est pas juste !

THÉO (en riant) : T'avais qu'à pédaler plus vite.

EMMA : Ça n'avance pas, un Bixi !

THÉO : Ah, tiens, le mien ne semble pas avoir ce problème-là.

EMMA (en riant) : Vantard ! T'as des plus longues jambes, c'est tout ! Et une plus haute tête. Je vois rien, derrière toi !

THÉO : Ah, fallait le dire !

Et il se range à côté d'elle. Emma sourit.

THÉO : Tu trouves ça comment, jusqu'à maintenant, le journal ?

EMMA : Vraiment cool. Les gens ont des conversations intéressantes. Toi ?

THÉO : J'aime ça plus que je ne le pensais. Oups, désolé madame !

Théo se range derrière Emma pour laisser passer une dame qui arrive en sens inverse et qui lui a fait un signe rageur pour l'inciter à s'écarter de son chemin. Puis, il revient se placer à côté d'Emma.

THÉO : Tu trouves le reste de la gang comment ?

EMMA : Ils sont cool. Sara mène bien son monde, je trouve, et Félix a des idées intéressantes.

THÉO : En tout cas, lui a l'air de te trouver intéressante.

EMMA : Dis donc, toi, es-tu…

Emma s'interrompt au milieu de sa phrase.

THÉO : Es-tu quoi ?

EMMA : Ah, je ne sais plus. Faut tourner à gauche ici.

Ils continuent de rouler en silence.

Emma allait lui demander, d'un ton taquin, « Dis donc, toi, es-tu jaloux ? » Mais elle n'a pas voulu créer de malaise entre eux, alors qu'ils commencent à peine à être plus relaxes l'un avec l'autre. Et puis, elle avait trop peur qu'il se mette à rire et déclare : « Moi, jaloux ? Jamais de la vie ! »

Et ça, son petit cœur pas encore recollé ne l'aurait pas supporté.

#34

Après le dessert, Sébastien se lève et entreprend de desservir la table, malgré les molles protestations de Martin. Sophie l'imite et le suit à la cuisine, séparée de la table par un vieux comptoir en chêne massif sur lequel Béatrice a mangé toutes les collations de son enfance et longtemps fait ses devoirs pendant que sa mère préparait le repas. Sébastien ouvre le lave-vaisselle et commence à le remplir.

Sophie sourit à Béatrice. Celle-ci se dit que ça se dessine vraiment bien pour la suite et qu'il est peut-être temps d'aborder subtilement le sujet qui lui tient le plus à cœur au monde – depuis cet après-midi.

BÉATRICE : En tout cas, c'est vraiment cool toutes les activités qu'on a au cégep !

SOPHIE : C'est sympa que vous fassiez la pièce de théâtre tous les deux. Emma, qu'est-ce qu'elle va faire ?

BÉATRICE : Elle est dans l'équipe du journal étudiant.

MARTIN : Intéressant !

BÉATRICE : Oui, mais ce n'est pas seulement les activités au cégep qui sont intéressantes. Il y a aussi des voyages culturels.

SOPHIE (en haussant le sourcil) : Ah bon ?

Béatrice se croise les doigts très fort pour que sa mère réagisse bien.

BÉATRICE : Oui ! Par exemple, bientôt, il y a un voyage à New York.

SOPHIE : Je me souviens, en secondaire, on était allés à New York pour une conférence simulée de l'ONU, c'était tellement bien !

BÉATRICE : Ah oui ? Parce que… J'aimerais vraiment y aller.

SOPHIE : On va en parler, ma chouette. C'est quoi le programme de ce voyage-là ?

BÉATRICE : C'est pour le long week-end de Thanksgiving, du jeudi soir au lundi soir. On dort en autobus à l'aller, donc il nous reste juste trois nuits d'hôtel. Et on partage les chambres à quatre, donc ce n'est pas trop cher.

SOPHIE : Est-ce qu'Emma y va ?

BÉATRICE : Je ne sais pas encore…

SOPHIE : Toi, Sébastien, est-ce que tu y vas ?

SÉBASTIEN : Oui. Je suis allé l'an dernier et j'ai beaucoup aimé ça.

SOPHIE : Et qu'est-ce que vous aviez fait comme activités ?

SÉBASTIEN : Ben… On s'était promenés et on avait découvert la ville.

SOPHIE : Et le soir ?

Béatrice regarde Sébastien avec de gros yeux.

SÉBASTIEN : Il y avait des soirées organisées. Mais tous les étudiants avaient des bracelets spéciaux pour indiquer qu'ils avaient moins de vingt et un ans.

BÉATRICE : On irait visiter le Musée d'art métropolitain, maman ! Tu sais combien je rêve d'y aller !

SOPHIE : Je sais. Mais peut-être pas cette fois-ci. On verra.

BÉATRICE (se tournant vers son père) : Toi, papa, t'en penses quoi ?

MARTIN : Je ne sais pas...

SOPHIE : Je suggère qu'on en reparle une autre fois, OK ?

BÉATRICE : Mais les inscriptions se terminent bientôt...

SOPHIE : Béatrice, si tu me forces à prendre une décision maintenant, la réponse c'est non. Tu n'as pas l'âge pour faire des escapades à New York sans supervision.

BÉATRICE : Voyons donc, maman, le cégep n'organiserait pas ça si ce n'était pas de mon âge ! Plein de filles de mon année y vont !

SOPHIE : On vit dans une société qui fait grandir les enfants beaucoup trop vite. Tu n'as pas à être exposée à tout ça à ton âge.

BÉATRICE : Maman !

SOPHIE : L'année prochaine, quand tu auras dix-huit ans, on verra. Mais pour cette année, c'est non.

Béatrice se tourne vers son père. Celui-ci hausse les épaules, impuissant. Béatrice sait qu'une fois que sa mère a pris une décision, c'est très difficile de la faire changer d'idée. Il faut plutôt la travailler en amont, pendant qu'elle réfléchit encore. Et voilà que, dans son enthousiasme, elle a foncé trop vite. Elle s'en veut de ne pas avoir mieux présenté la chose – surtout si Sébastien y va avec tous leurs amis ! Béatrice trouve ça vraiment cruel de devoir tout le temps tout rater, soit parce qu'elle est chez ses parents, ou parce qu'elle n'obtient pas les mêmes permissions que les autres.

Plus tard, tandis que Béatrice et Sébastien regardent un film dans le salon, Sophie passe les voir pour leur dire bonne nuit. Elle demande à sa fille de mettre le film sur pause et de la suivre à l'étage quelques instants. Quand elles sont seules dans sa chambre, Sophie invite Béatrice à s'asseoir sur son lit.

SOPHIE : Je sais que tu me trouves sévère, ma chouette. Mais je fais ça pour ton bien. Je n'ai pas passé les vingt dernières années à lire des études de psychologie sur l'adolescence pour que ça ne me serve pas à quelque chose dans ma propre famille !

BÉATRICE : La plupart des articles que je vois, moi, ils parlent de l'importance du dialogue, de l'ouverture et de laisser vivre les ados.

SOPHIE : Le dialogue, oui. Laisser vivre, non. Le cerveau adulte termine de se former à vingt-cinq ans seulement. Jusque-là, on n'est pas à même de prendre des décisions complètement réfléchies. Le cerveau des adolescents est conçu pour favoriser la prise de risque. Mon rôle de parent, c'est d'encadrer ces risques-là.

BÉATRICE : Si la nature a décidé qu'on aurait des cerveaux qui veulent prendre des risques, c'est peut-être parce que c'est bon pour nous de prendre des risques ! Sinon on n'aurait pas évolué comme ça !

SOPHIE : Dans la nature, il fallait prendre des risques pour survivre. Ce n'est pas en restant tranquille dans ta grotte que tu allais attraper un mammouth. Dans ce temps-là, l'espérance de vie était de 30 ans. Puis il n'y avait pas d'ecstasy, de conduite en état d'ivresse, ni de voyages de cégep à New York.

BÉATRICE : Ben…

SOPHIE : C'est comme ça, ma puce. Un jour, tu seras mère toi aussi et tu me comprendras.

BÉATRICE : Je serai bien plus cool que toi, en tout cas !

SOPHIE : Ça t'appartient. Mais tu risques d'être surprise. On finit tous bien plus comme nos parents qu'on aurait pu l'imaginer. Mais la bonne nouvelle…

BÉATRICE : Quoi ?

SOPHIE : C'est que ton Sébastien, je l'aime bien. Je le trouve gentil, respectueux et bien élevé. Il t'écoute quand tu parles, il n'essaie pas de t'interrompre et il te regarde avec amour.

BÉATRICE : Oh, je suis tellement contente, maman !

SOPHIE : Ça t'inquiétait ?

BÉATRICE : Je savais que tu allais l'aimer, mais c'est quand même rassurant de savoir que j'avais raison ! Alors pour l'appartement…

SOPHIE : Je maintiens ce que j'ai dit. Je suis prête à te faire confiance. Mais il ne dort pas à l'appartement la semaine, toi tu viens ici tous les week-ends ou presque, je veux des bonnes notes, pas d'entourloupes et je veux rencontrer ses parents.

BÉATRICE : Pas de problème !

SOPHIE : Et pour New York, on verra l'an prochain.

BÉATRICE : Mais Sébastien ne sera même plus au cégep l'an prochain ! C'est notre dernière chance de faire le voyage ensemble !

SOPHIE : T'as dix-sept ans, ma belle. Il te reste le temps de faire bien des choses encore.

#35

Rosalie entraîne Emma à la salle de bains. Elle referme la porte derrière elles et la verrouille.

ROSALIE : Alors ?

EMMA : Alors quoi ?

ROSALIE : Arrête de faire l'innocente. Alors, Théo ?

EMMA : Il ne se passe rien, voyons, je te l'ai assez répété !

ROSALIE : Et je ne t'ai jamais crue. Surtout maintenant que vous faites le journal ensemble, que vous prenez une bière ensemble, que vous arrivez ensemble…

EMMA : Ben…

ROSALIE : Ben quoi ?

EMMA : Ben, on a eu un moment mignon tout à l'heure.

Emma lui raconte l'épisode du Bixi, leur semblant de course et Théo qui a pédalé à côté d'elle pour pouvoir discuter.

ROSALIE : C'est trop mignon ! Ça fait scène de film d'amour.

EMMA : Mais il y a eu un malaise…

ROSALIE : Quel malaise ?

EMMA : Théo a fait une blague comme quoi Félix, un garçon du journal, s'intéresse à moi. J'allais lui demander s'il était jaloux, en le taquinant, mais j'ai stoppé net et j'ai changé de sujet.

ROSALIE : Voyons donc, pourquoi ?

EMMA : Je ne sais pas, pour pas que ça soit malaisant et parce que je ne voulais pas l'entendre dire qu'il n'était pas jaloux.

ROSALIE : Allo, s'il n'était pas jaloux, il ne ferait pas de commentaires comme ça sur un autre gars !

EMMA : Tu penses ?

ROSALIE : C'est sûr ! Mais toi, il faut que tu prennes la balle au bond !

EMMA : Qu'est-ce que tu veux dire ?

ROSALIE : S'il te fait des commentaires comme ça, un peu flirteurs, faut que tu le relances ! Sinon il va être gêné et il va arrêter.

EMMA : Je ne sais pas… C'est moi qui suis gênée. C'est tellement évident que c'est lui qui voulait terminer les choses entre nous.

ROSALIE : Je ne te demande pas de lui déclarer ton amour ! Juste de jouer le jeu, un peu. De faire des blagues, d'être relaxe.

EMMA : Facile à dire !

Emma passe se prendre une bière à la cuisine et s'assoit à la table de la salle à manger. Nathan y a déposé plein de morceaux de papier découpés, prêts pour le jeu des noms. Comme ils sont tous arrivés, il leur fait piocher le nom de leur partenaire de jeu. Il a déjà décrété que les équipes devaient être garçon-fille, pour tirer profit des connaissances de chacun. William pioche le premier et sort le nom de Rosalie. Puis, c'est au tour de Théo. Il retourne le petit bout de papier et on peut y lire : « Emma ». Le cœur de cette dernière se serre. Nathan déclare qu'il sera donc en équipe avec Aïcha et qu'on peut commencer.

Le principe du jeu est simple. Chaque personne écrit dix noms de personnes ou de personnages connus sur des bouts de papier. Tous les bouts de papier sont pliés et mélangés dans un grand bol. Puis, à tout de rôle, chaque personne a trente secondes pour tenter de faire deviner le plus grand nombre possible de noms à son partenaire. Quand il ne reste plus de noms dans le bol, l'équipe qui en a deviné le plus gagne.

Emma se penche sur sa pile. Le défi consiste à choisir des noms assez difficiles pour que les autres équipes aient de la difficulté à les deviner, mais pas trop sinon notre propre partenaire ne pourra pas le faire non plus.

Tous les papiers sont placés dans le bol. C'est William qui commence avec Rosalie. Nathan les chronomètre.

NATHAN : Dans trois, deux, un, *go* !

WILLIAM (parlant très vite) : Le chanteur de Pearl Jam !

ROSALIE : Aucune idée ! Passe !

NATHAN : On n'a pas le droit de passer, William a déjà vu la réponse. Donne-lui des indices, William !

WILLIAM : Aarg ! OK, il a le même prénom que… Merde, je connais personne qui s'appelle comme ça ! Ah, oui, OK, le vampire dans Twilight !

ROSALIE : Edward !

WILLIAM : Son surnom !

ROSALIE : Euh… Ed ?

WILLIAM : Non ! Un surnom plus long ! Qui rime avec…

NATHAN : Pas le droit de rimes !

WILLIAM : Arg !

NATHAN : Fini !

William rejette le papier dans le bol, dégouté. C'est au tour de Théo et d'Emma.

NATHAN : Dans trois, deux, un, *go* !

Théo déplie le premier bout de papier. Il esquisse un sourire en coin.

THÉO (parlant très vite) : C'est le fondateur d'Amazon qui a racheté le *Washing*...

EMMA (l'interrompant et parlant tout aussi vite) : Jeff Bezos !

THÉO : Oui !

Il déplie un autre papier à toute vitesse.

THÉO : Je ne sais pas c'est qui, mais c'est le prénom de ma mère !

EMMA : Évelyne !

THÉO : Et le nom de famille ressemble à un bâton sur lequel on met de la viande pour faire un barbecue !

EMMA : Brochette... Évelyne Brochette... Évelyne Brochu !

THÉO : Oui ! OK... C'est le nom du groupe de musique qui chante *Dream On*...

EMMA : Aerosmith !

THÉO : Oui ! Le personnage principal de l'espèce de livre que t'aimes, là, dans l'ancien temps, avec les chevaux...

EMMA : Émilie Bordeleau !

THÉO : Non, le gars !

EMMA : Ovila Pronovost !

THÉO : Oui !

NATHAN : Fini ! Mon Dieu, vous êtes en feu, vous deux !

WILLIAM : Carrément ! Je ne savais pas que vous vous connaissiez aussi bien...

Emma rougit. Théo ne dit rien.

À la fin de la partie, ils sont les vainqueurs et de loin : ils ont à eux deux deviné trente-sept noms, Nathan et Aïcha, quatorze, et William et Rosalie, à peine neuf.

Rosalie, qui est très compétitive de nature, est de mauvaise humeur. Elle ronchonne en buvant sa bière.

NATHAN : Relaxe, Rosalie, c'est un jeu !

ROSALIE : Oui, mais ce n'est pas amusant s'il y a des équipes plus fortes que les autres.

NATHAN : C'est une question de hasard ! On a pioché et on a pris un garçon et une fille dans chaque équipe. Je ne vois pas ce qu'on peut faire de plus pour équilibrer les équipes.

ROSALIE : Si Emma et Théo sont ensemble, ce n'est pas juste.

WILLIAM : Ils ont été bons, mais c'est de la chance.

ROSALIE : Oh non, il n'y a pas de chance là-dedans.

Emma fait les gros yeux à Rosalie.

NATHAN : Qu'est-ce que tu veux dire ?

ROSALIE (toujours grognonne) : Rien… Je ne veux rien dire.

WILLIAM : C'est sûr que tu voulais dire quelque chose.

Théo se racle la gorge et prend la parole.

THÉO : Elle veut dire qu'Emma et moi, on s'est fréquentés au début de l'année.

Nathan et William le regardent, estomaqués. Emma n'en croit pas ses oreilles. Jamais elle n'aurait cru que la vérité sortirait de façon aussi spontanée, sans roulement de tambour.

NATHAN : De quoi tu parles ?

THÉO : Tu sais quand tu me demandais tout le temps pourquoi j'étais si occupé et que je t'avais dit que j'avais une blonde ? Eh bien, c'était Emma.

WILLIAM : Ben voyons ! Pourquoi tu ne nous l'as pas dit ?

THÉO : C'était compliqué.

NATHAN : Et ici ? Vous ne sortez plus ensemble ?

Emma s'empresse de parler la première. La réponse lui ferait trop mal si elle venait de Théo.

EMMA : Non, on ne sort plus ensemble.

NATHAN : Mais pourquoi ?

AÏCHA : Ce n'est peut-être pas nos affaires, les amis ?

NATHAN : Toi, tu le savais ?

AÏCHA : Pas pendant, mais je l'ai appris après.

NATHAN : Mais quand je lui ai présenté la fille, là, de mon cours d'histoire ?

ROSALIE : Ça venait de finir entre eux.

NATHAN : Ils sont sortis combien de temps ensemble ?

EMMA : Allo ? On peut changer de sujet ?

THÉO : Ouais. Et pas besoin de parler de nous comme si on n'était pas là.

Emma sourit à Théo. Elle aime entendre ce « nous » sortir de sa bouche.

#36

Lorsque Béatrice arrive à l'appartement, le dimanche soir, elle trouve Emma et Aïcha confortablement installées dans le salon, en train d'étudier. Emma se lève tout de suite pour l'accueillir et la suit dans sa chambre où elle dépose son sac.

EMMA : Et alors, ça s'est bien passé ?

BÉATRICE : Pas mal ! Sébastien trouvait ça embêtant qu'on ne dorme pas dans la même chambre. Mais en général, je trouve que ça nous a rapprochés de passer le week-end ensemble. Hier, on a fait une promenade à cheval et c'était vraiment romantique.

EMMA : Est-ce qu'il est bon cavalier ?

BÉATRICE : Ben... Il n'est pas mauvais.

EMMA (en riant) : Ça, c'est une fille qui défend l'honneur de son chum ! Avoue qu'il était nul !

BÉATRICE (en riant aussi) : Hé ! C'était la première fois qu'il en faisait.

EMMA : Et avec tes parents ?

BÉATRICE : Sincèrement, ça a été mieux que je pensais. Sébastien est super poli, il débarrasse la table, il a même aidé ma mère à couper des crudités pour le repas de midi ! Et mon père, oublie ça. Il est trop content d'avoir un autre homme dans la maison. Samedi soir, il nous a fait regarder une partie des Canadiens au complet, et la saison n'est même pas commencée !

EMMA : Ta mère est donc rassurée ?

BÉATRICE : Je pense que oui. Moi, je respire mieux, en tout cas. Il me reste quelques conditions à remplir, mais ça commence bien.

EMMA : Je suis tellement soulagée ! J'ai croisé les doigts tout le week-end.

BÉATRICE : Je sais, moi aussi ! La seule chose qui est vraiment nulle, c'est que j'ai essayé de convaincre ma mère de me laisser aller au voyage du cégep à New York avec Sébastien et ça n'a pas marché.

EMMA : C'est nul ! Lui, est-ce qu'il y va quand même ?

BÉATRICE : Je n'avais pas pensé à ça. J'imagine que oui, tous ses amis sont allés l'an passé.

Aïcha passe la tête dans l'embrasure de la porte.

AÏCHA : Je vais y aller, moi, Emma. Mon train passe bientôt.

EMMA : OK, à demain !

AÏCHA : Ciao !

Emma et Béatrice se rendent à la cuisine où elles trouvent Mia en train de se préparer une boîte de macaroni au fromage Kraft.

MIA : J'espère que vous n'avez pas faim parce que c'était la dernière boîte.

BÉATRICE : Ma mère m'a donné une glacière pleine de bouffe ! Qui veut du bœuf bourguignon ?

MIA : Trop génial ! Je mangerai mon macaroni pour le lunch demain.

BÉATRICE : Toi, c'était comment ton week-end ?

MIA : Sympa. Occupé, mais sympa.

BÉATRICE : T'as fait beaucoup de choses ?

MIA : Non, c'était occupé parce que la maison était occupée en permanence.

EMMA : N'exagère pas !

BÉATRICE (s'adressant à Mia) : Qu'est-ce que tu veux dire ?

MIA : Tu n'as pas remarqué qu'Aïcha est ici au moins aussi souvent que nous ? Je suis à la limite de lui réclamer un loyer.

EMMA (en haussant les yeux au plafond) : T'exagères ! Oh mon Dieu que t'exagères !

MIA : Elle est sympa, Aïcha, mais *man* ! Elle est ici sept jours sur sept, elle ne fait jamais la vaisselle, puis la fois qu'elle a vomi toute la nuit dans la salle de bains, ce n'était pas super.

EMMA : Tu manques de générosité. C'est super loin, chez elle. Elle n'a pas toujours envie de faire le trajet après l'école si on a des plans pour se voir plus tard.

MIA (d'un ton sarcastique) : Ah ben oui, la pauvre ! Obligée d'habiter dans un château de Laval-sur-le-Lac ! Je viens peut-être de Québec, mais même moi je sais que c'est juste des grosses baraques de riches là-bas.

EMMA : Le luxe de sa maison ne change rien au temps que ça lui prend pour venir.

MIA : Qu'elle passe son temps dans un café, alors, si elle ne veut pas rentrer chez elle. Pas tout le temps ici !

EMMA : Toi, Béatrice, t'en penses quoi ?

Béatrice est mal à l'aise d'être mêlée à la conversation. Surtout qu'elle n'a pas encore osé aborder avec Emma le sujet du repas que Sébastien veut organiser chez elles.

BÉATRICE : Ben… Je ne sais pas… Il me semble qu'on peut chacune inviter qui on veut ?

MIA : Oui, mais pas s'il y en a une qui abuse ! Aïcha est ici plus souvent que ton chum, faut le faire !

EMMA : Ben oui, mais remets-en. Il y a des problèmes bien pires que ça dans la vie.

MIA : Ça, t'as raison.

BÉATRICE : Est-ce que t'as des problèmes ?

MIA : Non. Mais depuis que je me prépare pour les élections étudiantes, je prends de plus en plus conscience des enjeux politiques qui nous concernent.

BÉATRICE : Ça se passe comment, tes préparatifs ?

MIA : Pas trop mal. Ça me stresse, j'espère vraiment que les gens vont voter pour moi. Je travaille avec un des profs du cégep, M. Lapré, et ça me préoccupe pas mal.

BÉATRICE : Je le connais, c'est mon prof d'histoire ! Il est génial !

MIA : Il doit l'être. J'aimerais bien avoir un cours avec lui. En tout cas, en personne il est vraiment intéressant.

EMMA : Je ne sais pas c'est qui. Il a l'air de quoi ?

BÉATRICE : Pas super grand, brun, avec une barbe.

MIA : Il est jeune, il a un look un peu hipster et des yeux vraiment intenses. Il est intense en général.

EMMA (en riant) : Hé ! Ne serais-tu pas en train de tomber amoureuse de lui ?

BÉATRICE (en riant aussi) : Voyons, Emma, quelle question stupide ! Il doit avoir au moins trente ans !

MIA : Vingt-sept.

EMMA : Quoi ?

MIA : Il a vingt-sept ans.

#37

Le téléphone d'Emma sonne et la réveille alors que les premières lueurs de l'aube commencent à poindre. Elle tend la main et répond.

EMMA : Allo !

SA MÈRE : Allo, cocotte ! Comment tu vas ?

EMMA : Endormie.

SA MÈRE : Hein ?

EMMA : Je vais endormie.

SA MÈRE : Mon Dieu, excuse-moi, je suis toujours à l'envers avec le décalage horaire. Il est quelle heure, là, chez vous ?

EMMA (en regardant sur son téléphone) : Hum, 5 h 48 du matin.

SA MÈRE : Quel jour ?

EMMA : Lundi.

SA MÈRE : Ah ! J'étais sûre qu'il serait 5 h du soir ! Ici on est déjà mardi, peux-tu le croire ?

EMMA : Non.

SA MÈRE : Ma chouette, je voulais te parler de ton anniversaire. Veux-tu qu'on vienne ?

EMMA : Pour mon anniversaire ? La semaine prochaine ?

SA MÈRE : On viendrait juste un week-end. Ça n'a pas beaucoup d'allure. Mais ce n'est pas tous les jours que ma fille unique devient adulte !

EMMA : Ben non, maman, tu n'es pas obligée de venir. On fêtera à Noël.

SA MÈRE : Est-ce que tes amies t'ont organisé quelque chose ?

EMMA : Je ne sais pas. C'est assez mystérieux. Béatrice a proposé quelque chose que Rosalie n'aimait pas et depuis je n'en ai plus entendu parler.

SA MÈRE : Peut-être qu'elles te préparent une surprise ?

EMMA : J'espère que non !

SA MÈRE : T'es sûre que tu veux pas que je vienne, ma chouette ? Je me suis réveillée pleine de culpabilité ce matin.

EMMA : Ben non ! Mon anniversaire, je vais vouloir le passer avec mes amis.

SA MÈRE : T'as raison. Qu'est-ce que tu veux que je t'envoie comme cadeau ?

EMMA : Ben… Peut-être un chèque cadeau pour des nouveaux vêtements ?

SA MÈRE : Bonne idée ! Tu veux ça où ?

EMMA : Je ne sais pas… Pourquoi pas une carte cadeau Visa ? Comme ça je pourrais faire du shopping à plusieurs endroits.

SA MÈRE : T'es sûre ? Je ne trouve pas ça super personnel.

EMMA : C'est le plus pratique.

SA MÈRE : Si tu le dis. Mais si c'est comme ça, je vais te faire livrer au moins un vrai cadeau. Quelque chose qui vient de moi et de ton père et qui te fera penser à nous. Qu'est-ce que tu aimerais ?

EMMA : Peut-être un cactus lumineux pour décorer mon bureau dans ma chambre ?

SA MÈRE : Un cactus illuminé ? Parfait !

EMMA : Tu sais, c'est comme une ligne de lumière en forme de cactus ? Il y a aussi des ananas, des...

SA MÈRE : Je vois tout à fait. Je dois y aller, ma belle, mes patients attendent, mais on se reparle bientôt, OK ?

La mère d'Emma raccroche. Emma s'étire et tente de se rendormir, rêvassant à son anniversaire qui arrive.

#38

Béatrice est assise à la grande table rectangulaire du local de théâtre avec les autres comédiens. C'est le jour de leur première lecture. Après quelques essais assis, ils commenceront à placer la pièce dans l'espace et à la travailler sur scène.

Béatrice a déjà beaucoup travaillé son texte, mais elle est nerveuse. Il ne lui suffira pas d'avoir de la mémoire : elle devra aussi montrer qu'elle sait habiter son personnage et l'humaniser.

Benoit, le metteur en scène, les salue brièvement et les invite à entamer tout de suite leur lecture.

BENOIT : J'aimerais qu'on passe à travers toute la pièce cet après-midi et on n'a pas beaucoup de temps. Alors, allons-y. Ciuta ?

Béatrice lève la main. Elle prend une profonde respiration et commence à lire.

BÉATRICE : Ma belle dame, puis-je vous dire un mot ?

Florence St-Jean, qui joue le rôle de Marianne, lui répond.

FLORENCE : Que me voulez-vous ?

BÉATRICE : Un jeune homme de cette ville est éperdument amoureux de vous; depuis un mois entier, il cherche vainement l'occasion de vous l'apprendre; son nom est Coelio; il est d'une noble famille et d'une figure distinguée.

Béatrice connaît déjà assez bien son texte pour pouvoir regarder autour d'elle et ne se référer à son papier qu'au début des phrases.

FLORENCE : En voilà assez. Dites à celui qui vous envoie qu'il perd son temps et sa peine et que s'il a l'audace de me faire entendre une seconde fois un pareil langage j'en instruirai mon mari.

Le Coelio en question, l'amant épris de la pièce, est joué par un étudiant de deuxième année dénommé Noah. Béatrice l'observe avec curiosité, alors que c'est à son tour d'aborder la première scène. Noah est grand et mince, avec de beaux yeux doux; il a un air mélancolique qui intrigue Béatrice.

NOAH : Eh bien ! Ciuta, qu'a-t-elle dit ?

BÉATRICE : Plus dévote et plus orgueilleuse que jamais. Elle instruira son mari, dit-elle, si on la poursuit plus longtemps.

NOAH : Ah ! malheureux que je suis, je n'ai plus qu'à mourir ! Ah ! la plus cruelle de toutes les femmes ! Et que me conseilles-tu, Ciuta ? Quelle ressource puis-je encore trouver ?

BÉATRICE : Je vous conseille d'abord de sortir d'ici, car voici son mari qui la suit.

Leur première scène est terminée. Béatrice se laisse retomber contre le dossier de sa chaise en expirant. Elle trouve cela très stressant d'être la première à se lancer à l'eau.

Elle doit attendre de longues minutes avant l'entrée en scène de Sébastien. Quand enfin il prononce ses premières paroles dans le rôle d'Octave, elle est aussi charmée que le jour de l'audition. Le ton de Sébastien est juste, sa voix est belle, et il met juste assez d'ironie et d'humour triste dans le rôle d'Octave.

NOAH : Quelle vie que la tienne ! Ou tu es gris, ou je le suis moi-même.

SÉBASTIEN : Ou tu es amoureux, ou je le suis moi-même.

NOAH : Plus que jamais de la belle Marianne.

SÉBASTIEN : Plus que jamais de vin de Chypre.

NOAH : J'allais chez toi quand je t'ai rencontré.

SÉBASTIEN : Et moi aussi j'allais chez moi. Comment se porte ma maison ? Il y a huit jours que je ne l'ai vue.

NOAH : J'ai un service à te demander.

SÉBASTIEN : Parle, Coelio, mon cher enfant. Veux-tu de l'argent ? Je n'en ai plus. Veux-tu des conseils ? Je suis ivre. Veux-tu mon épée ? Voilà une batte d'arlequin. Parle, parle, dispose de moi.

NOAH : Combien de temps cela durera-t-il ? Huit jours hors de chez toi ! Tu te tueras, Octave.

SÉBASTIEN : Jamais de ma propre main, mon ami, jamais; j'aimerais mieux mourir que d'attenter à mes jours.

Ils continuent longtemps comme cela tous les deux et Béatrice, comme le reste du groupe, est suspendue à leurs lèvres.

Lorsque la lecture se termine, Benoit demande à Sébastien et à Florence de rester quelques instants auprès de lui. Béatrice sort de la salle, comme tout le monde, mais elle attend Sébastien dans le couloir. Quelques minutes plus tard, il la rejoint, suivi de Florence. Il embrasse Béatrice.

BÉATRICE : Qu'est-ce qu'il voulait, Benoit ?

SÉBASTIEN : Il nous a dit que la chimie entre nos deux personnages était ce qui allait faire réussir ou couler la pièce. Octave et Marianne ne flirtent jamais ouvertement, avec les mots qu'ils disent, mais on doit sentir l'attirance et la tension qui grandit entre eux.

BÉATRICE : Waouh !

SÉBASTIEN : Il veut qu'on répète ensemble le plus possible.

FLORENCE (gênée) : Il veut qu'on oublie qu'on joue des personnages. Que ça ait l'air super sincère.

BÉATRICE : Vous n'aurez pas de problème, j'en suis sûre ! Vous êtes tellement bons tous les deux.

FLORENCE : Merci. Toi aussi, t'étais super.

BÉATRICE : En tout cas, Sébastien vient souvent répéter chez moi. Ce n'est pas loin d'ici. T'es la bienvenue quand tu veux.

FLORENCE : C'est super gentil.

Béatrice et Sébastien la saluent et s'éloignent, bras dessus, bras dessous.

SÉBASTIEN : Et as-tu parlé à Emma de notre repas ?

BÉATRICE : Pas encore... Parlant de repas, il faudrait organiser celui entre tes parents et les miens ?

SÉBASTIEN : Es-tu sûre que c'est nécessaire ? Quand ma cousine s'est mariée, ses parents ont rencontré les parents de son chum une semaine avant leur mariage ! Je trouve ça assez intense, une rencontre entre nos parents.

BÉATRICE : Je sais que c'est intense, mais ma mère y tient… Tu sais comment elle est.

SÉBASTIEN : Tu ne peux pas essayer de lui en parler ? Ça me met mal à l'aise de demander ça à mes parents.

BÉATRICE : Je ne sais pas… C'est vraiment une condition qu'elle a énoncée. Elle veut les rencontrer.

SÉBASTIEN : Je l'ai ! Elle pourra les rencontrer à la première de la pièce de théâtre !

BÉATRICE : Ça fait loin, non ?

SÉBASTIEN : Pas tant que ça. Ça arrive vite.

Ils arrivent à la grande salle et s'approchent de leur banc.

SÉBASTIEN : Donc pour le repas avec la gang, je pensais à dans deux semaines. Le week-end prochain, c'est le voyage à New York.

BÉATRICE : Déjà ! Ça arrive vite. T'es sûr que tu vas y aller ?

SÉBASTIEN : À New York ? Oui. De toute façon, tu vas aller chez tes parents, non ? Alors ça ne change rien que je sois à New York ou à Montréal.

BÉATRICE : En théorie, oui. Mais c'est l'anniversaire d'Emma bientôt. Je pensais organiser son party vendredi soir. Et j'aurais aimé que tu sois là.

SÉBASTIEN : Je sais… Mais le voyage à New York, ce n'est qu'une fois par année.

BÉATRICE : Et les dix-huit ans d'Emma c'est une fois dans une vie !

SÉBASTIEN : Si c'était tes dix-huit ans à toi, je serais là, c'est sûr ! Mais Emma et moi, on ne traîne pas vraiment avec les mêmes personnes. Elle ne remarquera pas mon absence.

ASTRID (qui se joint à eux avec Justine) : Qui, ça ?

BÉATRICE : C'est l'anniversaire de mon amie Emma vendredi.

JUSTINE : C'est nul que tu manques ça.

BÉATRICE : Pourquoi je manquerais ça ?

JUSTINE : Pour le voyage à New York, voyons !

BÉATRICE : Je n'y vais pas.

ASTRID : Hein ? Pourquoi ?

BÉATRICE : Ma mère ne veut rien savoir. Je sais que c'est nul.

JUSTINE : Carrément que c'est nul ! Tu vas manquer le party de l'année !

BÉATRICE : Mais pourquoi vous ne m'avez pas prévenue plus tôt ? J'aurais eu plus de temps pour convaincre mes parents.

ASTRID : Il me semblait que c'était évident. Tout le monde y va.

BÉATRICE : Pas tout le monde. Plein de mes amies n'y vont pas.

ASTRID : Je voulais dire tous ceux comme nous.

SÉBASTIEN : Pendant que vous êtes là, les filles, êtes-vous libres le samedi d'après ?

Astrid consulte son téléphone.

ASTRID : En principe oui, pourquoi ?

SÉBASTIEN : Béa et moi on aimerait vous inviter à manger avec toute la gang. Chez elle.

Béatrice se retourne vers Sébastien, estomaquée qu'il lance une invitation avant qu'elle lui ait confirmé que c'était possible.

ASTRID : Ah, super. Mes parents sont à la maison pour environ un mois, donc ça ne pourra pas être chez moi avant un bout de temps. (Se tournant vers Béatrice :) Si tu as besoin d'une référence pour le traiteur, fais-moi signe.

BÉATRICE : Merci, mais c'est que… Ce n'est pas encore sûr.

ASTRID : Qu'est-ce qui n'est pas encore sûr ?

BÉATRICE : Le repas chez moi. Je n'ai pas encore demandé à mes colocs et on n'est pas censées faire de partys chez nous.

ASTRID : Ça ne sera pas un party, voyons, ça sera un repas.

SÉBASTIEN : C'est exactement ce que je lui ai dit !

ASTRID : Pour tes colocs, il me semble que c'est simple. Arrange-toi pour qu'elles soient sorties.

BÉATRICE : Mais comment ?

ASTRID : Tu n'as pas dit que c'était l'anniversaire de ton amie, là, machin-chose ? Ben donne-lui comme cadeau d'anniversaire des billets pour un show le soir du repas.

BÉATRICE : Pas bête…

JUSTINE (en riant) : Astrid a toujours des bonnes idées !

BÉATRICE : Mia, mon autre coloc, est pas du genre à se faire avoir comme ça.

JUSTINE : Il faut que tu trouves quelque chose qu'elle veut, puis tu lui offres en échange. Qu'est-ce qu'elle veut le plus au monde ?

BÉATRICE : Je ne sais pas… La paix… Ou faire moins de ménage, elle déteste ça… Je pourrais lui proposer de faire son ménage pendant un bout de temps ?

ASTRID : Ça ne sera pas suffisant. Si tu veux manipuler quelqu'un, il faut que tu exposes son désir profond. Tout le monde a un désir profond. De reconnaissance, d'inclusion, de succès.

SÉBASTIEN (en riant) : T'es machiavélique, Astrid, mais si ça nous aide à confirmer notre repas, j'aime ça !

BÉATRICE : Ben… Ce que Mia veut le plus, c'est changer le monde.

ASTRID : Comment ?

BÉATRICE : Pour commencer, elle veut se faire élire au conseil étudiant.

ASTRID : Bon ! Il fallait le dire ! On va tous faire un post pour soutenir sa candidature et le tour est joué !

BÉATRICE : Tu penses ?

ASTRID : Ce n'est pas pour faire ma Kylie Jenner, mais sais-tu combien de personnes regardent mes *stories* chaque jour ? Ne t'inquiète pas, ça va marcher.

BÉATRICE : On peut bien essayer…

#39

Mia s'assoit à une table de la cafétéria où se trouvent Jimena, Alexandra et Xavier. Ils sont en plein débat sur les élections à la mairie de Montréal, annoncées pour le mois de novembre.

XAVIER : Il faut sortir le parti au pouvoir, voyons donc ! C'est des fascistes !

JIMENA : Tu as le fasciste rapide, je trouve ! Puis l'opposition n'est pas mieux.

XAVIER : Ça, c'est sûr. Il faut un renouveau complet. Toi, Mia, t'en penses quoi ?

MIA : Euh, j'avoue que je ne m'y suis pas trop intéressée encore. Je me concentrais sur nos élections. Mais la bonne nouvelle, c'est que j'ai fini mon discours pour le débat ! Voulez-vous l'entendre ?

JIMENA : Avec plaisir ! Vas-y !

Mia pose son sac sur la table pour en extraire son ordinateur. Elle commence par sortir le livre de poche que lui a prêté M. Lapré. Elle le pose sur la table, sort son ordi et remet le livre dans son sac. Elle ouvre son ordi et s'apprête à lire son discours quand Jimena l'interrompt.

JIMENA : Attends ! Le livre que t'avais, c'est quoi ?

MIA : *L'amie prodigieuse*, d'Elena Ferrante. Je viens de le commencer. C'est super bon. L'as-tu lu ?

JIMENA (tendue) : Oui, je l'ai lu. Tu l'as pris où ?

MIA (mal à l'aise) : Qu'est-ce que tu veux dire ?

JIMENA : Où t'as trouvé le livre ? À la bibliothèque ? À la librairie ? Il a l'air vieux.

MIA : C'est quelqu'un qui me l'a prêté.

JIMENA : Qui ?

XAVIER : Jimena…

JIMENA : Qui t'a prêté le livre, Mia ?

MIA : Je ne vois pas en quoi ça serait tes affaires.

JIMENA : Je le savais ! Ah, le con !

Elle se lève, saisit son sac et part en courant. Alexandra hausse les épaules et se plonge dans l'écran de son téléphone. Xavier regarde Mia.

MIA : C'est quoi son problème ?

XAVIER : Si tu n'as pas compris, ce n'est pas moi qui vais te le dire.

Il se lève et s'en va à son tour.

Mia le regarde partir, confuse. Jimena aurait-elle deviné que c'est Guillaume qui lui a prêté le livre ? Mais en quoi cela pourrait-il la fâcher autant ? À moins que ce soit son livre à elle, que Guillaume prête sans permission ? Mia ouvre le livre et y trouve les mots « Guillaume L. » écrits à la main sur la première page. Ce n'est donc pas le livre de Jimena. C'est quoi son problème ? Peut-être que Guillaume lui avait prêté le livre aussi ? Et puis alors ? Cette fille est étrangement possessive et ça ne plaît pas du tout à Mia. Elle l'aurait crue plus relaxe, plus ouverte. Et puis il y a le commentaire de Xavier. Mia se promet d'élucider cette histoire.

Surtout que ça lui donne une excuse pour passer faire un tour au bureau de Guillaume…

#40

Béatrice traverse la grande salle lorsqu'elle entend quelqu'un qui la hèle. Elle se retourne et aperçoit Rosalie qui approche au pas de course. Elle la salue.

ROSALIE (un peu essoufflée): Salut. Écoute, je voulais te parler de l'anniversaire d'Emma. On s'en approche vraiment vite.

BÉATRICE: Je sais. Je voulais t'en parler moi aussi. Je me disais qu'on pourrait faire ça vendredi soir.

ROSALIE: Ce n'est pas évident. C'est le début du long week-end de Thanksgiving. Il y a plein de monde qui va être parti.

BÉATRICE: Pour le voyage à New York? Je ne pensais pas que les amis d'Emma y allaient.

ROSALIE: Pas seulement ça. Il y a aussi des gens qui partent avec leurs parents.

BÉATRICE: Dans vos amis proches?

ROSALIE: Ben, peut-être pas, mais à quoi ça sert de prendre le risque? En plus, son anniversaire, ce n'est pas avant le jeudi suivant. Je pensais plus au samedi d'après.

Aïe. Ce samedi-là, c'est la date du fameux repas avec la gang de Sébastien. Béatrice se demande un instant si elle peut combiner les deux événements, mais il lui apparaît tout de suite que ce sera impossible. Elle devra essayer une autre tactique.

BÉATRICE: C'est super nul, les partys après la vraie date d'anniversaire. Quand on t'a bien fêtée avant, tu te réveilles toute contente et satisfaite le matin de ton anniversaire. Alors que quand t'as rien eu, t'es toujours déçue de ce qui se passe le jour même, et puis après, le party ne vient pas vraiment rattraper.

ROSALIE : Tu penses ?

BÉATRICE : Je te le dis. Emma et moi, on en a souvent parlé.

Béatrice se dit qu'un petit mensonge blanc ne fera pas de tort, surtout qu'elle est convaincue qu'Emma sera contente de fêter son anniversaire avant le grand jour.

ROSALIE : Mais le but d'avoir dix-huit ans, c'est de sortir dans un bar sans avoir peur qu'on te demande ta carte d'identité ! Là elle pourrait encore se faire refuser !

BÉATRICE : Je ne sais pas si c'est réaliste de sortir dans un bar qui contrôle ton identité. Est-ce que tous vos amis ont des fausses cartes ?

ROSALIE : Pas tout le monde, non. En tout cas, pas des bonnes. William a un genre d'assortiment de cartes de bibliothèque et de piscine municipale, mais ça n'a jamais convaincu grand monde. Heureusement, il est grand, donc il ne se fait pas contrôler souvent.

BÉATRICE : Ça serait vraiment nul que tout le monde ne puisse pas rentrer le soir de son anniversaire.

ROSALIE : J'avoue. On fait ça où alors ?

BÉATRICE : Il y a mon bar avec le karaoké, là…

ROSALIE : Béatrice, je t'arrête tout de suite. C'est vraiment nul, ton truc de karaoké.

BÉATRICE (outrée) : Pourquoi ? Ça serait super drôle !

ROSALIE : Parce qu'Emma déteste chanter et elle chante comme un pied. Ça serait humiliant pour elle. À ses dix-huit ans, elle est supposée se sentir comme la reine de la soirée, pas comme quelqu'un éliminé de *The Voice* !

BÉATRICE : Même ceux qui ne sont pas pris sont super bons, à *The Voice.*

ROSALIE : Ça n'a rien à voir, le but c'est de faire quelque chose qu'Emma aime.

BÉATRICE : OK. Elle est bonne dans quoi, Emma ?

ROSALIE (en pouffant de rire) : À jouer au jeu des noms avec Théo !

BÉATRICE : Elle m'a raconté ça. Ça avait l'air mignon. Penses-tu qu'ils vont se remettre ensemble ?

ROSALIE : Je ne sais pas. Elle dit tout le temps que non, mais il y a quand même une étincelle entre eux.

BÉATRICE : Quoi qu'on fasse pour son anniversaire, alors, faut que ça soit propice à un rapprochement entre eux.

ROSALIE : Tu penses ? Elle déteste ça quand on manigance des plans.

BÉATRICE : On ne manigancera rien ! On veut juste qu'ils passent du temps ensemble. Comme à la soirée de jeux. C'était parfait.

ROSALIE : On ne peut quand même pas faire une soirée de jeux pour ses dix-huit ans.

BÉATRICE : Non… Peut-être un genre de jeu de rôles ? Mes parents faisaient ça, dans le temps, des soirées meurtre et mystère. On pourrait s'arranger pour qu'ils piochent des rôles similaires.

ROSALIE : Beurk, arrête avec tes vieilles histoires ! Pas besoin d'un gros concept, on veut juste être une gang qui s'amuse en prenant une bière ensemble. On pourrait demander à Nathan si ça peut être chez lui.

BÉATRICE : Ses parents ne sont donc jamais là ?

ROSALIE : Ils sont au chalet tous les week-ends.

BÉATRICE : Et ils ne se rendent jamais compte qu'il y a des partys chez eux ?

ROSALIE : Ils rentrent en ville tôt le lundi matin et vont direct au travail. Et la femme de ménage vient justement le lundi. Quand ils rentrent le soir, tout est propre.

BÉATRICE : Waouh ! Il est vraiment chanceux.

ROSALIE : Alors, on se dit ce vendredi chez Nathan ?

BÉATRICE : Oui. Je me suis dit qu'on pourrait inviter sa gang du journal aussi. Elle parle souvent de Sara et de Félix.

ROSALIE : Bonne idée. Vas-tu inviter Mia ?

BÉATRICE : Je pense que oui. Elles s'entendent mieux qu'avant.

ROSALIE : Si t'es sûre. As-tu pensé à son cadeau ?

BÉATRICE : Oui. Je me suis dit qu'on pourrait acheter un cadeau de groupe.

ROSALIE : Oui ! Moi aussi, j'ai pensé à ça. Peut-être un collier ?

BÉATRICE : Les gens aujourd'hui préfèrent recevoir des expériences plutôt que des objets.

ROSALIE : Une expérience ? C'est-à-dire ?

BÉATRICE : Je me suis dit qu'on pourrait lui acheter des billets pour un spectacle.

ROSALIE : Bonne idée. Elle aime vraiment Imagine Dragons.

BÉATRICE : Je pensais à quelque chose de québécois. Un spectacle d'humour, peut-être ?

ROSALIE : Lequel ?

BÉATRICE (en rougissant légèrement) : Ben le samedi après sa fête, il y a justement un show de Jay du Temple. Emma le trouve super bien.

ROSALIE : Pas une mauvaise idée. Et tu irais avec elle, j'imagine ?

Un autre mensonge blanc à l'horizon. Béatrice se tortille un peu en répondant.

BÉATRICE : Je serai sûrement chez mes parents ce week-end-là. Pourquoi tu n'irais pas avec elle ?

ROSALIE : Moi ? C'est vraiment gentil. Merci.

BÉATRICE : On pourrait demander à tout le monde de contribuer en donnant quinze dollars, qu'est-ce que t'en penses ?

ROSALIE : Parfait ! Toi, t'achètes les billets et moi, je parle à Nathan pour le party. Mais j'ai une hésitation. Penses-tu que c'est assez, un party chez Nathan ? J'ai l'impression qu'on en fait toutes les semaines. Ce n'est pas spécial.

BÉATRICE : Ben, je t'ai proposé plein d'idées spéciales et tu n'en voulais pas.

ROSALIE : Non, mais je pensais à quelque chose de drôle. Genre on fait venir un policier qui nous dit de baisser la musique et après il fait un *striptease*. Elle a dix-huit ans !

BÉATRICE : Beurk ! Vraiment ? Tu dirais quoi si les garçons faisaient venir une danseuse nue à la fête de Nathan ?

ROSALIE : Je trouverais ça moyen.

BÉATRICE : C'est la même chose ! Ce n'est pas parce que c'est un garçon que c'est moins de l'exploitation. Le double standard, ça fonctionne dans les deux sens.

ROSALIE : Je pense que tu traînes trop avec Mia, toi.

BÉATRICE : On est donc d'accord ? Un bon party avec ses amis, des billets de spectacle, pas de folies ?

ROSALIE : On est d'accord. Ça va être super cool ! Puis le Félix de son journal, je le trouve plutôt mignon…

BÉATRICE : Mon amie Noémie aussi.

ROSALIE : Ne l'invite pas, alors. Je n'ai pas besoin de compétition.

BÉATRICE : Ne t'inquiète pas, elle va être en route vers New York.

ROSALIE : J'aime mieux ça.

#41

Mia entre dans le bureau de Guillaume sans frapper. Celui-ci relève la tête, surpris.

GUILLAUME : Bonjour, Mia. Ça va bien ?

MIA : Est-ce que je peux fermer la porte ?

GUILLAUME : J'ai une politique de porte ouverte en tout temps.

MIA : C'est que c'est assez personnel comme sujet.

GUILLAUME : Désolé, Mia. Quand un enseignant rencontre une étudiante, la porte reste ouverte.

MIA : OK, d'accord. Peux-tu me dire pourquoi Jimena est toute chamboulée parce que tu m'as prêté un roman italien ?

Guillaume ferme les yeux et soupire.

GUILLAUME : OK. Ferme la porte.

Mia s'exécute, puis revient s'asseoir devant lui.

GUILLAUME : Écoute, Mia… C'est très, très délicat. Je ne peux pas parler du cas d'une étudiante en particulier, mais il peut arriver que la relation d'enseignant à élève soit mal comprise par certains. C'est une relation qui donne naissance à de l'admiration, de la déférence, et c'est tout naturel que certains, surtout quand ils sont jeunes, confondent ces émotions-là avec des sentiments, disons, plus… intimes.

MIA : Es-tu en train de dire que Jimena est amoureuse de toi ?

GUILLAUME : Comme je te l'ai dit, je ne peux pas te parler d'elle précisément. Mais il faut que tu comprennes que malgré toutes les barrières qu'on érige, toutes les précautions qu'on prend, il peut arriver que certaines personnes... comprennent mal le message.

MIA : Donc elle s'est imaginé qu'il y avait quelque chose entre vous ?

GUILLAUME : Écoute, ce qui se passe dans sa tête, ça lui appartient. Mais étant donné que la situation est délicate, je te demanderais vraiment de garder ça pour toi. Et d'être discrète si on travaille des choses ensemble à l'avenir. Je n'ai pas envie de créer un drame là où il n'y en a pas.

MIA : Non, c'est sûr.

GUILLAUME : Je l'ai aidée beaucoup à ses débuts en politique étudiante. C'est une personne qui a beaucoup de potentiel. Je ne voudrais pas qu'une fausse rumeur nuise à son avenir.

MIA : Ne t'inquiète pas, je garde ça pour moi.

GUILLAUME : J'apprécie. Si on a fait le tour de la question, tu pourrais rouvrir la porte ?

#42

Béatrice se dépêche afin d'être parmi les premières à la douche. Elle est en bonne voie de terminer son défi trente jours, mais elle trouve le yoga moksha toujours aussi épuisant. Elle n'est pas certaine d'avoir envie de continuer après. Mais si Astrid et la gang traînent toujours ici… Elle verra. Elle espère qu'Astrid aussi passera à autre chose. À tout prendre, Béatrice préférerait encore des séances de Pilates. Au moins elle n'aurait pas l'impression de suer sa vie tous les matins.

En sortant de la douche, elle se place devant un miroir et commence à se démêler les cheveux. Elle est rejointe par Noémie qui sort elle aussi de la douche.

NOÉMIE : Ouf ! C'était intense ce matin.

BÉATRICE : Je sais. Je préfère les séances de soixante minutes. Soixante-quinze, c'est long. J'ai hâte que ça finisse.

NOÉMIE : Que quoi finisse ?

BÉATRICE : Notre mois de yoga et de désintox.

NOÉMIE : Vraiment ? Moi, j'adore ça. Je me suis jamais sentie aussi légère.

BÉATRICE : Tu vas finir par flotter, tellement t'es légère !

NOÉMIE (en rougissant de plaisir) : N'exagère pas !

BÉATRICE : Ça tombe mal, le voyage à New York. Vous allez avoir quatre jours à rattraper en revenant.

NOÉMIE (en baissant la tête) : Pas moi… Finalement, je n'y vais pas.

BÉATRICE (surprise) : Hein ? Comment ça ?

NOÉMIE : J'ai eu une super mauvaise note dans un travail de français. Ma mère a dit que si je n'étais pas assez mature et responsable pour étudier comme il faut, je n'étais certainement pas assez mature et responsable pour aller à New York avec mes amis.

BÉATRICE : (en s'habillant) : C'est nul !

NOÉMIE : Oui, c'est vraiment nul. Puis là je vais passer le week-end toute seule à ne rien faire !

BÉATRICE : Tu n'as pas d'autres amis que tu pourrais voir ? Ceux de secondaire ?

NOÉMIE : Ben… C'est gênant, mais…

BÉATRICE : Quoi ?

NOÉMIE : Je ne sais pas si…

BÉATRICE : Veux-tu prendre un jus vert au café en bas ? Tu pourras me raconter ça.

Noémie accepte. Elles descendent et s'assoient après avoir commandé un jus frais aux épinards, kale, pomme et eau de coco. Béatrice regarde à regret les grands cafés au lait et les muffins au chocolat qui lui sont interdits quelque temps encore. Puis, elle demande à Noémie de lui expliquer ce qui s'est passé avec ses amis.

NOÉMIE : Je les ai perdus de vue pour la plupart.

BÉATRICE : Pourquoi ? Ils sont allés à d'autres cégeps ?

NOÉMIE : Certains, oui. Mais il y en a plein à notre cégep. Non, le problème, c'est que… Tu vas me trouver vraiment nulle.

BÉATRICE : Mais non, vas-y !

NOÉMIE : Quand j'ai commencé à traîner avec vous, je les ai un peu négligés. Ils m'en veulent et ils ne me parlent plus.

BÉATRICE : Ils sont donc bien immatures ! Tu ne leur appartiens pas.

NOÉMIE : Non, mais pour être honnête, je n'ai pas été cool... J'étais tellement contente d'être invitée partout par Astrid que j'ai manqué plein de choses importantes. Même l'anniversaire de ma meilleure amie de secondaire. Le soir de mon initiation.

BÉATRICE : Ouch. Ça, j'avoue que ce n'est pas super. Penses-tu qu'elle va te pardonner un jour ?

NOÉMIE : J'espère, mais ce n'est pas demain la veille. Ça ne règle donc pas mon problème pour ce week-end.

BÉATRICE : Pourquoi ne viens-tu pas au party de l'anniversaire d'Emma vendredi ?

NOÉMIE : Tu penses ?

BÉATRICE : Ben oui, il va y avoir plein de monde.

NOÉMIE : Je ne connaîtrai personne...

BÉATRICE : Tu me connaîtras, moi ! Puis... Je ne devrais pas te le dire, mais Félix Pelland va être là.

NOÉMIE : Non ! Vraiment ? Comment ça ?

BÉATRICE : Il est dans l'équipe du journal étudiant avec Emma.

NOÉMIE : *Oh my god,* je le trouve trop beau ! Qu'est-ce que je devrais mettre, tu penses ?

BÉATRICE : Je ne sais pas, mais promets-moi d'être subtile. Il y a une autre amie d'Emma qui le trouve mignon et je ne veux pas déclencher de guerre.

NOÉMIE : Qui, ça ?

BÉATRICE : Je t'en ai assez dit. Sois discrète, OK ?

NOÉMIE : De toute façon, je n'oserai sûrement même pas lui parler.

BÉATRICE : N'exagère pas ! Tu peux lui parler, mais discrètement.

NOÉMIE : *Oh my god*, j'ai trop hâte ! Merci !

BÉATRICE : Mais tu devrais quand même parler à ton amie. Comment elle s'appelle ?

NOÉMIE : Magali. Je te la présenterai un jour. Elle est vraiment gentille. Je m'ennuie d'elle.

BÉATRICE : Je comprends.

NOÉMIE : Comment t'as fait, toi, pour garder tes autres amis ?

BÉATRICE : Je n'avais qu'Emma. Et c'est peut-être plus facile parce qu'on est colocs. On ne peut pas vraiment se perdre de vue.

NOÉMIE : Elle n'est pas jalouse, parfois ?

BÉATRICE : Parfois, mais je pourrais tout autant être jalouse de ses amies à elle.

NOÉMIE : Peut-être, mais... Est-ce que je peux te poser une question ?

BÉATRICE : Vas-y.

NOÉMIE : Si tu décidais de te joindre aux amies d'Emma un soir, est-ce que ça les dérangerait ?

BÉATRICE : Ben non. Comme ici, son anniversaire, je l'organise avec son amie Rosalie.

NOÉMIE : Et toi, est-ce qu'Emma pourrait décider de se joindre à toi un soir où tu sortirais avec Astrid, Justine et Raphaëlle ?

BÉATRICE : Ben… non. Pas vraiment. Mais ce n'est pas pareil.

NOÉMIE : En effet, ce n'est pas pareil.

BÉATRICE : T'as raison. C'est vrai que c'est nul pour Emma. Je n'avais jamais vu ça comme ça.

À ce moment, le téléphone de Béatrice, qui était posé sur la table, se met à vibrer.

BÉATRICE : C'est Sébastien. Je vais vite lui répondre.

Elle prend son téléphone.

« Coucou, mon amour. xx »

« Coucou ! Je sors du yoga avec Noémie. Tu fais quoi ? xx »

« Je lis mon texte. Suis nerveux de monter sur scène la semaine prochaine. xx »

« Ça va bien se passer ! Veux-tu qu'on répète chez moi ce midi ? xx »

« OK. Mais cette fois-ci, on répète. On ne « répète » pas. xx »

😂

Béatrice relève la tête, les yeux brillants. Noémie lui sourit.

NOÉMIE : J'aimerais tellement être autant amoureuse que toi !

BÉATRICE (rêveuse) : C'est vraiment bien.

#43

ASTRID : Ça pue. Il me semble qu'ils pourraient éteindre leurs moteurs.

RAPHAËLLE : Moi, c'est le vrombissement qui m'agace.

THOMAS : Arrêtez donc de vous plaindre, les filles ! On n'est même pas encore partis.

ASTRID : Je persiste à dire qu'on aurait dû faire le trajet en avion.

LUDOVIC : *Come on*, le bus c'est la partie la plus fun !

ASTRID : Ton concept de fun n'est certainement pas le même que le mien.

LUDOVIC : J'ai pris une super bonne bouteille de whisky japonais à mon père et il faut qu'on la finisse avant la frontière, donc crois-moi quand je te dis que ça va être fun.

Béatrice les écoute se chamailler en souriant, le bras de Sébastien lourdement posé sur ses épaules. Elle aurait tellement aimé partir avec eux ! Mais elle sait que sa mère a ses limites et elle est déjà contente de ne pas les avoir dépassées avec ses secrets.

Sébastien se retourne et l'embrasse dans le cou.

SÉBASTIEN : Trop nul que tu ne viennes pas.

BÉATRICE : Je sais…

SÉBASTIEN : Je sais que tout le monde pense qu'on s'en va juste là pour faire le party, mais il va falloir que je trouve du temps pour lire mon texte. Je suis plus nerveux pour mes répétitions de théâtre que pour mes parties de hockey ! Imagine quand ça va être la représentation !

BÉATRICE : C'est parce que c'est nouveau. Et que tu es perfectionniste. T'as un talent naturel, ne stresse pas autant avec ça.

SÉBASTIEN : J'aurais quand même aimé que tu sois là et qu'on lise nos textes ensemble. On aurait pu faire ça à Central Park, dans une barque, comme dans les films…

BÉATRICE : Arrête, je vais pleurer de frustration ! On va se reprendre, c'est promis.

Béatrice regarde Sébastien droit dans les yeux, scellant du regard cette promesse, quand elle entend Astrid qui s'exclame :

ASTRID : Oh non ! Ça ne se peut pas !

Béatrice se retourne et voit, à quelques pas, Ludovic en grande conversation avec Joséphine. L'ancienne amie d'Astrid devenue comédienne.

ASTRID (parlant à Justine à voix basse) : Va voir ce qu'elle fait ici. Ne me dis quand même pas qu'on va être coincés neuf heures dans un autobus avec elle !

JUSTINE : J'y vais.

Quelques instants plus tard, Justine revient.

ASTRID : Et ?

Béatrice doit s'avouer qu'elle est curieuse, elle aussi.

JUSTINE (à voix basse) : Elle est ici par hasard. Elle va commencer le cégep à la deuxième session, elle sort d'une rencontre avec la directrice des études.

ASTRID : Ouf ! Trois mois avant de la ravoir dans nos pattes. Pourquoi elle ne commence pas avant ?

JUSTINE : Elle a de la promo à faire et elle a déjà manqué trop de cours avec le tournage.

ASTRID : Beurk. Tellement nul. Si elle fait tout passer avant ses études, elle va finir *has-been* à vingt-quatre ans. Comme une concurrente de téléréalité qui a tout laissé tomber. Ou un joueur de hockey qui se blesse au début de sa carrière. Ces gens-là, c'est des *losers.* Ils ne sont pas allés à l'université, ils ne feront jamais rien de leur vie.

Béatrice ne dit rien. Elle sent très bien toute l'amertume qui est cachée dans les propos d'Astrid, et elle devine que son amie aurait reporté sa propre entrée au cégep avec plaisir si elle avait décroché le rôle dans le film de ses parents.

Quelques instants plus tard, Joséphine fait la bise à Ludovic et s'éloigne, non sans envoyer un signe de la main vers leur groupe, geste qu'Astrid, Justine et Raphaëlle ignorent avec superbe.

Les chauffeurs d'autobus font clignoter leurs lumières, indiquant qu'il est enfin temps de grimper à bord. Béatrice serre Sébastien très fort dans ses bras. Ils se promettent de s'envoyer des messages tout le temps.

BÉATRICE : Je vais tellement m'ennuyer de toi ! Ça fait depuis cet été que je n'ai pas passé quatre jours sans te voir.

SÉBASTIEN : Je sais. Moi aussi.

BÉATRICE : Amusez-vous bien ! Oh, Sébastien, regarde là-bas… Ce n'est pas Florence ?

SÉBASTIEN (en se retournant) : Ah oui, t'as raison. Elle doit être dans l'autre autobus.

BÉATRICE : C'est parfait, tu pourras répéter avec elle si t'es coincé !

SÉBASTIEN : J'avoue. Bonne idée. Je vais lui en parler en arrivant.

BÉATRICE : En plus, Benoit vous a encouragés à lire vos textes ensemble. Tu vas être super prêt en revenant !

SÉBASTIEN : Tu penses toujours à tout. Je t'adore.

BÉATRICE : Je t'adore encore plus. Allez, ils partent !

Après un dernier baiser, Sébastien monte à bord. Béatrice le suit des yeux à travers la vitre. Il se rend dans le fond de l'autobus, où Thomas et Ludovic l'accueillent avec des *high fives* et une bouteille de whisky japonais. Astrid, elle, est déjà penchée sur son téléphone, sans doute à surveiller son fil Instagram, tandis que Justine et Raphaëlle discutent et rient.

Béatrice a un pincement au cœur en les voyant s'éloigner sans elle, mais elle se dit que c'est pour le mieux, qu'elle aura le temps de se consacrer à l'anniversaire d'Emma, et qu'elle retrouvera son chum et ses amis dans quatre jours, comme elle les a quittés.

« Quatre jours pendant lesquels ils vont faire la fête à New York sans toi », chuchote une petite voix inquiète dans sa tête…

#44

Emma se réveille avec un sourire au visage. C'est le matin du grand soir, son party d'anniversaire pour ses dix-huit ans ! Finalement, après toutes leurs cachotteries, Béatrice et Rosalie n'ont rien organisé de flamboyant, et c'est tant mieux. Un party avec ses amis proches, c'est tout ce qu'elle souhaitait.

Elle s'étire et tend la main pour éteindre l'alarme de son téléphone. Elle trouve ça cruel que les cours du cégep commencent encore à huit heures trente alors que toutes les études démontrent que les adolescents ont des cycles de sommeil différents et qu'ils ont besoin de se lever plus tard que les adultes et les enfants. Si le cégep commençait à dix heures, voilà qui lui conviendrait mieux.

Elle se frotte les yeux et se lève, se dirigeant vers la douche. Elle attache ses cheveux en chignon pour ne pas les mouiller; elle a l'intention de les laver juste avant le party. Elle espère que Béatrice sera disponible pour l'aider à les sécher. La plupart du temps, Emma adore sa tignasse frisée, mais c'est du travail pour qu'elle n'ait pas l'air d'un nid de guêpes. Elle envie souvent les longs cheveux blonds et soyeux de Béatrice, tandis que celle-ci avoue rêver que sa chevelure ait du volume, comme celle d'Emma. Comme quoi l'herbe est toujours plus verte chez le voisin : les frisées rêvent de cheveux droits tandis que les filles à la tête lisse passent des heures à se créer des boucles avec leur fer rond.

À la cuisine, après sa douche, Emma se sert un bol de céréales. Elle entend frapper à la porte qui mène au deuxième. Elle ouvre à sa tante Marie-Pier, qui la suit dans la cuisine.

MARIE-PIER : Hum, ça sent bon !

EMMA : Une des filles a dû se faire un Nespresso tout à l'heure.

MARIE-PIER : Miam, m'en ferais-tu un ?

EMMA (avec un sourire en coin) : Il me semblait que tu ne buvais que du café équitable venant de zones protégées ?

MARIE-PIER : Il y a un temps pour tout dans la vie; un temps pour les grands principes, et un temps pour s'injecter de la caféine en intraveineuse parce qu'il est juste trop tôt le matin.

EMMA : Je me disais la même chose ! Qu'est-ce que tu fais ici si tôt ?

MARIE-PIER : Je donne un cours à la première période et je voulais te voir avant. Pour te souhaiter bon anniversaire et te donner ton cadeau !

EMMA : Ce n'est pas encore la vraie date.

MARIE-PIER : Je sais. Et si tu veux, je t'invite à manger le soir de ton vrai anniversaire avec Béatrice. Tu pourras choisir le resto.

EMMA : Ça serait cool, merci !

MARIE-PIER : Mais l'excitation est plus grande le jour du party et c'est pour ça que je te donne tes cadeaux aujourd'hui. Je vais monter les chercher pendant que tu prépares mon café.

Marie-Pier s'esquive et revient quelques instants plus tard.

MARIE-PIER (dans l'embrasure de la porte) : Ferme tes yeux !

Emma s'exécute. Elle entend sa tante qui entre et place quelque chose sur la table.

MARIE-PIER : OK, tu peux les ouvrir !

Emma éclate de rire. Sur la table se trouvent un cactus décoré de lumières de Noël et une enveloppe blanche.

EMMA : Le cactus, c'est le cadeau de ma mère ?

MARIE-PIER : Oui. Ça m'a surprise, mais ses instructions étaient très précises. Elle m'a même indiqué la couleur des lumières de Noël. Elle a dit que tu voulais ça pour décorer ta chambre ?

EMMA (morte de rire) : Je le savais ! Je le savais ! Elle est tellement à côté de la plaque !

MARIE-PIER : Comment, à côté de la plaque ? Je pensais que c'était ça que tu voulais ?

EMMA (tentant de rattraper son souffle) : J'ai essayé de lui expliquer, mais elle ne m'écoutait pas ! *Oh my god,* c'est trop drôle ! Heureusement que je ne lui avais pas demandé l'ananas ! Ou le flamand rose ! Ha ha ha ha ha !

MARIE-PIER : De quoi tu parles ?

EMMA : Tu ne les as pas vus dans les boutiques de déco ? Tu sais, c'est des lignes lumineuses. Il y en a en forme de cactus, d'ananas ou de flamand rose. C'est super mignon sur un bureau de travail. C'est ça que je voulais ! Un cactus lumineux !

MARIE-PIER (riant à son tour) : Ha ha ! J'avoue que c'est plus logique ! Je te trouvais drôle, avec ton cactus de Noël ! Ha ha ha !

EMMA: Attends que mes amis voient ça. Ils vont trop rire ! Je vais prendre une photo.

Emma prend une photo, ajoute un filtre et la met sur Instagram avec la mention : « Quand je demande un cactus lumineux à ma mère pour ma fête. #lostintranslation #fail #tropdrôle #colocs ».

MARIE-PIER : Je vais te le remplacer avec un vrai cactus lumineux. Ta mère va comprendre.

EMMA : Laisse tomber, au point où l'on en est, c'est plus drôle comme ça. Ça va être comme un genre de cactus lumineux *old school*. C'est trop tordant.

MARIE-PIER : Si tu le dis. Maintenant, vas-tu ouvrir mon cadeau à moi ?

Emma saisit l'enveloppe blanche, curieuse de savoir ce qu'elle contient. Marie-Pier, qui est restée très jeune dans l'âme, offre toujours les meilleurs cadeaux.

Et Emma n'est pas déçue cette fois-ci non plus.

EMMA : Un *relooking* chez Orbite ! Merci !

MARIE-PIER : Encore mieux : regarde pour quand le rendez-vous est pris.

EMMA : *Oh my god,* ce soir à dix-huit heures !

MARIE-PIER : Pour une mise en plis et un maquillage léger avant ton party.

Emma se jette dans les bras de sa tante.

EMMA : T'es la meilleure ! Merci tellement !

MARIE-PIER (en la serrant fort contre elle) : De rien, ma belle. J'espère que tu auras le plus beau party d'anniversaire au monde.

Au retour des classes, Emma et Béatrice sont occupées à se préparer. Béatrice a pris sa douche et s'est coiffée. Elle accompagnera Emma chez le coiffeur, puis elles se rendront directement chez Nathan une fois qu'Emma sera prête. Elles sont debout devant une pile de vêtements amoncelés sur le lit de Béatrice et elles peinent à faire un choix.

EMMA : En tout cas, ne me dis pas que tu ne peux pas me prêter les fringues de Justine ce soir. Elle est à New York, elle ne le saura même pas.

BÉATRICE : Si elle voit des photos du party…

EMMA : Elle ne me suit pas sur Instagram et je peux te promettre qu'elle n'est pas sur mon Snapchat non plus.

BÉATRICE : J'avoue… Au pire, on dira que tu t'es salie, que j'avais un pull de rechange dans mon sac et que je te l'ai prêté.

EMMA : Tu deviens bonne en mensonges, toi, non ?

BÉATRICE (paniquée) : Hein ? Pourquoi tu dis ça ?

EMMA : Je ne sais pas, j'ai dit ça pour rien, pour t'embêter. Mais on dirait que j'ai touché une corde sensible.

Béatrice ne dit rien. Elle a les billets pour le spectacle de Jay du Temple dans sa poche et elle se sent assez manipulatrice, merci.

BÉATRICE : Choisis ce que tu veux.

Emma fouille dans la pile et en sort une robe Sanctuary de la collection d'automne de Justine.

EMMA : C'est beau, ça. On dirait une chemise à carreaux, mais c'est une robe.

BÉATRICE : Elle est super mignonne. Elle est assez courte, mais c'est parfait avec des collants noirs et une ceinture.

EMMA : Ça ne te dérange pas si je te l'emprunte ?

BÉATRICE : Ne le dis jamais à Justine, mais non, ça ne me dérange pas. C'est ton anniversaire, il faut que tu sois la plus belle !

En sortant, elles croisent Mia qui entre dans l'appartement.

BÉATRICE : Salut ! Tu viens toujours ce soir ?

MIA : Oui, je serai là.

BÉATRICE : Est-ce que ça te dérange de nous rejoindre directement chez Nathan ? On va chez le coiffeur avant.

MIA : Pas de problème. En passant, je prends une bière avec mon ami Xavier tout à l'heure. Est-ce que ça vous dérange si je l'invite au party ?

BÉATRICE : Pas du tout ! Ça te fera quelqu'un de plus que tu connais bien.

EMMA : Et si t'es avec ton Xavier, peut-être que tu ne *frencheras* pas Théo cette fois-ci !

MIA : Très drôle ! Comme si j'allais me placer entre Roméo et Juliette !

EMMA : Roméo et Juliette ?

MIA : Vos histoires d'amour impossible, ça a assez duré. Saute-lui dessus et *frenche*-le, qu'on en finisse !

EMMA : On est juste amis, tu sauras.

MIA : Ouais, ouais. Je connais ça aussi, moi, les amis Et je ne me fais pas coiffer avant d'aller les rejoindre.

EMMA : Je ne me fais pas du tout coiffer pour Théo. C'est un cadeau d'anniversaire de ma tante. Et il y a un autre garçon au party qui est peut-être intéressé par moi.

BÉATRICE (s'adressant à Mia, en riant) : Ne le *frenche* pas lui non plus, OK ?

MIA : Il y a donc bien des règles compliquées, dans vos partys ! Avant de *frencher* qui que ce soit, je vais venir vous demander la permission par écrit. Ça vous va ?

BÉATRICE (toujours en riant) : Parfait ! À tout à l'heure !

#45

MIA (en levant son verre) : Santé !

XAVIER : À la tienne. Et à notre succès aux élections.

MIA : Au point où on en est, j'ai juste hâte que ça soit fait. J'en ai marre de stresser.

XAVIER : Je suis sûr que tu vas être élue. Tes arguments sont bons et tu n'es pas trop, trop provocante.

MIA (en souriant) : Pas comme toi, tu veux dire ?

XAVIER : Je ne suis pas stupide. Je le sais que mes opinions semblent extrêmes à la majorité des étudiants. Mais je ne peux pas les renier pour autant.

MIA : Moi non plus, je ne veux pas renier mes principes, mais il faut trouver une façon de les exprimer que les gens vont comprendre. Guillaume m'a vraiment aidée avec ça. Tu devrais lui demander de te donner un coup de main.

XAVIER : Je ne pense pas que je fasse partie du profil type des étudiants qu'il aide.

MIA : Qu'est-ce que tu veux dire ?

XAVIER : Voyons, Mia, tu n'es quand même pas si naïve ! Guillaume Lapré, il a un faible pour les jeunes filles en fleurs.

MIA : Ben non ! Il est toujours super correct et respectueux.

XAVIER : Parce qu'il est subtil. Il sait comment placer ses pions. T'aurais dû le voir avec Jimena l'an passé. Je pense que ça a pris six mois avant qu'il ne fasse un pas vers elle.

MIA : Il ne s'est jamais rien passé entre eux ! Je le sais, on en a parlé.

XAVIER : Toi et Jimena ?

MIA : Non. Moi et Guillaume.

XAVIER : Ha ! et tu l'as cru ?

MIA : Il fait toujours super attention à ne pas donner de fausses impressions, mais il y a quand même des gens qui peuvent s'imaginer des choses. Ça a dû être le cas avec Jimena.

XAVIER : Si tu l'avais ramassée en pleurs aussi souvent que moi, tu saurais qu'elle ne s'est pas juste fait des fausses impressions.

MIA : Mais voyons ! Il est toujours super à cheval sur les règles. La porte de son bureau est toujours ouverte, il ne passe jamais de temps seul avec une étudiante…

XAVIER : Donc toi, tu ne t'es jamais retrouvée seule avec lui ?

MIA : Si, mais c'était accidentel. On avait rendez-vous à son bureau et il a dû partir, parce que son réparateur venait chez lui. Il m'a mis zéro pression pour que je vienne, c'est moi qui ai insisté.

XAVIER : Vous n'étiez pas tous seuls, alors, vous étiez avec le réparateur ?

MIA : Ben finalement, non, parce qu'il n'est jamais venu.

XAVIER (avec un sourire en coin) : C'est bien ce que je pensais. Il n'y en avait pas, de réparateur, Mia.

MIA : N'importe quoi ! Tu vois des théories du complot partout ! Tant qu'à y être, les attaques du 11 Septembre ont été organisées par la CIA ?

XAVIER : Là, on est complètement sur un autre sujet, mais ça se peut.

MIA : Arrête ! Guillaume n'est pas comme ça, je te le dis.

XAVIER : Moi, je te dis qu'il séduit ses étudiantes les unes après les autres et que tu es tombée dans le filet.

Mia bouillonne. Elle se dit que les allégations de Xavier doivent être fausses, qu'il est peut-être simplement jaloux de l'ascendant qu'a Guillaume sur ses amies. Mia fait fondamentalement confiance à Guillaume; elle est sûre qu'il ne lui aurait pas menti comme ça.

Tout de même, elle n'arrivera pas à penser à autre chose tant qu'elle n'en aura pas le cœur net.

Elle jette dix dollars sur la table et se lève.

MIA : Je te texte l'adresse et on se rejoint au party. J'ai quelque chose à faire avant.

XAVIER : Mia... Qu'est-ce que tu vas faire ? Mia, attends ! Ce n'est pas prudent !

Mais Mia ne l'écoute déjà plus et elle se dirige vers la sortie. Xavier se lève et voudrait la rejoindre, mais le regard du barman lui fait sentir qu'il vaut mieux payer avant de penser s'esquiver. Xavier hausse les épaules; après tout, Mia est une grande fille et elle saura certainement se débrouiller.

#46

C'est au son de *Can't Stop The Feeling,* de Justin Timberlake, que Béatrice débouche une bouteille de bulles.

BÉATRICE (en tentant de rattraper la mousse qui s'échappe) : Waouh ! Passez vite vos verres, les filles !

Elle verse du cava à Emma, Rosalie et Aïcha, puis se sert une coupe. Les quatre filles lèvent leurs verres en souhaitant en chœur bon anniversaire à Emma. Celle-ci rougit et les remercie, trop contente de voir toutes ses meilleures amies réunies. Elle est secrètement ravie du *timing* avec le voyage de cégep qui lui offre une Béatrice entièrement disponible comme meilleur cadeau d'anniversaire. Il n'y a rien qui fasse plus plaisir à Emma que d'être entourée de tous ses amis.

Béatrice et Rosalie rassemblent tout le monde autour d'Emma pour lui offrir son cadeau. Celle-ci leur saute au cou après avoir ouvert l'enveloppe. Pendant qu'elle embrasse tous ses amis pour les remercier, elle est ravie de voir Félix et Sara arriver, avec quelques autres du journal. Elle les accueille, leur offre à boire, puis elle fait le tour pour être sûre de parler à tout le monde.

La petite robe à carreaux est un grand succès et Emma reçoit des tonnes de compliments. Elle est accoudée au comptoir de la cuisine, en train de discuter avec William, quand elle entend une voix qui lui demande pardon dans son dos et elle sent la porte du réfrigérateur qui s'ouvre. Elle se retourne.

EMMA : Salut, Théo !

Théo sort la tête du frigo, où il venait déposer de la bière.

THÉO : Emma ? Je ne t'avais pas reconnue de dos. T'as vraiment l'air différente.

Il plisse les yeux, comme s'il tentait de découvrir pourquoi. Emma rit.

EMMA : Vous êtes tous pareils, les garçons ! Vous ne remarquez rien ! C'est mes cheveux qui sont différents !

En effet, la coiffeuse d'Orbite lui a d'abord raidi les cheveux pour les rendre tous soyeux, puis y a ajouté quelques vagues ondulantes pour créer un *beach look* très réussi. Et très sexy, aux dires de Béatrice.

Théo ne dit rien pendant une seconde, une seconde qui semble éternelle à Emma, pendant laquelle il la dévisage.

THÉO : Penses-tu vraiment que je n'avais pas remarqué tes cheveux ? Ta robe aussi est nouvelle, non ?

Emma rougit de plaisir.

EMMA : Oui. T'es plutôt bon. Pour un mec, on s'entend.

Elle lui fait un clin d'œil taquin en lui adressant ces derniers mots. Peut-être que Rosalie avait raison, après tout. Peut-être qu'elle peut se permettre de flirter un peu avec lui.

Et après tout, c'est son anniversaire, ce soir ! Elle peut bien flirter avec qui elle veut.

Emma prend son verre de bulles et se dirige vers le salon, où elle entend déjà ses amies crier de plaisir au son des premières notes de *Uptown Funk*.

#47

Mia tambourine à la porte comme une furie. Elle sent monter en elle une telle colère qu'elle n'arrête pas de frapper contre le battant de chêne, même quand elle voit à travers la fenêtre une lumière qui s'allume et Guillaume qui avance vers elle.

GUILLAUME (en ouvrant la porte) : Mia ? Qu'est-ce que tu fais ici ?

MIA (frondeuse) : Est-ce que c'est vrai ?

GUILLAUME : Entre.

MIA : Je n'entrerai pas tant que je ne saurai pas si c'est vrai. As-tu eu une aventure avec Jimena ?

Guillaume baisse les épaules et soupire. Il a l'air tellement défait tout à coup, que quand il murmure à nouveau « Entre », Mia ne résiste pas et le suit dans l'appartement. Ils s'assoient au salon, sous l'immense bibliothèque qui menace d'exploser à tout moment. Les yeux de Guillaume, toujours si intenses, semblent éteints. Le cœur de Mia se serre. Elle ne l'a jamais vu comme ça, si abattu. Lui qui est toujours si sûr de lui et si en contrôle de la situation.

Mais elle est venue ici pour avoir la vérité et elle l'aura.

MIA : Alors ? M'as-tu menti quand tu m'as dit qu'elle s'était imaginé des choses ?

GUILLAUME : Non, Mia, je ne t'ai pas menti. Je ne te mentirais jamais.

MIA : Alors qu'est-ce que...

GUILLAUME : Je ne t'ai pas menti, mais je ne t'ai pas tout dit.

Mia attend en silence. Elle a remarqué qu'il n'y a souvent rien de plus efficace pour faire parler les gens que le silence.

En effet, quelques instants plus tard, Guillaume reprend.

GUILLAUME : Tout ce que je t'ai dit était vrai. Malgré toutes mes précautions, quand on a commencé à travailler ensemble intensivement, Jimena a confondu des émotions normales entre une étudiante et son professeur avec autre chose.

MIA : Avec de l'amour ?

GUILLAUME : De l'amour, de l'attirance, je ne sais pas. Toujours est-il qu'elle est vite devenue très insistante. Elle était tout le temps à mon bureau. J'avais déjà fait l'erreur de l'inviter chez moi, avec d'autres étudiants, alors elle savait où j'habitais. Elle a commencé à se pointer ici, tard le soir, pour me parler. Je ne savais plus quoi faire. J'avais peur que les gens remarquent quelque chose.

MIA : Xavier a remarqué quelque chose, en tout cas.

GUILLAUME : Je sais. Et Xavier et moi, on s'en est souvent parlé. Ça ne se voit pas parfois, mais c'est un grand ami de Jimena. Ils sont comme chat et chien ensemble, mais ils se connaissent depuis le primaire. Heureusement qu'il est là pour elle. Disons que… Disons qu'elle n'est pas trop stable émotivement.

MIA : C'est tout ?

GUILLAUME : Oui, c'est tout. Mais c'est devenu assez dur J'avais peur de me faire prendre dans une situation compromettante, je n'en dormais plus. Je suis passé à deux doigts de donner ma démission.

MIA : Voyons, t'aurais pu expliquer la situation à la direction du cégep, non ?

GUILLAUME : J'aurais sûrement dû. À l'époque, je n'ai pas osé. Parce que je n'étais pas sans blâme. J'aurais dû sentir plus vite la confusion qui s'était installée et placer des limites entre elle et moi. Plus le temps a passé, moins je me sentais capable d'en parler. J'espérais qu'elle passerait à autre chose, qu'elle tomberait amoureuse d'un garçon de son âge et qu'elle m'oublierait…

MIA : Et ce n'est pas arrivé ?

GUILLAUME : Pas encore… Et si elle est jalouse de notre relation, à toi et moi, j'ai peur que ça empire les choses…

MIA : Elle était vraiment fâchée quand elle a vu le livre.

GUILLAUME : Je sais. Chaque fois que je pense que c'est fini, ça repart… Je ne sais pas… Je ne sais plus.

Mia le regarde, compatissante. Il a la tête entre les mains et semble vraiment découragé.

MIA : Je pourrais essayer de lui parler, de lui expliquer qu'elle n'a pas à être jalouse de moi…

GUILLAUME : Elle ne verra jamais les choses comme ça. Parce que…

MIA : Parce que quoi ?

GUILLAUME : Parce que t'es la première personne à qui j'ai fait confiance, depuis. Je savais que c'était risqué, d'accepter que tu viennes travailler chez moi, l'autre soir. Je ne voulais pas recréer le même *pattern*. Ça fait des mois que je me tiens loin de toutes mes étudiantes, même si c'est le contraire de mon style d'enseignement. Ça m'a trop ébranlé, ce qui est arrivé l'an dernier. Mais là, avec toi… Tu as trop de potentiel.

MIA (émue) : Merci…

GUILLAUME : Même si ça mène à ma perte professionnellement, je ne peux pas ne pas m'impliquer dans ton parcours. C'est pour des gens comme toi que je suis devenu enseignant. Des gens qui peuvent changer la société. Mais parfois…

MIA (pendue à ses lèvres) : Parfois, quoi ?

GUILLAUME : Parfois, je me décourage. Parfois, j'ai peur de ce qu'elle peut faire, de ce qu'elle peut aller raconter.

Il a l'air tellement triste, tellement défait. Le cœur de Mia se gonfle de sympathie et d'admiration pour cet homme qui n'est pas parfait, soit, mais qui a la grandeur de reconnaître ses erreurs, qui sait douter de lui-même, et qui se sent investi d'une mission plus grande et plus forte que tous les ragots de basse-cour du monde. Sans réfléchir, elle pose sa main sur la sienne et la serre pour le réconforter.

Guillaume lève les yeux vers Mia. Elle y lit tant de reconnaissance que son cœur fond.

MIA : Je vais leur dire, moi, que ce n'est pas vrai. Je vais te défendre devant n'importe qui.

Une larme solitaire coule sur la joue de Guillaume.

GUILLAUME : Mia, t'es comme un rayon de soleil dans la pire année de ma vie.

Il la serre dans ses bras. Mia est tellement bien, dans la chaleur de son cou, et elle a des étincelles qui lui parcourent le corps.

#48

Rosalie agrippe Béatrice par le bras.

ROSALIE : On a un problème.

Béatrice se retourne, confuse.

BÉATRICE : Hein ? Quoi ?

ROSALIE : Si tu n'avais pas le nez scotché à ton écran en permanence, tu t'en serais rendu compte toi aussi.

BÉATRICE : Excuse, c'est Sébastien qui est à New York. On s'écrit sur Messenger quand il a du Wi-Fi, et là il se fait qu'il est passé à l'hôtel avant de sortir.

ROSALIE : C'est bien beau, mais ça ne règle pas notre problème.

BÉATRICE (en éteignant son téléphone) : T'as toute mon attention. C'est quoi, le problème ?

ROSALIE : Le problème, c'est ça.

Elle entraîne Béatrice vers la fenêtre de la cuisine à travers laquelle on voit Noémie et Théo en grand tête-à-tête dehors.

BÉATRICE : Merde.

ROSALIE : Oui, merde. Tu sais comme moi qu'elle l'aime encore. Il ne peut pas se faire une autre fille le soir de ses dix-huit ans. Ça serait trop cruel.

BÉATRICE : Je vais parler à Noémie.

ROSALIE : Ça serait mieux, oui.

BÉATRICE : Emma, elle est où ?

ROSALIE : En train de faire semblant que ça ne la dérange pas dans le salon. Avec Félix qui lui tourne autour avec des yeux amoureux.

Béatrice se dirige vers le balcon, prenant soin d'enfiler sa veste avant de sortir. Il fait un froid de canard. Il faut vraiment que ces deux-là aient envie d'intimité pour passer autant de temps dehors.

Elle se dirige vers Noémie et Théo, comme si de rien n'était.

BÉATRICE : Salut !

NOÉMIE : Salut, Béa !

Noémie ne semble pas s'offusquer de l'interruption. C'est bon signe.

BÉATRICE : Tu passes une belle soirée ?

NOÉMIE : Super, merci. As-tu des nouvelles de la gang de New York ?

BÉATRICE : Oui, ils sont en train de se préparer pour sortir. Ils ont visité Times Square cet après-midi.

THÉO : C'est vraiment cool, New York.

NOÉMIE : Je sais ! J'aurais tellement aimé y aller !

Béatrice cherche une façon d'attirer Noémie à l'intérieur.

BÉATRICE : Noémie, je voulais te présenter Félix, un ami d'Emma. Il est à l'intérieur, si tu veux venir avec moi.

NOÉMIE : J'ai essayé de lui parler, mais il est pendu après ton amie Emma.

THÉO : Ils vont faire un beau couple, tu ne trouves pas ?

Béatrice le regarde et voit un mélange de douleur et d'agacement dans ses yeux. Elle décide d'aller voir d'elle-même ce qu'il en est.

Dans le salon, elle trouve Emma enfoncée dans un fauteuil profond, en grand tête-à-tête avec Félix, dont l'épaule et la cuisse sont collées contre les siennes. Ils se penchent l'un vers l'autre pour se dire des choses à l'oreille, afin de se comprendre malgré la musique qui joue très fort. Ils sont dans leur bulle. Béatrice hésite un instant; peut-être qu'Emma s'est enfin remise de Théo et qu'elle a trouvé un nouveau garçon qui l'intéresse ? Si c'est le cas, ce serait une excellente nouvelle. Elle a assez vu son amie souffrir ces dernières semaines.

Mais elle connaît Emma mieux que personne et elle sait que c'est peut-être l'orgueil qui pousse son amie à agir ainsi. Elle décide d'en avoir le cœur net, quitte à interrompre un tête-à-tête qui était peut-être prometteur.

Elle s'avance vers eux et tape Emma doucement sur la cuisse.

BÉATRICE : Emma ? Est-ce que je pourrais te parler ?

EMMA : Maintenant ?

BÉATRICE : Oui, s'il te plaît. C'est important.

Emma s'excuse auprès de Félix et suit son amie. Béatrice la guide à l'étage et ouvre la porte d'une chambre au hasard. Elles s'assoient sur ce qui semble être le lit simple du petit frère de Nathan, avec son édredon recouvert de planètes et de navettes spatiales.

EMMA : Qu'est-ce qu'il y a ?

BÉATRICE : Il y a que tu as besoin d'être sûre de toi.

EMMA : Qu'est-ce que tu veux dire ?

BÉATRICE : Si t'avais le choix entre Théo et Félix, tu choisirais qui ?

EMMA : La question ne se pose pas. Je n'ai pas le choix. Et Félix est super attentionné.

BÉATRICE : Je pense que ça dérange Théo que tu sois avec.

EMMA : Ha ! Si ça le dérangeait, il ne serait pas en train de draguer avec Noémie !

BÉATRICE : Je ne pense pas qu'il est en train de draguer. Je pense qu'il est dépité. Et elle aussi.

EMMA (en ronchonnant) : Il n'avait qu'à se manifester avant.

BÉATRICE : Arrête de faire ton orgueilleuse ! Raconte-moi ce qui s'est passé.

EMMA : Théo et Noémie étaient en grande conversation dans le salon. Félix est venu me voir et on s'est mis à parler. Théo et Noémie sont partis dehors. C'est tout.

BÉATRICE : *Oh my god,* vous êtes deux gros bébés ! Tous les deux à draguer quelqu'un parce que vous pensez que l'autre drague quelqu'un d'autre ! Parlez-vous, mon Dieu !

EMMA : Tu penses ?

BÉATRICE : Sincèrement, Emma, qu'est-ce que t'as à perdre ?

#49

Qu'est-ce qu'elle a à perdre…

C'est cette question qu'Emma se pose en redescendant au party. Elle est confuse suite à l'intervention de Béatrice. Elle était tellement sûre que Théo était passé à autre chose qu'elle n'aurait jamais pu imaginer que son comportement à elle puisse le déranger. Mais c'est vrai qu'il n'a eu d'histoire avec aucune autre fille depuis leur rupture… Peut-être que…

Emma se prend une bière dans le frigo, met son manteau et se dirige vers le balcon, qui lui semble vide à travers la fenêtre. Elle a besoin de réfléchir un instant.

Elle s'installe sur le long fauteuil à bascule avec une vue sur la cour. Les arbres ont commencé à perdre leurs feuilles et font une drôle de figure, à moitié décharnés, comme un homme qui ferait de la calvitie mais ne se serait pas encore résigné à se raser la tête.

Perdue dans ses pensées, elle ne remarque pas le bruit de la porte qui s'ouvre et se referme doucement. Mais elle sent la présence de quelqu'un près d'elle. Elle lève la tête. C'est Théo.

THÉO : Je peux m'asseoir ?

Emma l'invite à le faire d'un signe de tête. Il s'installe à côté d'elle, faisant tanguer un peu la balançoire. Il la stabilise du pied.

THÉO (parlant dans l'obscurité) : Bon anniversaire.

EMMA : Ce n'est pas encore mon véritable anniversaire. C'est jeudi prochain.

THÉO : Je sais.

EMMA : T'as une bonne mémoire.

THÉO : Félix est où ?

EMMA : Je ne sais pas. Et Noémie ?

THÉO : Je ne sais pas. On n'a pas déjà fait ça, nous deux ?

EMMA : Fait quoi ?

THÉO : Se retrouver ici, sur le balcon de Nathan, avec deux autres personnes ? J'ai comme une impression de déjà-vu.

EMMA (en riant) : Oui ! Avec la fameuse fille du cours d'histoire qui n'arrêtait pas de parler, puis le mec un peu louche qui a peut-être ou peut-être pas mis les photos d'Aïcha sur Facebook !

THÉO : Deux belles têtes de vainqueurs !

EMMA (toujours en riant) : C'est sûr qu'on peut faire mieux.

THÉO : Franchement mieux.

Ils restent assis quelques instants en silence. Le cœur d'Emma commence à battre plus fort. Elle se demande ce qu'il veut, à quoi il pense. Elle n'ose pas le lui demander.

Mais si lui aussi se demande ce qu'elle veut, à quoi elle pense, et n'ose pas le lui demander ?

Enfin, ils parlent, mais en même temps.

EMMA : Écoute…

THÉO : Je voulais te dire…

Ils éclatent d'un rire nerveux.

EMMA : Toi en premier.

THÉO : Emma, je voulais te dire que je suis désolé. J'ai été trop intransigeant et trop orgueilleux.

EMMA (le cœur battant la chamade) : Qu'est-ce que tu veux dire ?

THÉO : J'ai été insulté, c'est vrai, que tu aies voulu garder notre relation secrète. J'avais l'impression que t'avais honte de sortir avec moi.

EMMA : Je n'avais pas honte, c'est que…

THÉO : Laisse-moi finir, s'il te plaît. J'ai compris après, quand ma colère est retombée que… Que tu n'avais pas voulu mal faire. Que tu t'étais retrouvée coincée dans une situation difficile.

EMMA : Une situation complètement ridicule, que j'avais inventée de toutes pièces !

THÉO (en souriant) : OK, peut-être, mais ça ne fait pas de toi une mauvaise personne.

EMMA : J'espère que non. Est-ce que ça veut dire que… Est-ce que ça veut dire que tu me pardonnes ?

THÉO : Je t'ai pardonné depuis super longtemps. J'ai juste été trop orgueilleux pour te le dire.

EMMA (avec un grand sourire) : Je suis vraiment contente d'entendre ça.

THÉO : Je voulais te punir mais… C'est moi qui ai été puni.

EMMA : Comment ça ?

THÉO (avec un sourire en coin) : Tu te rends pas compte à quel point t'es populaire, Emma Beaupré.

EMMA : Moi ? Populaire ?

THÉO : Je ne peux pas te laisser toute seule deux secondes qu'il y a un autre mec qui te tourne autour.

EMMA : N'exagère pas !

THÉO : Chaque party, c'est de la torture.

EMMA : Je m'excuse, mais tu n'es pas mieux, Théo Lacoursière ! Quand ce n'est pas une fille, c'est l'autre !

THÉO : J'ai essayé…

EMMA : T'as essayé quoi ?

THÉO : J'ai essayé, mais il n'y en a pas une qui est toi.

#50

BÉATRICE : *Oh my god,* c'est tellement mignon ! Arrête ! J'ai des frissons ! Et après, il s'est passé quoi ?

EMMA : Et après, ben… On s'est embrassés. Vraiment, vraiment longtemps.

BÉATRICE : Vous êtes officiellement le couple le plus mignon de la planète. Le nouveau couple, disons. Après Sébastien et moi. Je suis super excitée, Emma ! Est-ce que tu te rends compte de ce que ça veut dire ? On a enfin un chum en même temps ! ! On va pouvoir sortir en couples !

EMMA (en riant) : Laisse-nous le temps de nous retrouver, avant de nous organiser des sorties avec vous !

BÉATRICE : Je sais, mais je suis trop énervée. Et hier soir vous avez fait semblant de rien en revenant dans le party ! J'étais sûre que vous vous étiez juste parlé, puis c'est tout.

EMMA : C'était trop nouveau. Trop précieux. On n'avait pas envie que tout le monde nous saute dessus avec des commentaires.

BÉATRICE : Vous n'allez pas recommencer avec les relations secrètes, j'espère ?

EMMA : Mais non ! C'est du passé tout ça. On est officiellement ensemble. Tu peux le dire à qui tu veux.

BÉATRICE : Même à Mia ?

EMMA (en riant) : Ben oui ! Elle était où, elle, hier soir, d'ailleurs ?

BÉATRICE : Je ne sais pas. Son ami Xavier est venu faire un tour pour voir si elle était là, puis il est reparti.

EMMA : J'espère qu'elle va bien.

Le téléphone de Béatrice vibre avec une alerte.

BÉATRICE : C'est Sébastien qui a posté une photo sur Instagram. Regarde comme il est beau !

Elle tourne l'écran vers Emma. On voit Sébastien, allongé sur une pelouse, avec des papiers à la main. Derrière lui, Florence St-Jean sourit.

EMMA : C'est elle, la fille du théâtre ?

BÉATRICE : Oui. Elle joue le rôle de Marianne.

EMMA : Elle est vraiment belle. Ils sont où, là ?

BÉATRICE : À Central Park, en train de répéter leurs textes.

EMMA : Ça ne te dérange pas que ton chum soit en train de répéter des scènes d'amour avec une autre fille dans un endroit aussi romantique ?

BÉATRICE (en riant) : Ben non, voyons ! C'est moi qui les ai encouragés à répéter ensemble !

EMMA : Si tu le dis. Moi, si j'étais toi, je ferais attention.

BÉATRICE : Arrête ! Sébastien, je lui fais confiance. Je lui ai toujours fait confiance, et je vais continuer à lui faire confiance.

À suivre…

Remerciements

Un merci spécial à Katherine Mossalim, pour son travail acharné, sa patience et sa volonté partagée de rendre ce livre aussi bon qu'il pouvait l'être.

Un grand merci à Ingrid Remazeilles, dont la petite voix est toujours dans ma tête et me pousse à me dépasser.

Merci à mes deux premières lectrices, Gabrielle Audet-Michaud et Andréanne Sheehy, pour leurs précieux conseils.

Merci à toute la communauté du Lac-des-Îles qui nous a accueillis pendant l'été que j'ai passé à écrire ce roman; et tout particulièrement à Caroline Blakely, Jeroen Henrich et leurs filles Éloïse et Joséphine, pour leur grande générosité.

Merci au café O'Marguerites, à Sainte-Marguerite-du-lac-Masson, pour les grandes tables rondes sur lesquelles plein de mots de ce roman ont été écrits.

Merci à Samuel et Leila, avec qui j'ai passé le plus bel été de ma vie au bord du lac.

Merci à Sheridan de toujours soutenir mes rêves.

Merci aux lectrices enthousiastes de #Colocs, j'écris pour vous !

À mon petit frère que j'aime.

Lexique

Best/BFF – Best friend forever, meilleure amie.

Blonde – Petite amie, amoureuse.

Cégep – Au Québec, on fréquente l'école primaire pendant sept ans, de 5 à 12 ans (une année de maternelle suivie des autres années). Ensuite, on passe à l'école secondaire pendant 5 ans (de la première à la cinquième). Une fois le diplôme d'études secondaires en poche, on poursuit avec deux années au cégep (collège d'enseignement général et professionnel) afin d'obtenir le diplôme d'études collégiales qui permettra à ceux qui le désirent d'entrer à l'université.

Chum – Petit ami, amoureux, copain.

Frencher – Rouler un patin, embrasser (avec la langue).

Gang – Bande.

Party – Fête.

Piasse – Dollar canadien.

Textos et cie

La série pleine de peps d'une héroïne complètement décomplexée !

À 16 ans, Isis évolue dans une société contrôlée. Étudiante à l'école de Sauvetage, elle rêve de sauver des vies, mais aussi d'une société plus ouverte, plus créative. Sa curiosité ne fait toutefois pas l'affaire des dirigeants, qui la voient comme un élément dangereux pour le maintien de l'ordre établi.

MÉTAMORPHOSE

La série qui vous entraîne dans un univers fantastique et mystérieux…

Lorsque l'orage gronde, elles ne sont pas loin.
Elles voient tout. Elles entendent tout.
Elles sont cachées derrière les nuages.
Parfois, il est possible de capter leurs messages.
Et vous, entendez-vous leurs murmures lors des vents d'orage ?

Le retour de Marianne Roberts au collège Anna Caritas semble avoir enclenché une série d'événements bizarres. Face à ces forces surnaturelles étranges, William Walker n'aura pas d'autre choix que de se tourner vers celle qu'il essayait d'éviter à tout prix : Marianne.

Préparez-vous à avoir peur!…